I0694429

SHERRYL WOODS

Romance en la bahía

Editado por Harlequin Ibérica.
Una división de HarperCollins Ibérica, S.A.
Núñez de Balboa, 56
28001 Madrid

I.S.B.N.: 978-84-687-0475-3
Depósito legal: M-24329-2012

Capítulo 1

–Tenemos una idea –anunció Laila Riley cuando Connie Collins y ella aparecieron en el despacho de Jess O'Brien en La Posada en Eagle Point el sábado por la noche.

El brillo que tenían sus ojos puso inmediatamente nerviosa a Jess, por lo que sus amigas pudieran tener en mente.

–¿Hará que nos arresten? –preguntó con desconfianza. Y no es que no estuviera dispuesta a correr el riesgo, pero le gustaría conocer las posibilidades por adelantado, calcular las probabilidades y tener un plan alternativo.

Laila sonrió.

–Si hubiera alguien interesante trabajando para el departamento del sheriff, nos lo plantearíamos, pero no. Esto es solo para hacer algo distinto, algo que ninguna de nosotras haríamos nunca a menos que decidiéramos hacerlo juntas.

–¿Me atrevo a preguntar? –se planteó Jess.

–Citas online –reveló Connie. La falta de entusiasmo en su voz sugirió que había sido idea de Laila y que ella solo había accedido impulsada por el mismo aburrimiento que había estado afectando a Jess últimamente.

Sin embargo, Jess no estaba tan desesperada.

–No puedes estar hablando en serio.

–Oh, claro que sí –confirmó Laila.

Jess miró a las dos mujeres que invadían su despacho una noche de la semana en la que las mujeres más atractivas e inteligentes deberían haber estado saliendo con algún hombre. Connie y Laila estaban emparentadas con ella indirectamente mediante los matrimonios de sus hermanos con sus hermanas y habían elegido ser amigas a pesar de su diferencia de edad.

Connie era la madre soltera de cuarenta y un años de una adolescente que acababa de marcharse a la universidad. Su hermano pequeño, Jake, estaba casado con la hermana de Jess, Bree. Laila era la directora del banco, tenía treinta y seis años y era la hermana pequeña de Trace, que estaba casado con Abby, la hermana mayor de Jess. Jess, a sus treinta años, era la más joven.

A veces parecía como si todo el mundo en Chesapeake Shores estuviera emparentado con un O'Brien de una forma u otra.

—De acuerdo, vamos a pensar en esto —dijo Laila sintiéndose como en casa y sirviéndose un té de la tetera que siempre estaba presente sobre la mesa de Jess—. ¿Qué vas a hacer esta noche? Estás aquí en el despacho cuando deberías estar por ahí, ¿verdad?

Jess miró a la perpetua montaña de papeles de su escritorio; esa era la peor parte de su trabajo.

—¿Tiene sentido para ti? —insistió Laila—. ¿Qué pasa con los hombres de este pueblo para que las tres estemos solas un sábado por la noche? Está claro que tenemos que ampliar nuestros horizontes, salir por ahí y animar un poco las cosas.

—¿Y encontrar a un hombre que, por razones geográficas, nunca podrá estar a nuestro lado? —respondió Jess—. A mí me parece contraproducente.

—Al principio pensé lo mismo —dijo Connie pidiéndole otro vaso de té a Laila—, pero la triste verdad es que ese aburrimiento me ha abierto la mente. Durante mucho tiempo he estado deseando que mi hija creciera y se marchara a la universidad, pero ahora que de verdad Jenny se ha ido, la casa está tan vacía que no puedo soportarlo.

–Y yo he estado muerta de aburrimiento desde que Dave y yo rompimos hace tres años, que es decir mucho, ya que salir con él era tan estimulante como ver crecer la hierba –dijo Laila–. Las citas online son el modo perfecto de cambiar el status quo. Está de moda y será divertido.

Jess seguía sin estar muy convencida. Se giró hacia Connie, que era conocida por ser la más sensata.

–¿De verdad estás a favor de esto?

Connie se encogió de hombros.

–Puedo ver algunas ventajas.

–Geográficamente indeseable –dijo Jess con énfasis.

–Eso no es problema –insistió Laila–. Es un nuevo servicio local. Todos estos hombres están por aquí.

Jess no podía creerse que Connie estuviera dispuesta, o más bien ansiosa, a probar una cita online. Mirándola a los ojos, comenzó a decir:

–Pero yo creía que… –se suponía que ella no sabía que habían saltado chispas entre Connie y su tío, Thomas O'Brien porque sus hermanos, Connor y Kevin, le habían hecho jurar que lo mantendría en secreto. Suspiró–. Bueno, no importa.

Connie la observó con desconfianza, pero ya que era un tema en el que no quería ahondar, se quedó en silencio.

Laila, al parecer ajena a todo ello, dijo emocionada:

–Es perfecto, ¿no crees?

–¿Hay hombres solteros por aquí que no conozcamos ya? –preguntó Jess, aún escéptica–. ¿No es esa exactamente la razón por la que estamos aquí sentadas un fin de semana sin ningún hombre con quien salir?

–La región se extiende más allá de los límites del pueblo –admitió Connie.

–Eso incluye Annapolis –explicó Laila sacando un folleto de su bolsillo y entregándoselo a Jess–. ¿Lo ves? Almuerzo junto a la bahía. ¿No te suena de maravilla? Y eso es todo a lo que nos comprometeríamos, a un almuerzo con un acompañante. Tiene que ser mejor que esperar en

Brady's a que alguien se fije en ti. Si paso más tiempo allí, Dillon ha amenazado con ponerle mi nombre a uno de los taburetes.

–Por lo menos tendrías un legado de tu vida en Chesapeake Shores –bromeó Jess–. Mucho mejor que tener tu foto en la pared de ese viejo banco que tiene tu familia y al que te sientes tan unida.

–Búrlate de mí todo lo que quieras, pero creo que deberíamos hacer esto –insistió Laila–. Somos mujeres inteligentes y atractivas. Nos merecemos pasar algo de tiempo con hombres excitantes y de éxito que no estén emparentadas con nosotras.

–Y yo estoy hartísima de las cenas de sábado en la casa de Jake y Bree –añadió Connie–. Desde que Jenny se marchó, esperan que vaya allí para hacerle monerías al bebé. Es una monada, pero no me veo pasando así los sábados por la noche de los próximos años.

–Yo ya he tenido bastantes cenas de esas con mis hermanos; cenas a las que te invitan por pena –añadió Jess.

–Pues a mí ni siquiera me invitan a cenas de esas. Trace y Abby solo cuentan conmigo para cuidar de las gemelas. Si no me caso pronto, acabarán haciendo que me mude a su casa y me convierta en niñera interna.

–Tienes una carrera –le recordó Jess–. Estoy segura de que puedes mantener un estilo de vida independiente.

–La independencia apesta –declaró Laila.

–Amén –añadió Connie–. No es que quiera que un hombre controle lo que hago con mi vida, pero sería agradable acurrucarse con alguien delante del fuego.

–Di lo que quieres de verdad –dijo Jess–. Quieres sexo.

Connie suspiró.

–¿No es lo que queremos todas?

–Entonces, ¿vamos a hacerlo? –preguntó Laila.

Aunque no era conocida por su cautela, Jess no pudo evitar preguntar:

–Pero, ¿qué sabemos de esta compañía?

–Solo lo que dice en el folleto –respondió Laila mirando la página trasera–. Promete emparejamientos discretos hechos por un psicólogo que lleva años trabajando con clientes solteros. Ha desarrollado un buen criterio de selección para asegurarse de que la gente a quien empareja tiene los mismos valores y objetivos –soltó el folleto y las miró–. ¡Vamos, chicas! ¿Qué tenemos que perder? Y si las citas resultan un espanto, pues siempre podemos reírnos mientras nos tomamos unas copas en Brady's.

–Yo me apunto –dijo Connie de inmediato–. ¿Jess?

Jess miró los papeles del trabajo; no irían a ninguna parte.

–¡Qué demonios! Me apunto.

Se giró, apagó el ordenador y buscó la página Web de la empresa.

–Tiene un diseño muy bonito –dijo con aprobación.

–Da la sensación de ser de fiar –apuntó Connie.

–Y me encanta la foto –añadió Laila–. Estoy segura de que la sacaron en Shore Road. Ahí a la izquierda está el muelle de pesca del pueblo.

–¿No os preocupa que podríamos acabar emparejadas con alguien que ya conocemos, incluso alguien con quien hayamos salido en el pasado? –preguntó Jess–. Eso podría ser humillante.

–O podría hacer que le echáramos otro vistazo al chico en cuestión –respondió Connie con expresión pensativa–. Después de todo, si un experto pensara que haríamos buena pareja, tal vez es que estuvimos infravalorando a la otra persona.

–O tal vez el experto no es tan listo –contestó Jess.

Aun así, cuando el formulario para registrarse apareció en la pantalla, ella fue la primera en rellenarlo. Tuvo la tentación de fingir las respuestas solo por ver qué pasaría, pero Connie y Laila se le adelantaron.

–Tienes que tomarte esto en serio –la reprendió Connie.

–Estamos esperando que un ordenador y un supuesto

experto haga lo que no hemos sido capaces de hacer solas –respondió Jess–. ¿Y queréis que me lo tome en serio?

–Yo sí –dijo Connie–, porque esta podría ser mi última oportunidad.

–No va a ser tu última oportunidad –dijo Laila con fuerza–. Si vas a mirarlo así, Connie, entonces tal vez no deberías hacerlo. La desesperación nunca es un camino inteligente cuando se trata de quedar con hombres. Estamos haciendo esto para reírnos y para tener algunos almuerzos gratis, eso es todo. No podemos tener nuestras expectativas demasiado altas y tenemos que concentrarnos en divertirnos.

Connie no parecía convencida del todo, pero cuando el formulario de Jess estuvo cumplimentado, Connie inmediatamente se acercó y se situó frente al ordenador. Laila la siguió.

Cuando habían enviado el último formulario, se miraron.

–Necesito una copa –dijo Jess.

–Me apunto –añadió Laila.

Connie asintió.

–Creo que yo me la tomaré doble.

Una de las pocas cosas que no habían cambiado desde que Jake se había casado con Bree era que Mack Franklin, Will Lincoln y él seguían almorzando cada día en Sally's. Los almuerzos habían comenzado cuando Jake necesitaba apoyo después de que Bree y él hubieran roto unos años atrás. Ahora que estaban juntos otra vez y felizmente casados, la tradición del almuerzo se había convertido para los tres en una forma de mantener su amistad bien cimentada. Will se apoyaba en esos dos hombres más de lo que probablemente ellos sabían.

Como psicólogo, pasaba los días escuchando los problemas de los demás, pero él no tenía a nadie más que a Jake y a Mack para escuchar los suyos. Aunque los tres lo sabían prácticamente todo sobre la vida de los otros, había una cosa que Will llevaba tiempo ocultándoles: su nuevo negocio, Almuerzo junto a la bahía.

El servicio de citas había sido fruto de la frustración. Pasaba demasiado tiempo apoyando psicológicamente a solteros sobre las relaciones de su vida y demasiado poco cultivando cualquier relación suya. El nombre de la empresa, que se le había ocurrido en mitad de una solitaria noche, pretendía ser irónico, aunque solo fuera para él. Por mucho que le gustaba reunirse con sus colegas, pensaba que ya era hora de empezar a almorzar con alguien que llevara falda y se echara perfume. Sí, en ocasiones, Jake olía a rosas, pero eso era solo después de que hubiera pasado la mañana plantando rosales para uno de sus muchos clientes de paisajismo. Estaba claro que no era lo mismo.

Además, pensaba que ya era hora de dejar de apoyar a Jess O'Brien. A lo largo de los años, Jess había tenido muchas oportunidades de mostrar el más mínimo interés por él, pero por lo general lo trataba como si fuera un hermano mayor especialmente molesto.

O peor; desde que era psicólogo lo acusaba de analizarla, porque padecía trastorno por déficit de atención, y de querer convertirla en un caso de estudio y, por mucho que se lo había negado, no había logrado que dejara de pensar semejante ridiculez. Y ya que se veían mucho, las sospechas de Jess hacían que la mayoría de sus encuentros acabaran resultando incómodos y ambos se mostraran irritados.

Lo cual significaba que había llegado el momento de seguir adelante de una vez por todas, aunque no era fácil en un pueblo con una población inferior a cinco mil habitantes exceptuando las épocas de primavera y verano cuando los turistas y los domingueros lo llenaban. Almuerzo junto a la bahía había sido creado no solo para llenar un hueco en la escena social de Chesapeake Shore, sino también para aliviar la soledad de Will.

Se lo explicó todo a Jake y a Mack, que lo miraban como si de pronto le hubieran salido cuernos.

–¿Vas a abrir una Web de citas? –repitió Mack.

–Exacto –respondió Will–. Si no estuvieras tan ocupado «no saliendo» con Susie, te animarías a apuntarte. Eres uno de los solteros más codiciados del pueblo.

–¿Pretendes hacer uso tú mismo de la web? –dijo Jake asombrado–. Creía que estabas viéndote con una psicóloga que se había comprado una casa de verano.

–Y lo estaba –respondió Will–. Hace dos años, pero no funcionó y lo sabrías si alguna vez prestaras atención a lo que te digo.

–Pero has estado saliendo con alguien, eso no me lo estoy imaginando.

–¿Qué puedo decir? –dijo Will encogiéndose de hombros–. Ninguna de esas relaciones ha llegado a nada.

–Supongo que tiene sentido –apuntó Mack–. Susie siempre está quejándose por la escasez de hombres disponibles en el pueblo.

Jake esbozó una sonrisa.

Mack lo miró muy serio.

–¿Qué?

–Creía que te tenía a ti –respondió Jake.

–No estamos saliendo –repitió Mack.

–Y aun así ninguno de los dos parece estar buscando a nadie –apuntó Will–. Si me equivoco y estáis abiertos a otras posibilidades, puedo registraros en la nueva Web. Eres un ex atleta y un columnista de deportes semi famoso. Para cuando acabe la semana ya te habré encontrado una pareja.

Jack lo miró con incredulidad.

–¿Ya tienes clientes?

–Unos treinta, por ahora –confirmó Will.

–¿Alguien que conozcamos? –preguntó Mack–. ¿Susie, por ejemplo? –añadió con un tono que indicaba que su relación con ella era más de lo que quería admitir.

–No estoy en libertad de decir nada –le dijo Will.

–¿Cuándo has abierto esta empresa? –preguntó Jake.

–Oficialmente, hace tres semanas, aunque llevaba tiempo pensando en la idea de emparejar a gente. Finalmente me decidí, hice unos folletos y los he repartido por la ciudad. No tenía ni idea de qué esperar, pero cuando los clientes comenzaron a registrarse, supuse que debía decíroslo todo antes de que os enterarais por otra fuente. Alguien acabará descubriendo que yo soy el psicólogo que se encuentra detrás de todo esto. Después de todo, no somos muchos en la zona.

–Entonces, ¿estás haciendo esto para ganar dinero? —preguntó Mack aún intentando entender qué motivaciones tenía. Antes de Susie, no había tenido ninguna dificultad para atraer a mujeres solteras, así que no comprendía la frustración de Will.

—Podría ser una mina de oro, sí, pero esa no ha sido mi motivación realmente —insistió Will—. Lo veo más como un servicio a la comunidad.

—Buen intento, pero ya has admitido que estás haciendo esto para poder conocer a mujeres. ¿No podrías haberte pasado por Brady's más a menudo?

Will sacudió la cabeza.

—No me estaba funcionando.

—¿Y la iglesia? He oído que muchos hombres conocen a mujeres en la iglesia —dijo Mack—. Ahora que lo pienso, si hubiera sabido que estabas tan desesperado, podría haberle pedido a Susie que te hubiera buscado algo. Tiene un montón de amigas.

—No estoy desesperado –contestó Will, ofendido—. Solo estoy siendo activo.

Jake y Mack se miraron y fue Jake el que se atrevió a preguntar:

—¿Y qué pasa con Jess?

Will se quedó paralizado.

—¿Qué pasa con ella?

—Bueno, no es que esté loca por mí —dijo Will, sin negar sus sentimientos, ya que nunca se le había dado bien ocultarlos—. Vamos a dejarla al margen de esto. No tiene nada que ver con el tema.

Ninguno de sus amigos parecía demasiado convencido, pero lo dejaron.

—Entonces, ¿vas a organizar fiestas de chicos y chicas como en la universidad y vas a hacer que todos se pongan etiquetas con sus nombres? ¿O vas a preparar citas de esas de sesenta segundos? Ya sabes, como el juego de las sillas musicales. He oído que son muy animadas.

Will captó su tono irónico.

—¡Que te den! —se levantó—. Ahora, si me disculpáis, voy a volver a mi despacho a jugar a los casamenteros.

—Tú y Dolly Levi —dijo Mack con una impenitente sonrisa.

—¿Quién? —preguntó Will.

—*Hello, Dolly*. Es un musical. Susie y yo vimos la reposición hace poco. Ella es una casamentera.

—Por favor, no le digas a mucha gente que tú, el que fuera una estrella del fútbol de la universidad, va a musicales de chicas. Destruirá tu buena reputación como uno de los mejores solteros del pueblo de todos los tiempos y dejarás de ser considerado un jugador en el terreno de las citas. Es más, es muy probable que no vuelvas a tener una cita en tu vida.

—No necesita otra cita —dijo Will—. Ya tiene a Susie.

—Que, sin duda, es una mala influencia —respondió Jake.

—¿Tengo que señalar que tu mujer produce obras de teatro en su bonito y nuevo teatro de Chesapeake Shores y en el que, de vez en cuando, hay musicales? ¿Piensas asistir?

Jake se estremeció.

—Eso es una obligación marital, no una elección. Hay una diferencia.

—Will, ¿te tragas esa excusa? ¿De verdad hay diferencia?

—No pienso mediar en esto, chicos. Ahí os quedáis.

Quería volver a su despacho para ver si podía encontrar a la mujer de sus sueños. Tal vez estaba justo ahí, a la vuelta de la esquina, aunque de ser así, ya tendría que haberse cruzado con ella.

Por primera vez desde el viernes anterior, Will abrió su email el lunes por la tarde para comprobar las nuevas solicitudes de ingreso al servicio de citas online. Durante el fin de semana habían llegado seis; ya había introducido los datos de todos cuando vio las solicitudes de Laila, Connie y Jess. Se le abrieron los ojos como platos. Lo de Laila y Connie podría hacerlo, ¿pero Jess? ¿Qué iba a hacer con ella?

Ya que había adjuntado un pago con su tarjeta de crédito al registrarse en la Web, la integridad profesional requería absolutamente que él incluyera sus datos en el sistema y viera si su perfil encajaba con el de algún hombre. Sin embargo, sentía un cosquilleo en el estómago que le decía que borrara su solicitud como si nunca la hubiera visto. No quería ser el hombre que ayudara a Jess a irse con otro. Sí, tarde o temprano, ella acabaría haciéndolo, pero no quería ser él el que se lo facilitara.

Estuvo batallando con su propia conciencia durante unos diez minutos antes de que, muy a su pesar, incluyera sus datos en el sistema. Deliberadamente, excluyó su propia información y cuando vio que la búsqueda no daba resultados, suspiró aliviado.

Se dijo que le devolvería el dinero y le diría que volviera a enviar la solicitud pasado un tiempo, pero cuando estaba a punto de enviarle ese correo, no pudo hacerlo. Por mucho que no le gustara, se lo debía a Jess.

En cuanto a Laila y Connie, lo tuvo más fácil con sus solicitudes. Tres parejas potenciales aparecieron casi de inmediato en el caso de Connie y envió a los tres implicados la información de contacto mutua. Para Laila salieron cuatro posibilidades y, sorprendentemente, una de las mejores parejas, el hombre que parecía tener más en común con ella, era él mismo.

–No, ni hablar –murmuró para sí. Jamás había pensado en salir con la hermana pequeña de Trace... aunque, ¿por qué no? Tal vez sería la mejor forma de comprobar si los criterios que estaba empleando en su programa eran efectivos.

Ya casi se había convencido para llamarla cuando pensó que no era casualidad que las solicitudes de las tres hubieran llegado el sábado por la noche una detrás de otra. ¿Las habían enviado juntas? ¿Y cómo reaccionaría Jess si saliera con Laila? ¿La ofendería que sus amigas hubieran encontrado citas y ella no? ¿Le molestaría que la primera cita de Laila fuera él? ¿Y por qué iba eso a preocuparlo a él, si estaba intentando vivir su vida tal y como se había jurado que haría?

Antes de poder cambiar de opinión, levantó el teléfono y llamó a Laila al banco.

–Ey, Will, ¿qué tal? –dijo con su amistoso tono.

–Seguro que no te lo crees, pero un servicio de citas online nos ha emparejado –le dijo sin explicarle que se trataba de su propio negocio. Ya se enteraría enseguida...

–¿Almuerzo junto a la bahía? ¡Estás de broma! No me esperaba que surgiera algo tan rápido.

–Estoy tan sorprendido como tú, pero he pensado que tal vez deberíamos intentarlo. ¿Te gustaría almorzar mañana?

–¿Por qué no? –dijo antes de vacilar y preguntar–: ¿Estás seguro de que es una buena idea?

–¿Por qué no iba a serlo? Está claro que los dos estamos buscando nuevas formas de conocer gente, y si un ordenador dice que somos compatibles, creo que al menos deberíamos probar.

–Bueno, al menos nos echaremos unas buenas risas, ¿no?

—Exacto. ¿Qué dices?

—¿A qué hora y dónde?

—¿Panini Bistro al mediodía? ¿O preferirías ir a algún otro sitio?

—Creía que siempre comías con Mack y Jake al mediodía —dijo ella demostrando que su rutina era bien conocida por todos.

—He decidido que ya es hora de modificar mi rutina.

—Entonces, cuenta conmigo. Y el Panini Bistro me parece bien. Nos vemos allí. ¿Tengo que llevar un clavel rojo detrás de la oreja para que puedas identificarme? —le preguntó entre carcajadas.

—A menos que hayas pegado un gran cambio desde la comida en casa de los O'Brien hace dos domingos, creo que te reconoceré —respondió antes de añadir—: Tal vez por ahora deberíamos mantener esto en secreto. ¿Qué te parece?

—¿Te da vergüenza que te vean en público conmigo, Will Lincoln?

—Si así fuera, no iríamos a almorzar a Shore Road. Es solo que pienso que puede que lo mejor sea ser discretos hasta que veamos cómo funciona esto. Puede que nuestros amigos tengan mucho que decir si se enteran.

—¿No estarás pensando en un amigo en particular, verdad? ¿Es Jess quien prefieres que no se entere?

—¡Claro que no! ¿Por qué iba a importarle a ella?

—Me alegra que pienses eso, porque no se me da nada bien guardar secretos, y menos a mis amigas.

—Vale, de acuerdo —dijo resignado ante la posibilidad de que su almuerzo pudiera crear una conmoción—. Nos vemos mañana.

—Lo estoy deseando.

Will deseó poder decir lo mismo, pero por el contrario, una sensación de pavor se instaló en su estómago porque sabía que estaba jugando con fuego.

Capítulo 2

Unos días después de registrarse en Almuerzo junto a la bahía, Jess comprobó su bandeja de entrada.

–No lo entiendo –le dijo frustrada a Laila, que acababa de pasar por el hotel–. Connie y tú habéis obtenido respuesta casi de inmediato. Yo no he tenido nada, ni siquiera una confirmación de mi registro.

–Seguro que habrá sido un error –respondió Laila, aunque a Jess le pareció que se sintió algo culpable al decirlo.

–¿Es que sabes algo que yo no sé? –preguntó Jess observando a su amiga.

–Claro que no –respondió Laila demasiado apresuradamente–. Tal vez los intereses que pusiste eran demasiado pocos. La empresa promete alguien con intereses similares, y puede que tarde un poco en encontrar la pareja adecuada. Seguro que no todo el mundo recibe una respuesta inmediata. Lo importante es que la persona con la que acaben emparejándote sea la correcta.

–La verdad es que me da igual. De todos modos no confiaba mucho en esto. ¿Qué te parece si vamos a Sally's y comemos algo?

Laila se estremeció.

–Lo siento, no puedo. Tengo mi primera cita.

Jess se quedó mirándola, intentando juzgar la extraña expresión del rostro de su amiga. Laila parecía más preocupada que emocionada y no era la reacción que Jess se habría esperado.

–¿Por qué no me has dicho nada al llegar? ¿Quién es? ¿Sabes su nombre? ¿Dónde vais a reuniros?

–En Panini Bistro.

De nuevo, Jess la miró fijamente.

–Me sigue dando la sensación de que ocultas algo. ¿Quién es ese hombre? ¿Lo conozco?

Laila asintió.

–La verdad es que sí. Por eso he venido, para poder contártelo por si tenías alguna objeción.

–¿Y por qué demonios iba a tener alguna objeción? No hay nadie en este pueblo con quien haya salido en serio, a menos que contemos a Stuart Charles de tercer curso. Fui a un montón de partidos de la Liga Menor para ver jugar a ese niño.

–Creía que ibas a esos partidos para ver a Connor.

–¿Crees que quería que alguien se enterara de que me gustaba un hombre mayor? –respondió Jess con una sonrisa–. Creo que Stuart tenía doce años, estábamos condenados desde el principio –su sonrisa se desvaneció–. Pero nos hemos salido de la conversación. Estábamos hablando de tu cita e intentaba dejarte claro que no tienes que preocuparte por nada en lo que a mí concierne.

–No estoy tan segura de eso –dijo Laila sin mirarla a los ojos–. Es Will.

Jess se quedó absolutamente quieta e incluso le pareció como si el corazón le hubiera dado un vuelco.

–¿Vas a almorzar con Will? –le preguntó lentamente–. ¿Estás diciéndome que el ordenador os ha emparejado?

Laila asintió y después le preguntó preocupada:

–No estarás molesta, ¿verdad? Quería que te enteraras por mí por si alguien nos ve juntos. Si te molesta, puedo llamar para cancelarlo.

–No seas ridícula. ¿Por qué iba a molestarme? –preguntó intentando sonar despreocupada y aparentar que no estaba afectada, a pesar de que en realidad la noticia la había dejado desconcertada–. Nunca he salido con Will –vaciló–. ¿No crees...?

–¿Qué?

–El folleto decía que la empresa la dirigía un psicólogo. ¿Crees que podría ser Will?

Laila se encogió de hombros.

–Podría ser, pero no sé por qué tendría que importar eso.

–¿No crees que será raro salir con un loquero? –a Jess le había costado estar en la misma habitación que él, nunca había sido capaz de quitarse de encima la sensación de que Will estaba analizándola. Tal vez bajo otras circunstancias esa atención que él le dirigía habría sido halagadora, pero por el contrario la hacía sentirse expuesta y ya había experimentado esa sensación demasiado cuando los médicos habían estado intentando determinar su síndrome de déficit de atención años atrás. Todas esas pruebas psicológicas la habían hecho sentirse como un espécimen de laboratorio.

–¿Por qué iba a ser raro? –preguntó Laila encogiéndose de hombros–. Con suerte, será más perspicaz que la mayoría de los hombres con los que me he topado. Es curioso, pero nunca antes había pensado en salir con Will. Tenemos la misma edad, pero nunca salimos con la misma gente cuando estudiábamos.

–Porque tú ibas con la gente popular y él iba con los friquis.

–Will no era un friqui –dijo Laila saltando en su defensa de un modo que sorprendió a Jess–. Jake y Mack son sus dos mejores amigos y los dos eran atletas. Siempre estaba en tu casa con Kevin y con Connor, además. Si no recuerdo mal, incluso jugaba al baloncesto en la universidad –se le iluminó la cara–. ¡Esa es otra cosa buena! Es más alto que yo; estoy cansada de tener que llevar zapatos planos cuando salgo por ahí para no intimidar a algún tipo que no pase del metro setenta.

Jess no podía explicar por qué la idea de que Laila fuera

a salir con Will la molestaba tanto. ¿Era porque estaba más interesada en él de lo que había admitido nunca? ¿O era porque ese estúpido ordenador había confirmado lo que ella siempre había dicho, que harían una pareja terrible? Y ya que no quería que su amiga se preocupara por nada de eso, esbozó una forzada sonrisa.

—Espero que lo paséis genial. Estaría muy bien que todo esto de los emparejamientos funcionara.

Laila sonrió, claramente aliviada por tener la bendición de Jess, por muy poco entusiasta que se hubiera mostrado su amiga.

—Cruzaré los dedos. Luego te llamo para contarte cómo ha ido.

En cuanto se marchó, Jess agarró las llaves y se dirigió a Sally's, donde sabía que encontraría a Jake y a Mack. Tal vez ellos podrían decirle si Will estaba detrás del servicio de citas. Si lo estaba, una vez se recuperara del impacto, no querría volver a saber nada de él.

Will se encontraba en la acera delante del Panini Bistro esperando a Laila Riley. Se había sentido un poco extraño al emparejarse con una persona a la que conocía prácticamente desde siempre, pero habían intercambiado un par de e-mails desde que habían hablado el día antes y había descubierto unas cuantas cosas más que tenían en común, además de todas las personas que conocían los dos y de los intereses que ambos habían mencionado en sus solicitudes. Por lo menos podrían pasar la siguiente hora charlando y poniéndose al día de cómo les iba en la vida sin ningún tipo de presión. Todo ello hizo que ella fuera ideal como su primera cita de Almuerzo junto a la bahía.

La vio salir del coche al final de la calle y caminar hacia él decididamente. Laila sonrió al verlo, extendió la mano para estrechársela, pero entonces se encogió de hombros y lo abrazó directamente.

–Es extraño, ¿verdad? –preguntó ella.

–Pues yo estaba pensando en lo fácil que sería. Nos conocemos prácticamente de toda la vida.

–Pero no así. No como un esposo o esposa potencial.

Will la miró con tanto asombro que la hizo reír.

–Lo siento –dijo ella inmediatamente–. Solo quería decir que esto no es como encontrarnos por casualidad en una fiesta o en Brady's. Es una cita real, incluso aunque sea solo para almorzar.

Will sonrió a medida que pasaba el incómodo momento.

–Entonces debería apartar una silla y pedirte que te sentaras –dijo haciendo exactamente eso antes de sentarse en la mesa de la terraza–. ¿Te apetecería una copa de vino con el almuerzo?

Ella negó con la cabeza.

–Una cosa que he aprendido de la banca es que para mirar todos esos números necesito tener la cabeza despejada. Tómala tú, si quieres.

–Yo no; mis pacientes esperan que les dé consejos sensatos y que, al hacerlo, esté sobrio.

Miraron las cartas, pidieron la comida y se acomodaron en sus sillas. A Will no se le ocurría nada que decir que no hubiera dicho ya en sus e-mails.

–He ido a ver a Jess antes de venir aquí –dijo Laila al cabo de un instante.

Will sintió que el corazón se le detuvo un instante.

–¿Ah, sí? ¿Cómo está?

–Se ha quedado un poco asombrada cuando le he dicho que iba a verte, pero sentía que tenía que contárselo.

–¿Por qué?

–Bueno, no estoy segura… –admitió–. Supongo que es porque siempre he pensado que los dos teníais una especie de conexión. Y, claro, nosotras somos amigas. Ya te dije que no se me daba bien ocultarles secretos a mis amigas.

Will se dijo que lo que Laila estaba contando sobre la reacción de Jess no significaba nada, que probablemente la había sorprendido tanto como si le hubiera dicho que los dos se habían encontrado en el supermercado.

Cuando no dijo nada, Laila añadió:

–Jess se preguntaba si todo esto del servicio de citas era idea tuya. ¿Lo es?

Will vaciló, pero no le vio sentido a darle una respuesta evasiva.

–Sí –explicó las razones por las que había creado la empresa y añadió–: Hasta el momento ya he formado diez parejas para que tengan su primera cita, aunque esta es la primera para mí.

–¿En serio? –le preguntó impresionada–. ¿Y me has elegido a mí? ¿Por qué?

–¿Sinceramente?

–Por supuesto.

–Quería comprobar por mí mismo los criterios que he empleado y tú parecías ser la oportunidad menos amenazante para hacerlo –admitió–. En el peor de los casos, si resultaba ser un absoluto desastre, pensé que podríamos reírnos de ello.

–No estoy segura de si hay algún cumplido enterrado en alguna parte de lo que has dicho o no...

—Seguro que enterrado muy en el fondo —respondió Will riéndose.

—Bueno, ¿y qué tal las demás parejas?¿Alguna parece estar funcionando?

—Mi criterio parece estar funcionando, por lo menos cuando se trata de extraños. Varias personas me han dicho que ya van por la tercera, e incluso por la cuarta, cita con la primera persona con la que quedaron emparejados.

—¿Y qué criterios te hicieron emparejarte conmigo? —preguntó Laila y lo miró fijamente—. En lugar de con Jess, ¿por ejemplo? Ella se registró el mismo día que yo.

Will no podía negar que él había pensado eso mismo. Después de todo, era la oportunidad perfecta para animar a Jess a pensar en él de forma distinta, pero no había estado preparado del todo para la humillación de que ella se riera a carcajadas ante la sugerencia de que tuvieran una cita.

—Jess y yo no encajamos en realidad.

—¿Según tus criterios?

—No exactamente. Me excluí de su búsqueda de pareja cuando encontré sus datos en el ordenador.

Laila pareció sorprendida.

—¿Por qué?

—Como te he dicho, ya sabía que no encajaríamos.

—¿Pero nosotros sí, según el ordenador?

Él asintió.

—Tú y yo teníamos al menos unas cuantas cosas en común, intereses parecidos, ambiciones y cosas así.

Ella lo miró divertida.

—Parece que somos una pareja ideal.

—¿Quién sabe? Podríamos serlo —la miró fijamente esperando sentir algo, el más mínimo atisbo de la química que sentía cuando Jess y él se encontraban en la misma habitación, pero no pasó nada. No obstante, eso no significaba que sus criterios no funcionaran, sino que él no tenía un modo cuantificable de medir la atracción, a pesar de saber que era un ingrediente clave en cualquier relación.

Tras un incómodo momento cambió de tema para pedirle opinión sobre una variedad de asuntos económicos y de banca. Laila era una persona informada, una que daba sus opiniones y que era directa, todas ellas buenas cualidades según él lo veía. Habían terminado el postre antes de que se diera cuenta de que era tarde y que debía volver al despacho para atender a su próximo paciente.

—Ha sido divertido —dijo, y lo dijo en serio—. Me encantaría volver a almorzar contigo.

—A mí también, pero la próxima vez invito yo.

Will interpretó esa declaración como lo que era: una oferta de amistad. Y ya que él había estado pensando lo mismo, se sintió aliviado.

—Trato hecho.

—Pero no una cita. Olvídate de tu estúpido ordenador, Will, y pídele salir a Jess. Sabes que es la chica que quieres. Siempre lo ha sido.

—No encajamos.

—¿Y eso quién lo dice?

—Principalmente, Jess —confesó él.

—¿Le has pedido salir de verdad y te ha dado calabazas?

—Bueno, no, pero me ha dejado abundantemente claro que la hago sentirse incómoda.

—Eso es exactamente lo que Jess necesita, alguien que pueda darle caña. Deja de perder el tiempo intentando encontrar una sustituta que nunca llegue a igualársele. Ve a buscar lo auténtico —le dio un abrazo—. Ese es mi consejo —sonrió—. Y por suerte para ti, no te cobro por él.

Se alejó por la calle dejando a Will mirándola y preguntándose por qué no podía haber sido ella la mujer de su vida. La sincera y directa Laila Riley era mucho menos complicada de lo que jamás sería Jess O'Brien.

Suspiró. Ese, por supuesto, era el problema. Al parecer, le gustaban las complicaciones y, por desgracia, esa sería su perdición.

La primera cita a ciegas oficial de Connie fue con un contable de Annapolis, un padre soltero cuyos hijos, al igual que Jenny, estaban ya en la universidad. Por escrito, le había parecido un tipo genial; los e-mails que se habían intercambiado habían revelado otras cosas que tenían en común, incluyendo el amor por el agua. Por todo ello, ya se había imaginado que disfrutarían de un agradable almuerzo con una estimulante conversación, aunque la cosa no fuera a más.

Ya que había accedido a conducir hasta Annapolis, había decidido salir temprano y parar en las oficinas de la fundación de Thomas O'Brien para conocer el estado de sus esfuerzos por recaudar fondos para la protección de la

Bahía Chesapeake. Aunque era sábado por la mañana, sabía que se encontraría al tío de Jess trabajando. Su reputación de adicto al trabajo era ampliamente conocida. Cuando llamó a la puerta de su despacho, él levantó la mirada de los papeles que tenía sobre la mesa y le sonrió.

—Vaya, eres exactamente lo que necesitaba esta deprimente mañana —dijo quitándose las gafas de leer y soltando su boli—. ¿Qué te trae por Annapolis?

A Connie se le aceleró el pulso ante el entusiasmo de su voz, a pesar de que se había dicho miles de veces que eso se debía a su gratitud por sus esfuerzos para con la fundación y nada más.

—Tengo una cita —admitió arrugando la nariz—. Una cita a ciegas, mejor dicho.

Él se echó atrás, asombrado.

—¿Y por qué una mujer tan encantadora como tú tendría que tener una cita a ciegas?

—Me he apuntado a un servicio de citas online —dijo tímidamente—. Y Jess y Laila también.

—¿Las tres? —sacudió la cabeza tristemente—. No llego a entender en qué están pensando los hombres de Chesapeake Shores si vosotras tenéis que recurrir a un servicio de citas online —aun así, se mostró ligeramente intrigado—. ¿Y es tu primera cita?

Connie asintió.

—Para ser sincera, estoy un poco nerviosa.

—Hoy en día, eso es perfectamente comprensible. Tal vez deberías reconsiderarlo.

—No puedo echarme atrás y no presentarme. Eso sería muy grosero.

—Entonces iré contigo —dijo decididamente—. No como cita, por supuesto, sino para estar cerca por si hay algún problema.

—¿Lo harías?

—Me siento obligado a hacerlo, de hecho. Alguien necesita mirar por ti, y somos prácticamente familia.

Ella se rio ante la seriedad de su voz.

—¿Sabes cuántos años tengo?

—Me hago una idea. ¿Qué quieres decir con eso?

—Que soy lo suficientemente mayor como para cuidar de mí misma.

—No, si este hombre resulta ser un depredador zalamero —insistió apretando la mandíbula.

—¿Por qué estoy empezando a pensar que pasar por aquí ha sido una mala idea? —dijo ella con actitud divertida a pesar de la actitud extremadamente protectora de él.

Thomas le sonrió y esa sonrisa hizo que se le encogieran los dedos de los pies.

—Ya que está claro que no has venido buscando mi protección, ¿por qué has pasado por aquí?

«Para ver esa sonrisa, por un lado», pensó, aunque no se atrevió a decirlo. Sus sentimientos enfrentados por Thomas O'Brien eran una fuente constante de consternación para ella y sabía que jamás la abandonarían. Al mismo tiempo, parecía no saber mantenerse alejada de él. Se sentía atraída hacia su pasión por el trabajo, su atenta personalidad, su pícaro sentido del humor… En resumen, se sentía atraída hacia él.

—No te veo desde los eventos de este verano y quería ver cómo iba la recaudación de fondos y qué puedo hacer para ayudar durante el invierno.

—Tengo algunas ideas al respecto –dijo él de inmediato–. ¿Por qué no nos vamos antes a ese almuerzo tuyo y nos tomamos un café mientras esperamos a que llegue tu cita? Una vez lo haya conocido y haya visto por mí mismo que no pretende hacerte daño, me esfumaré.

Connie podía ver todo tipo de cosas potencialmente desastrosas en cuanto a ese plan, pero no se veía capaz de decirle que se olvidara del tema. Un café con Thomas sonaba mucho mejor, francamente, que almorzar con un extraño.

—Sería genial –dijo.

Fueron caminando hasta el restaurante que la cita de

Connie había sugerido, eligieron una mesa con vistas al cercano río Severn y pidieron un café. Connie estaba tan ensimismada en lo que Thomas estaba diciendo que no se percató cuando otro hombre se acercó a la mesa y se quedó allí mirándolos con gesto de irritación.

–¿Eres Connie Collins?

Ella se sobresaltó.

–Sí. ¿Steve Lorton?

El hombre asintió y miró a Thomas con gesto serio.

–¿Interrumpo algo?

–Por supuesto que no –respondió Connie antes de que pudiera hacerlo Thomas, que había adoptado una extraña expresión territorial. Los presentó–. Thomas y yo estábamos charlando sobre los últimos progresos de su fundación para proteger la bahía. He estado trabajando como voluntaria para él.

Steve pareció apaciguado por la explicación, pero cuando Thomas no hizo intención de moverse, se vio obligado a agarrar una silla de una mesa cercana. Se sentó al lado de Connie, como reclamándola. Era la primera vez que se veía en mitad de dos hombres enfrentados por ella, pero descubrió que no le gustó tanto como siempre se había imaginado.

–Thomas ya se marchaba –dijo, aunque, para su pesar, él no parecía tener intención de moverse.

–Estoy seguro de que a Steve no le importará que me quede un rato más –respondió tensando la mandíbula de un modo que Connie reconoció porque ya lo había visto en otros O'Brien con demasiada frecuencia.

Estaba a punto de obligarlo a marcharse cuando él añadió:

–Hay algunas cosas que tenemos que discutir, Connie.

Connie lo miró confundida.

–¿Qué cosas?

–Nuestros planes para el próximo fin de semana.

Ahora sí que estaba confundida de verdad.

–¿Es que tenemos planes?

–Claro que sí –respondió mirando a Steve.

Steve se levantó tan bruscamente que su silla se volcó.

–Mira, no sabía que ya estabas saliendo con alguien –le dijo a Connie con mirada acusatoria–. Deberías habérmelo dicho.

Antes de que ella pudiera defenderse, él se giró y se marchó sin decir ni una palabra más.

Connie se quedó mirándolo y después se giró hacia Thomas.

–¿Por qué has hecho eso? ¿Por qué lo has espantado?

–No me ha gustado –le dijo sin el más mínimo atisbo de remordimiento.

Connie lo miraba incrédula.

–Creo que la finalidad de que se celebrara esta cita era descubrir si a mí me gustaba.

–No te habría gustado –predijo Thomas–. Es demasiado egocéntrico.

–¿Y eso lo sabes por haberlo visto dos minutos sentado aquí?

–Lo he sabido en cuanto no he visto el más mínimo interés en sus ojos cuando has mencionado lo de proteger la bahía.

Eso Connie no podía negarlo. Aun así, se sentía obligada a decir:

–Creo que tienes cierta predisposición cuando se trata de la bahía. No todo el mundo tiene tanta pasión por lo que hace como tú.

–Tú sí –le dijo mirándola fijamente–. ¿Puedes decirme sinceramente que estarías interesada en un hombre al que no le importa lo que le rodea?

–Probablemente no, pero no eres tú el que tiene que decidirlo –respondió.

–Te he hecho un favor –dijo él tercamente.

Ella suspiró; sabía que no iba a ganar esa discusión. Aunque, para ser sincera, no estaba tan descontenta con lo que él había hecho, no si eso les daba a los dos la oportunidad de pasar más tiempo juntos.

–Digamos que acepto que creyeras que estabas haciéndome un favor. He conducido hasta aquí para almorzar. ¿Significa eso que ahora vas a invitarme?

La expresión de él se iluminó y su resonante carcajada despertó sonrisas en las otras mesas cercanas.

–Creo que es lo mínimo que puedo hacer.

–¿Y qué me dices de esos planes que, supuestamente, tenemos para el próximo fin de semana? –preguntó ella, de pronto sintiéndose atrevida y osada, como hacía mucho tiempo que no se sentía.

–¿Cena en Brady's el sábado por la noche? –sugirió él.

A pesar del zumbido de emoción que la recorrió ante la sugerencia, Connie vaciló.

–¿En Brady's? ¿Estás seguro de eso?

–¿En territorio O'Brien? –preguntó demostrando que entendía exactamente qué le preocupaba.

–Sí.

–Bueno, no puedo pedirte que vuelvas a Annapolis, ¿verdad? Tendremos que encontrar un lugar ahí abajo que mi familia no haya descubierto. Chesapeake Shores no es el único lugar con restaurantes. Déjamelo a mí.

–De acuerdo –dijo ella con las manos temblando de pronto, tanto que tuvo que soltar la carta y dejarla sobre la mesa. Y para asegurarse de que no estaba malinterpretando lo que estaba pasando, se obligó a mirarlo a los ojos.

–¿Es esto una cita, Thomas? ¿O una reunión de trabajo? Quiero tenerlo claro.

Él no respondió inmediatamente. Es más, parecía como si estuviera intentando decidirse.

–La respuesta inteligente sería llamarlo «reunión de trabajo», ¿verdad? –respondió con arrepentimiento en la voz.

–Probablemente sería lo más sensato –contestó ella sin ni siquiera intentar ocultar su decepción y antes de recordarse que tenía más de cuarenta años y que ya no era una tímida adolescente. Thomas O'Brien era el primer hombre en años que había capturado su atención. Lo miró directamente a los ojos y añadió–: Pero me gustaría mucho que fuera una cita.

La expresión de Thomas se iluminó inmediatamente.

–¡Pues que sea una cita! Pero...

–No tienes que decirlo, Thomas. La familia no tiene por qué saber nada de esto.

–No es que crea que pase nada porque fuéramos a tener una cita –se apresuró él a decir.

Connie se rio.

–Créeme, lo entiendo. Una vez se los suelta, los entrometidos O'Brien son difíciles de contener.

–Exacto –agarró su carta–. De pronto me muero de hambre. Creo que tomaré la bandeja de marisco. ¿Y tú?

Connie estaba segura de que no sería capaz de dar bocado.

–Yo una ensalada pequeña.

–Tonterías. Necesitas proteínas antes de conducir hasta casa. Al menos tómate los pasteles de cangrejo. Aquí los hacen excelentes.

Ella cedió porque no tenía sentido luchar contra él y porque sabía que lamentaría haber tomado la ensalada cuando a medio camino de casa comenzara a rugirle el estómago. Aun así, no podía dejarle salirse con la suya del todo porque eso sentaría un precedente con un hombre tan terco como parecía serlo Thomas.

–Un sándwich de cangrejo, entonces.

–¡Excelente!

Miró sus centelleantes ojos azules, azules, y pensó que no podía recordar haberse sentido tan cautivada por nadie así, ni siquiera por el padre de Jenny. Por mucho que había creído amar a Sam, a ese hombre le había faltado fuerza, madurez, pasión y compasión, todas ellas cualidades que Thomas personificaba.

Sí, estaba enamorada. Pero ojalá esa situación no tuviera el potencial de romperle el corazón.

Capítulo 3

Desde que había descubierto que Almuerzo junto a la bahía era, en efecto, la nueva empresa de Will, Jess había estado sintiéndose más inquieta de lo habitual y había estado evitando también las llamadas de Laila, no muy segura de querer saber nada sobre su maravillosa cita con Will. Pero sabía que no podía evadir a su amiga para siempre. Es más, era muy infantil que lo hubiera hecho.

Entró en la cocina del hotel, donde Gail estaba preparando comida para las cestas de picnic que varios de los huéspedes habían solicitado.

–Voy a marcharme una hora o así. Llámame al móvil si me necesitas.

–¿Quién está atendiendo en recepción?

–Ronnie.

Gail la miró sorprendida.

–Vaya, debes de estar ansiosa por largarte de aquí. Creía que no te fiabas de Ronnie en el mostrador.

Ronnie Forrest era un veinteañero, pero tenía la madurez de un preadolescente. Su padre, un amigo de Mick, había perdido la esperanza de ver a Ronnie desarrollando un trabajo responsable y manteniéndolo. Jess se había mostrado dispuesta a darle una oportunidad, pero hasta el momento la única tarea que podía desarrollar sin echarlo todo a perder era llevar las maletas de los huéspedes. Con bastante frecuencia se le podía encontrar en el vestíbulo principal viendo la televisión en lugar de desempeñar algunas de las otras tareas que se le habían asignado, pero por muy frustrante que resultara su hábito de fingir estar enfermo, en cierto sentido, Jess podía identificarse con él. Más de una vez se había preguntado si el chico no padecería también el síndrome de déficit de atención que a ella le había marcado la vida.

Jess sonrió a Gail.

—Y esa es la razón por la que tú vas a supervisar lo que hace mientras yo esté fuera. Eres mucho más dura que yo. A lo mejor tú puedes lograr que se tome su trabajo en serio.

Gail no podía negar que era una chica dura. Sin embargo, con una ceja enarcada preguntó:

—¿Y cómo se supone que voy a echarle un ojo desde la cocina?

—Transfiere las llamadas a tu línea, si quieres, y tráelo aquí y haz que pele cebollas —sugirió Jess—. Tal vez así empezará a ver que mis amenazas de despedirlo si no espabila no son en vano.

Gail la miró sorprendida.

—¿Ya le has dicho que su trabajo pende de un hilo?

Jess asintió.

—La semana pasada. No tenía elección después de que tres personas se quejaran de que nadie había respondido cuando llamaron para hacer reservas y lo encontraron viendo reposiciones de *Ley y Orden*.

—¿Qué va a decir tu padre?

—Le diré que si quiere darle una oportunidad al chico, entonces debería contratarlo él —dijo Jess—. Podría ser lo mejor. Mi padre no tolera a nadie que no se esfuerce en su trabajo. Tal vez le dirá al padre de Ronnie que le hagan pruebas por si tiene problemas de déficit de atención, que es lo que sospecho que está pasando.

Gail la miró sorprendida.

—¿En serio?

Jess asintió.

–¿Y por eso sigues dándole flexibilidad, a pesar de hablarle con dureza?

–Es probable que sí –admitió Jess con un suspiro–. Mientras tanto, es todo tuyo. Lo mandaré aquí antes de marcharme.

Por supuesto, no encontró a Ronnie en el vestíbulo, que era donde se suponía que tenía que estar. Y tampoco estaba en el salón. Estaba en el porche, con una gorra de béisbol tapándole los ojos y profundamente dormido. La imagen la enfureció tanto que agarró el respaldo de la mecedora en la que estaba sentado y a punto estuvo de volcarla y tirarlo desde el porche al jardín.

–¿Pero qué…? –murmuró él al agarrarse a una columna para evitar caer–. ¿Estás loca?

–Ni la mitad de lo loco que estás tú, si piensas que esta es una forma aceptable de comportarse en el trabajo –respondió dándose cuenta de pronto de por qué Abby se pasaba tanto tiempo furiosa con ella–. ¿Es que no lo has entendido cuando la semana pasada te dije que estabas acabando con mi paciencia?

–Tranqui, no pasa nada.

–¿Cómo puedes saberlo cuando el teléfono que deberías estar atendiendo está dentro? He pasado la línea de reservas a la cocina. Entra ahí y ayuda a Gail. Si cuando vuelva no me dice que lo has hecho genial, estás despedido. ¿Queda lo suficientemente claro? –en esa ocasión simplemente tenía que mantenerse firme. No iba a hacerle ningún favor si dejaba que siempre se saliera con la suya a pesar de tener ese comportamiento en el trabajo.

Por fin, él se mostró moderadamente agitado.

–Vamos, Jess.

–Para ti, señorita O'Brien –le contestó con brusquedad.

Él sonrió como si hubiera dicho algo histéricamente divertido.

–Vamos, señorita O'Brien, ya sabe que a mi padre le va a dar un infarto si pierdo otro trabajo.

—Pues entonces no lo pierdas —dijo ella y se marchó antes de decirle unas cuantas cosas más sobre su ética del trabajo que probablemente no entendería. Si Devlin Forrest se quejaba a Mick de que hubieran despedido a Ronnie, ella hablaría con su padre. La insolencia y la haraganería eran dos rasgos que Mick tampoco toleraría jamás. De eso estaba bien segura.

Tras llegar a la conclusión de que necesitaba un poco de aire fresco y un largo paseo para mejorar su estado de ánimo, fue caminando los kilómetros que la separaban del pueblo y se dirigió al banco. En la recepción saludó a Mariah y después asintió hacia los despachos de los directores.

—¿Está Laila? ¿Está libre?

Mariah asintió.

—Pasa. Puede que una cara amiga la anime un poco.

—¿Está teniendo un mal día?

—Días —le confió Mariah—, pero no te atrevas a decirle que te lo he dicho yo.

—¿Tienes alguna idea de por qué está así?

—Ni idea.

Jess fue al despacho que antes había pertenecido a Trace hasta que él había convencido a su padre de que era Laila la que tenía que estar ahí. Trace no había hecho nada durante el breve periodo que lo había ocupado, pero Laila había pintado las paredes de un cálido tono crema y había añadido toques de arte moderno a las paredes. Los cuadros habían horrorizado a su padre, que no los veía lo suficientemente tranquilizadores para estar en un banco de pueblo, pero Laila se había mostrado firme. Era la habitación más alegre en ese viejo y deprimente edificio.

—He oído que los ánimos no andan muy bien por aquí. ¿Es seguro entrar?

Laila sonrió.

—Pasa. Prometo no arrancarte la cabeza de un mordisco.

Jess se sentó y miró a su amiga.

—Pareces agotada. ¿Qué está pasando?

–Estoy intentando evitar que algunos de nuestros clientes más antiguos pierdan sus casas al no poder pagar sus hipotecas. Creía que la economía estaba recuperándose, pero aún tenemos gente por aquí que está pasándolo muy mal. El comité ejecutivo no quiere oír sus excusas. Estoy pidiéndoles compasión, pero me temo que voy a perder la batalla.

–Lo siento. Sé lo que es estar al otro lado de la apertura de un juicio hipotecario. Si Abby no hubiera venido y me hubiera puesto al día los asuntos económicos del hotel, quién sabe lo que habría pasado.

–Pero a ti te salió bien. El banco sabía que eras apta para el préstamo, al igual que sé que estas personas también lo son para los suyos si les quito un poco de presión. Echar a familias a la calle debería ser el último recurso. Bueno, vamos a hablar de otra cosa. ¿Tienes tiempo para almorzar? Hace siglos que no hablamos.

Jess sonrió, aliviada por que la tensión que había estado sintiendo se hubiera evaporado al verse con una amiga.

–Estaba esperando que me lo propusieras. ¿Llamamos a Connie?

–Por supuesto –dijo Laila, llamando y haciendo que Connie accediera de inmediato a reunirse con ellas en un nuevo restaurante de ensaladas y sopas que había abierto sus puertas unas semanas atrás. Después de colgar, dijo–: Habría sugerido ir a Sally's, pero Will estará allí, así que he supuesto que preferirías ir a alguna otra parte.

–Por eso eres mi amiga. Me conoces muy bien. Aunque quiero que me cuentes cómo fue tu cita con él.

Laila la miró extrañada.

–¿En serio? Creía que por eso no estabas contestando a mis llamadas.

Jess se estremeció. Debería haber sabido que Laila reconocería exactamente lo que había estado pensando.

–Y así era –admitió–, pero estaba comportándome como una estúpida. Quiero saberlo todo.

–Y yo quiero saber cómo fue la cita de Connie en Annapolis el otro día –dijo Laila mientras agarraba su bolso y salían hacia el restaurante–. Me dijo que era un contable. Podría haberla advertido al respecto. No somos tan interesantes, pero no quería espantarla.

Jess se rio.

–No puedo hablar por todos los contables, pero tú eres la persona menos aburrida que conozco –le dijo–. A lo mejor ha tenido suerte.

Unos minutos después, sin embargo, cuando estaban sentadas en una mesa frente a la bahía, Connie se ruborizó cuando Laila sacó el tema de su cita.

–Fue un fiasco, ¿verdad?

–Por completo –respondió Connie con las mejillas encendidas. Vaciló y después dijo–: Acabé almorzando con Thomas.

Jess la miró.

–¿Thomas? ¿Mi tío?

Connie asintió.

–Pasó, sin más. Empezamos a hablar de cosas de la recaudación de fondos y terminamos almorzando. No es para tanto.

Pero Jess podía ver que sí era para tanto. Laila, sin embargo, pareció aceptar la explicación de Connie. Jess tenía cientos de preguntas en la punta de la lengua, pero las contuvo.

Connie rápidamente se giró hacia Laila.

–¿Y tu almuerzo con Will? ¿Cómo fue? –se sonrojó de pronto, miró a Jess y le preguntó–: ¿Te importa que hable de ello?

–Ojalá todos dejarais de actuar como si Will y yo hubiéramos tenido un gran romance –se quejó–. Porque nunca lo hemos tenido. Nunca hemos tenido una cita.

–Pero eso es solo porque él cree que no quieres salir con él –dijo Laila–. Eso es lo que me dijo.

–¿Los dos hablasteis de mí en vuestra cita? ¡No me extraña que tu vida social apeste!

–Estuvimos hablando de ti porque era imposible ignorar lo obvio. Tiene sentimientos hacia ti y, en contra de lo que puedas decir, creo que tú tienes sentimientos hacia él.

–Creo que es irritante. ¿Es eso a lo que te refieres?

Laila puso los ojos en blanco y Connie se rio.

–No me convences –dijo Laila y miró a Connie–. ¿Y a ti?

–No.

Jess estuvo a un paso de borrar esa expresión de la cara de Connie soltando lo que sabía sobre lo que ella sentía por Thomas, pero llegado el momento, no pudo hacerlo. Si estaba pasando algo entre los dos, no quería ser ella la que lo arruinara todo causando un alboroto en la familia. Kevin y Connor habían pensado lo mismo, obviamente, cuando le habían jurado que lo mantendrían en secreto.

–Mirad las dos, pensad lo que queráis. Will y yo jamás funcionaríamos como pareja. Apenas nos soportamos como amigos y, si estuviera tan interesado en mí como las dos pensáis y fuéramos tan perfectos el uno para el otro, ¿no nos habría emparejado ese programa informático?

–No incluyó su nombre cuando pasó tu informe por el filtro –reveló Laila.

–¿Veis lo que quiero decir? No quiere tener nada que ver conmigo y eso lo demuestra. Vamos a dejar el tema, ¿de acuerdo? No quiero hablar ni de Will ni del hecho de que esa estúpida empresa que tiene sea un fraude.

Sus dos amigas la miraron consternadas.

–Estás siendo un poco dura –dijo Laila–. Que nuestras primeras citas no funcionaran no significa que las próximas no vayan a hacerlo.

–¿Vais a aceptar más citas? –preguntó Jess incrédula.

–¿Por qué no? –dijo Laila–. No ha cambiado nada sobre las razones por las que nos registramos, ¿verdad, Connie?

Connie asintió, aunque Jess pensó que parecía dudosa.

–Estoy dispuesta –dijo Connie con deslucido entusiasmo.

Laila centró su atención en Jess.

–Has pagado tu dinero. Ahora no puedes echarte atrás.

–Ya que no he recibido ni un e-mail ni una llamada, estoy pensando que debería exigir mi dinero. Es más, la próxima vez que vea a Will, pretendo decirle lo que pienso sobre todo este ridículo asunto de las citas online.

–Tienes que darle una oportunidad –insistió Laila–. Dale tiempo.

–¡Como si Will y tú formarais una buena pareja! O Connie y su contable. Vamos, chicas, admitid que esto es un error. En lo que respecta a hacer de casamentero, Will es un aficionado.

–Pues yo no voy a tirar la toalla todavía –respondió Laila con decisión–. Y tampoco Connie, y Jess, tú prometiste que también te apuntabas. ¿Vas a echarte atrás después de habernos dado tu palabra?

–Vosotras dos podéis hacer lo que queráis, pero yo me quedo fuera.

–Una promesa es una promesa –persistió Laila.

Jess suspiró y cedió.

–De acuerdo, vale. Le daré un poco más de tiempo.

Pero a pesar del optimismo de Laila y de la renuencia de Connie, nadie iba a persuadir a Jess de que no era una pérdida de energía y de tiempo.

La cliente de Will, una mujer soltera que había perdido la esperanza de encontrar al hombre adecuado, llegó a su cita seguida por un hombre.

–Es Carl Mason –le dijo Kathy Pierson con los ojos brillantes de emoción–. Espero que no le importe, pero le he pedido que estuviera presente en nuestra consulta de hoy. Nos conocimos a través de Almuerzo junto a la bahía y vamos a casarnos.

Will vio el rubor de sus mejillas y la adoración en los ojos de Carl Mason y se dio cuenta de que eso era exactamente lo que había esperado al lanzar la empresa. Por desgracia, también sabía que Kathy tenía tendencia a precipitar las cosas sin pararse a pensarlas primero. ¿Y si era una de esas ocasiones? No podían haber tenido más que un puñado de citas. Estaba segurísimo de que los había emparejado hacía menos de dos semanas.

–Cuando algo está bien, está bien –le dijo Carl, obviamente captando la falta de entusiasmo de Will ante la noticia–. Sé que debe de parecerle que todo va muy deprisa, pero en cuanto conocí a Kathy, conectamos.

–Me alegro por los dos. De verdad que sí –les aseguró–. Pero el matrimonio es un gran paso. ¿No deberíais pasar un poco más de tiempo juntos antes de establecer esa clase de compromiso?

Kathy lo miró muy seria.

–Tengo cuarenta y seis años. He esperado toda mi vida para conocer a un hombre como Carl. Ya he perdido mi oportunidad de tener hijos, pero eso no significa que sea demasiado tarde para el amor. Es usted el que lleva diciéndomelo todos estos meses. Por fin lo he encontrado y no quiero esperar. No queremos esperar.

–Los dos estáis contándome lo bien que va todo, ¿no seguiría yendo bien dentro de unas semanas, o meses incluso? Así lo sabríais con seguridad.

–Y habríamos desperdiciado semanas o meses de nuestras vidas.

–No quedarán desperdiciadas –insistió Will–. No estoy sugiriendo que no podáis estar juntos durante todo ese tiempo, solo digo que no deis aún el salto al matrimonio. Os conoceréis el uno al otro, os aseguraréis de que sois tan compatibles como pensáis.

–No entiendo por qué no puede alegrarse por nosotros –dijo Kathy–. Quiero decir, somos prácticamente la pareja de anuncio de Almuerzo junto a la bahía. ¡Somos una historia con éxito! Debería estar alardeando por el hecho de que su programa informático haya hecho una pareja tan perfecta en lugar de intentar desmoralizarnos.

—No intento desmoralizaros –le aseguró Will–. Es más, si funciona, seré el primero en levantarme y proponer un brindis en vuestra boda. Es solo que me preocupa que estéis volcando demasiada fe en un programa de ordenador y que no confiéis en vuestro propio juicio. Lleva tiempo llegar a conocer a otra persona. El ordenador es una herramienta que puede acortar el proceso, pero no es infalible.

Kathy se levantó.

—Bueno, había esperado que viniera a la boda, pero ahora me parece una idea terrible. No quiero malas vibraciones que arruinen el día más feliz de mi vida. Vamos, Carl.

Carl la siguió hasta la puerta.

—Para ser sincera, creía que eso del programa informático era una locura, pero una vez que conocí a Kathy me convertí en un creyente. Esto saldrá bien, doctor. No tiene que preocuparse por nosotros.

Will agradeció el esfuerzo de reconfortarlo, pero los miró con una sensación de pavor en el estómago. La confidencialidad con los pacientes le impedía decirle a Carl que Kathy tenía una larga historia de entusiasmos que se desvanecían con demasiada rapidez. Una cosa era aficionarte por algo y dejarlo prácticamente de la noche a la mañana y otra muy distinta era hacer eso mismo con un marido.

Estaba intentando pensar si había algo que pudiera hacer para detener esa impulsiva boda que estaban planeando cuando sonó su móvil. Aliviado por la distracción, respondió al segundo tono.

—¿Will Lincoln? –preguntó vacilante una mujer.

—Sí.

—Tu nombre me apareció como pareja potencial de Almuerzo junto a la bahía. Estaba preguntándome si podrías quedar para almorzar algún día de esta semana. Probablemente debería haber esperado a que tú llamaras, pero temía que si esperaba, perdiera el valor de hacerlo. Nunca antes he hecho nada parecido.

Will contuvo un suspiro. ¿Cómo podía rechazarla? Era

él el que había fundado la empresa en parte para poder conocer a gente y destrozaría su reputación que el dueño comenzara a rechazar parejas.

–Me encantaría almorzar contigo –dijo intentando inyectar una nota de entusiasmo en su voz–. ¿Qué te parece el viernes?

Charló un poco más y después colgó. Merry Landry tenía una voz dulce y, por la información que había obtenido del ordenador, parecía que compartían algunos intereses. Era una mujer formada, con su propio negocio y una gran familia, como las que él siempre había envidiado. Una familia como los O'Brien.

Claro que Merry tenía un gran inconveniente que la chica, obviamente, no podía remediar: ella no era Jess.

El viernes al mediodía, Jess recibió una llamada de Heather, la mujer de Connor. Heather tenía una tienda de colchas en Shore Road justo al lado de la galería de arte que su madre había abierto.

–¿Estás ocupada? –preguntó Heather.

–Es viernes, así que esperamos tenerlo lleno el fin de semana, aunque la mayoría de la gente no aparecerá hasta dentro de unas horas. ¿Por qué?

A Jess le pareció haber oído un susurro de fondo, pero podrían haber sido clientes hablando.

Al momento Heather dijo:

–Esperaba que pudiéramos quedar para comer algo rápido. Y Connor también. Te hemos echado de menos.

–¿Está Connor ahí?

–No –respondió Heather apresuradamente–. Acaba de irse para reservarnos una mesa en Panini Bistro. ¿Puedes ir?

–¿Tenéis noticias? –preguntó Jess suponiendo que tal vez Heather estaba embarazada. Ya tenían un hijo nacido antes de que se hubieran casado.

Heather se rio.

–Si dejas de hacer preguntas y vas allí, tendrás respuestas en menos tiempo.

Jess suspiró.

–Vale, dame diez minutos. Pide un panini de jamón y queso con lechuga y tomate para mí.

–Hecho –le prometió Heather.

Jess fue a hablar con Gail, se aseguró de que Ronnie estaba de nuevo trabajando en la cocina y se marchó. Tardó varios minutos en encontrar aparcamiento y otros pocos más en ir caminando hasta el restaurante. Inmediatamente vio a su hermano y a su mujer y, entonces, en otra mesa demasiado cerca como para ser una coincidencia, estaban Will y una atractiva rubia que parecía estar mirándolo con adoración.

Aunque desde la silla que Connor y Heather le habían dejado se podía ver perfectamente a Will y a su acompañante, Jess la agarró y la colocó entre los felices recién casados para estar de espaldas a él.

–Por favor, decidme que esta no es la razón por la que me habéis hecho venir –dijo casi sin aliento.

Connor la miró con inocencia.

–¿Estás hablando de Will? Creo que tiene una cita de esas de Almuerzo junto a la bahía. Una chica preciosa, ¿no te parece?

Jess enfureció.

–Me importa un bledo si es más guapa que Marilyn Monroe. ¿Por qué hacéis esto? ¿Para volverme loca?

Heather empezó a reírse y después se cubrió la boca, aunque no pudo ocultar la expresión de diversión de sus ojos.

–Entonces, ¿ver a Will con otra mujer te vuelve loca? –y aunque empleó un tono inocente, en su voz había demasiada diversión–. ¿Por qué?

Jess quería matarlos a los dos. De verdad que sí, pero no iba a darle a Will la satisfacción de presenciar cómo perdía los nervios en un sitio público. De modo que se plantó una sonrisa en los labios y miró a la camarera.

–¿Podrías prepararme lo mío para llevar, por favor? Tengo que volver al trabajo.

–¡Jess! –protestó Heather consternada–. Por favor, quédate.

–Salir corriendo no es la respuesta –añadió Connor–. ¿No ves que es una tontería que los dos sigáis perdiendo el tiempo al negar vuestros sentimientos?

–El único sentimiento que tengo por Will ahora mismo es desprecio y, sinceramente, mis sentimientos hacia ti, querido hermano, no son mucho mejores –miró a Heather con seriedad–. ¿Por qué has participado en esto? Sé que ha sido idea de Connor.

Heather se sonrojó.

–Me parecía que era buena idea –admitió y añadió–: Connor tiene razón. Al menos deberías darle a Will una oportunidad.

Jess decidió que necesitaba señalar lo obvio.

–Will no parece querer una oportunidad. Está ahí mismo con otra persona. No voy a girarme para mirar, pero cuando he llegado parecía muy contento con ella. Y no hace tanto tiempo estaba aquí también con Laila.

Connor se quedó asombrado.

–¿Laila? ¿Will tuvo una cita con la hermana de Trace?

–Sí. Está claro que se lo está pasando muy bien. Ahora, ¿podéis dejar de meteros en mis asuntos? –agarró su comida cuando llegó la camarera y miró duramente a su hermano–: Gracias por el almuerzo, por cierto. Ha sido encantador.

Fue echando humo durante el camino de vuelta al hotel, entró en la cocina hecha una furia y echó su comida sobre una de las encimeras de acero inoxidable. Gail la miró y se giró hacia Ronnie.

–Pasa las llamadas al mostrador de recepción –le ordenó–. Y vete allí para atenderlas.

–Claro –dijo Ronnie de buena gana.

Jess lo miró.

–¿Has hipnotizado a ese chico?

–Es asombroso lo que puedes llegar a hacer cuando un tipo te ve con un cuchillo en la mano –dijo Gail con una carcajada–. No he tenido ni un solo problema con él.

Jess sacudió la cabeza.

–No estoy segura de que sea una estrategia que pudieran emplear muchos jefes, pero gracias.

–Bueno, dime por qué estás tan enfadada… y comparte ese panini conmigo. Huele de maravilla y me muero de hambre.

–¿Es necesario que diga que eres chef con una despensa entera y un congelador a tu disposición? –dijo Jess mientras ponía la mitad de su sándwich en un plato, añadía unas patatas fritas y se lo pasaba.

–Estoy demasiado ocupada para cocinar para mí. Mi jefe, es decir tú, ha insistido en que haga un montón de aperitivos para recibir a los huéspedes los viernes por la noche. Me ha ayudado Ronnie, pero ahora le has mandado a recepción, así que me quedo sola. Bueno, cuéntame qué ha pasado. Estoy segura de que tu intención era comer en el restaurante.

Jess le contó a Gail lo que se había encontrado al llegar allí.

–No sé en qué estaban pensando –dijo sobre su hermano y Heather.

–¿Que necesitas despertar antes de que sea demasiado tarde? –sugirió Gail.

–¿Por qué dice eso todo el mundo?

–Porque tú eres la única que parece no haberse dado cuenta de que Will es perfecto para ti.

–¿El hombre más detestable, exasperante y altivo de Chesapeake Shore es perfecto para mí? ¿Qué dice eso sobre mí?

–Ahora mismo dice que estás ciega y que eres una testaruda –respondió Gail con tono alegre y, pasándole un cuchillo, añadió–: Ahora corta esos champiñones o dile a Ronnie que vuelva aquí. Tengo trabajo que hacer.

Jess empezó a cortar y miró a Gail.

–Tengo que recordar que cuando se trata de compasión, está claro que no eres mi chica.

Gail se rio.

–Eso no entra en mis tareas, lo tengo clarísimo.

Por lo menos el esfuerzo de evitar cortarse los dedos hizo que Jess dejara de pensar demasiado en Will y en la preciosa rubia que había estado escuchando atentamente cada palabra que decía. Tendría tiempo de sobra para torturarse con esa imagen cuando estuviera sola en su cama esa noche.

Capítulo 4

Megan levantó la mirada del lienzo que estaba enmarcando para preparar su próxima exposición en la galería y se encontró a Mick yendo hacia ella con gesto serio.

–¿Qué pasa contigo? –le preguntó a su marido, que se había sentado en un taburete del taller en la parte trasera de la galería.

–Acabo de ver a nuestra hija…

–¿A cuál?

–A Jess. Estaba saliendo del Panini Bistro con cara de buscar pelea. Ni siquiera se ha girado cuando la he llamado.

–Me sorprende que no la hayas seguido –dijo Megan secamente.

–¿Es que no me has oído? –preguntó Mick con impaciencia–. He dicho que parecía que buscaba pelea. Hasta yo sé que es mejor esperar a que se calme antes de hablar con ella cuando se pone así.

Megan sonrió.

–Vaya, parece que has aprendido unos cuantos trucos desde que nos hemos vuelto a casar.

–¿Puedes dejar de preocuparte por mí y por mis trucos? Tenemos que centrarnos en nuestra hija pequeña. Le pasa algo, Meggie. No es feliz. He intentado sacarle algo de información a Connor y a Heather, pero no me han dicho nada.

Megan lo miró confundida.

—¿Qué tienen que ver con todo esto Heather y Connor?

—Me ha parecido que son ellos con los que Jess se ha marchado enfadada. O tal vez ha tenido algo que ver con Will.

Ahora Megan sí que le prestó absoluta atención.

—¿Will? ¿Estaba allí?

—En la mesa de al lado con una mujer que no había visto nunca. Una chica muy guapa —se quedó pensativo—. Jess no estaría molesta por eso, ¿verdad?

Megan no sabía cómo responder. Durante un tiempo había pensado que Will y Jess sentían algo el uno por el otro, pero nunca se lo había contado a Mick, ya que él no era un hombre que pudiera quedarse sentado y dejar que las cosas siguieran su curso. Llevaba mucho tiempo quejándose de la falta de vida social de su hija y en cuanto viera algún motivo para hacerlo, se entrometería.

—No tengo ni idea —dijo, y era verdad. Jess nunca le había mencionado que sintiera algo por Will.

Mick la miró con escepticismo.

—¿Por qué tengo la sensación de que ha sido una respuesta evasiva? ¿Me ocultas algo?

—¿Por qué iba a hacer eso?

—Porque no quieres que me entrometa. Crees que me falta tacto. Así que estás ocultándome algo deliberadamente —concluyó él—. ¿Tienen algo esos dos? Will y Jess, quiero decir.

—No, que yo sepa —insistió Megan con total sinceridad.

—Pero sospechas algo, ¿verdad?

Ella lo miró con impaciencia.

—Mick, ¿es que no has aprendido nada de nuestros otros hijos? Entrometerte solo empeora las cosas.

—Lo cual significa que pasa algo en lo que no quieras que me entrometa —dijo con aire triunfante—. ¡Lo sabía! Jess ha salido así de enfadada porque Will estaba allí con otra mujer y se ha molestado al verlos.

Su fugaz momento de satisfacción por haber averiguado lo sucedido se disipó casi de inmediato cuando dijo:

—Si ese hombre le hace daño a Jess, tendrá que responder ante mí.

Empezó a levantarse, pero Megan lo agarró del brazo y lo miró a los ojos.

—A menos que Jess acuda a ti y te pida ayuda, vas a mantenerte al margen de esto, Mick O'Brien. Ninguno de los dos tiene la más mínima idea de lo que está pasando, si es que está pasando algo. Si vas detrás de Will, podrías empeorar las cosas. Incluso podrías humillar a tu hija.

Mick se quedó sentado, aunque no parecía muy convencido.

—Pues entonces tal vez debería pasarme por el hotel y hablar con Jess.

Megan se estremeció ante la idea, pero en lugar de decirle que no lo hiciera... porque sería malgastar saliva..., optó por una advertencia:

—Si quieres ir a visitar a Jess, me parece bien. Si quieres interrogarla sobre Will o sobre lo que ha pasado hoy, olvídalo. Es una mala idea. Jess es una mujer adulta.

—Es nuestra niña y siempre ha sentido que ninguno de los dos le hemos prestado suficiente atención. Puede que sea tarde, pero tiene que saber que estamos a su lado.

Megan suspiró.

—Nadie es más consciente que yo de que la abandoné cuando apenas tenía siete años y creo que ha llegado a comprender, por fin, todos los motivos de nuestro divorcio, y hasta creo que está empezando a creer que nunca dejé de quererla. Pero eso no significa que esté preparada para que yo me ponga a agobiarla y a darle consejos sobre sus citas. Y lo mismo te digo a ti, Mick. Tenemos que dejar que sea Jess la que acuda a nosotros.

Mick dejó escapar un suspiro.

—No me gusta estar al margen cuando uno de nuestros hijos no es feliz.

–Lo sé, pero tal vez no es tan infeliz. Tal vez Connor y ella han tenido una de sus habituales discusiones. Es posible.

–Supongo…

–¿Por qué no te pasas por el hotel para ver si necesita que le eches una mano? Los viernes son siempre una locura allí en cuanto empiezan a llegar los huéspedes de fin de semana. Te agradecerá el gesto y estarás allí por si decide sincerarse. ¿Qué te parece?

A Mick se le iluminó la cara.

–Eso sí que puedo hacerlo. Te cuento luego en la cena. ¿Vamos a ir a Brady's esta noche?

–A menos que quieras invitar a Jess a cenar con nosotros en casa…

–¿Y que tengas que cocinar después de haber trabajado tanto hoy? Le diré que se venga a cenar con los dos a Brady's. Luego te llamo para contarte lo que me ha dicho –la besó–. Casarme con una mujer sensata es lo más inteligente que he hecho en mi vida.

Megan se rio.

–¿Y no es genial que te haya dado la oportunidad de casarte con ella dos veces?

Lo vio marcharse y sacudió la cabeza, preguntándose si haberlo enviado al hotel había sido lo más inteligente. Sabía que Mick tenía buenas intenciones, pero las perdía en cuanto llegaba a la conclusión de que sabía qué era lo mejor para todo el mundo.

Megan podía confiar en que se ciñera al plan o podía llamar a Jess y avisarla de que su padre iba de camino. Cualquiera de las dos opciones tenía sus riesgos.

Al final, optó por no hacer nada. Después de todo, era ella la que había dicho que su hija era una mujer adulta. Tenía que confiar en que Jess podía manejar a Mick y su bien intencionada intromisión.

Pero claro, ella también sabía mejor que nadie que para manejar a Mick hacía falta un delicado equilibrio entre tener confianza en sí misma y tener las habilidades ofensivas y de bloqueo de un guardalínea porque, si no, Mick podía pasarte por encima.

Jess tenía una multitud de recién llegados en la recepción intentando registrarse. Ronnie había desaparecido hacía veinte minutos y estaba a punto de tener un ataque de nervios cuando alzó la mirada y vio a su padre.

–¿Qué puedo hacer para ayudar? ¿Necesitas que lleve estas maletas?

–¿Lo harías? –preguntó ella, sin pararse a pensar en por qué había aparecido justo cuando lo necesitaba. Estaba agradecidísima de tener un par de manos extra.

–Claro, sin problema. ¿Dónde está el hijo de Forrest? Creía que este era su trabajo.

–No me hagas hablar –murmuró y sonrió a la pareja que acababa de registrarse–. Señores Longwell, tienen su habitación en el segundo piso con vistas a la bahía. Papá, ¿puedes ayudarlos con el equipaje?

–Claro –dijo Mick agarrando las dos pequeñas maletas y dirigiéndose a las escaleras.

Había regresado para cuando ella había terminado de registrar a los siguientes huéspedes, dos mujeres de Nueva Jersey. Al cabo de una hora, todos los huéspedes se habían registrado y varios ya estaban relajándose en el salón mientras tomaban una copa de vino y unos aperitivos. Jess había respirado hondo por primera vez en toda la tarde cuando su padre volvió a aparecer.

–Todo el mundo está instalado –le aseguró–. Parece que el negocio marcha bien.

–Debería seguir así, al menos, hasta finales de octubre –le dijo Jess–. También estamos casi completos para Acción de Gracias.

–Bien por ti –le dijo él sonriéndole–. Deberías estar orgullosa, Jess. Este lugar está siendo un éxito, tal como pensabas. Tu madre y yo estamos muy felices por ti. Has hecho un trabajo estupendo.

–Gracias, papá –respondió verdaderamente agradecida por el cumplido–. Por cierto, ¿qué te trae por aquí? Estoy segura de que no has pasado para llevar maletas, aunque no hay duda de que me has venido como caído del cielo esta tarde.

–Me alegro de haber podido ayudar.

–¿Te apetece una copa de vino o algún aperitivo de los que ha hecho Gail?

–No, gracias. Solo quería preguntarte si te apetecía venir a cenar esta noche a Brady's con tu madre y conmigo, si no estás ocupada.

Jess se quedó paralizada.

–¿Por qué?

–¿Por qué no? Te mereces salir alguna noche, ¿no? A menos que ya tengas planes, claro.

–Papá, mamá y tú aún estáis prácticamente de luna de miel y sé que esas cenas en Brady's son, oficialmente, como citas para vosotros. ¿Por qué, de pronto, queréis que vaya?

Él se sonrojó.

–Porque hace tiempo que no te vemos, eso es todo.

–Estuve en casa el domingo –le recordó ella–. Y me pasé por la galería a tomar café con mamá a principios de esta semana.

Él se encogió de hombros.

–No me lo había dicho.

Jess miró a su padre.

–Esto no tiene nada que ver con el hecho de que me hayas visto salir del Panini Bistro antes, ¿verdad?

–¿Me has oído llamarte?

–Podrían haberte oído en Ocean City, papá.

–Pues entonces, ¿por qué no has parado? Parecías enfadada. Solo quería asegurarme de que todo iba bien.

–Seguro que Connor y Heather te han puesto al tanto.

–No me han dicho nada. Creo que he supuesto algunas cosas por mí mismo, ¿quieres decirme si he acertado? ¿Tenía algo que ver con el hecho de que Will estuviera allí con esa mujer?

Jess intentó no mostrar que su pregunta la había dejado descolocada.

–¿Y por qué has pensado eso? –preguntó esperando que no le temblara la voz.

No sabía por qué ver a Will con otra mujer la había afectado tanto. Es más, se había dicho en un principio que su enfado había ido dirigido únicamente a Heather y a Connor, pero una vez había estado bien lejos del restaurante, se había dado cuenta de que ver a Will teniendo una cita, sobre todo una que había surgido de ese servicio de citas online, la había enfurecido.

Se forzó a mirar a su padre a la cara.

–Sabes muy bien que no hay nada entre Will y yo, ¿verdad?

–¿Sí? –preguntó escéptico–. Admitiré que ha sido una suposición por mi parte, pero cuando le he presentado la teoría a tu madre, ella no me ha negado que pudiera ser una posibilidad.

–¿Así que mamá y tú habéis estado especulando sobre esto? –dijo con tono gélido. Ya era un poco tarde para que los dos empezaran a preocuparse por sus sentimientos.

–Me preocupo por ti. Eso es lo que hacen los padres.

–Pues no te preocupaste mucho cuando tenía siete años, ¿no? –le respondió en tono acusatorio–. Mamá acababa de marcharse y tú ibas recorriendo el país con tus trabajos. Ninguno de los dos pasó mucho tiempo teniendo en cuenta mis sentimientos.

–Era una época distinta –dijo sin ni siquiera intentar defender lo indefendible–. Estoy aquí ahora mismo y me preocupa lo que pase en tu vida.

Jess sabía que el único modo de que se echara atrás era contándole algún cuento que lo tranquilizara.

–Mira, Connor y yo hemos discutido antes, eso es todo. No ha sido para tanto. Llevamos discutiendo desde que éramos pequeños y siempre nos reconciliamos.

Mick no parecía convencido del todo.

–Y eso es todo, ¿una discusión con tu hermano? ¿No ha tenido nada que ver con Will?

–Nada en absoluto –insistió ella–. Todo está bien. Te prometo que ya estaré hablando con Connor para cuando llegue la comida del domingo.

–De acuerdo –dijo Mick, aceptando la explicación no sin cierta renuencia–. ¿Y no te interesa salir a cenar con nosotros esta noche?

–Ojalá pudiera, pero no me gusta dejar el hotel cuando estamos tan llenos. Cualquiera de los huéspedes podría necesitar algo.

Mick la abrazó y la besó en la cabeza.

–Llámame si necesitas algo, ¿de acuerdo?

Ella olvidó su enfado, contenta de ver que el asunto parecía resuelto por el momento.

–Sí, papá. Te lo prometo. Gracias por ayudarme esta tarde.

–De nada, hija.

Lo vio marcharse y respiró aliviada justo antes de sobresaltarse al oír la risita de Gail tras ella.

–Menuda trola le has metido a tu papaíto –se burló Gail.

–He hecho lo que tenía que hacer para quitármelo de encima. Si supiera que estaba enfadada por lo de Will, ninguno de los dos estaría a salvo de las intromisiones de mi padre.

–¿Te da miedo que pudiera entrometerse o te aterroriza que se le diera bien?

–¿Qué quiere decir eso?

–Por lo que he oído, una vez que Mick O'Brien pone la cabeza en algo, las cosas suelen salir como él quiere.

–Mi padre puede entrometerse desde hoy hasta el día del Juicio Final, y eso no cambiaría nada en lo que concierne a Will y a mí.

Por desgracia, tras su declaración no había tanta convicción como debería haber habido.

Cuando pasó otra semana sin ni una sola cita concertada por Almuerzo junto a la bahía, Jess enfureció aún más. Era peor ahora que sabía que era la empresa de Will, porque eso demostraba lo poco que ella le importaba.

Prácticamente podía oírle recitar todas las razones por las que no quería emparejarla con ninguno de los hombres que solicitaban sus servicios. La consideraba una chica voluble y consideraba que su historial de citas era demasiado errático. La conocía demasiado bien, o eso creía él, y no quería arriesgar la reputación de su estúpida empresa al emparejarla con un pobre hombre.

Solo pensar en cómo la había rechazado la hizo enfurecer todavía más. Si a eso se añadía el hecho de que ni siquiera le había devuelto el dinero de su ingreso en el servicio de citas, estaba preparada para partirlo en dos si se cruzaba con él.

Y no, por supuesto que no intentaría buscarlo. Es más, lo mejor sería que no se cruzaran en meses, o incluso en años.

Pero claro, mucho antes de que pudiera quitarse todo eso de la cabeza, lo vio en Brady's una noche de viernes que decidió salir del hotel.

—Ahí está ese gusano —le farfulló a Connie y a Laila mientras se levantaba. Las dos copas de vino que había consumido y habían caído sobre su estómago vacío la hicieron tambalearse un poco.

—Vuelve a sentarte —le suplicó Connie—. Puede que Dillon Brady te adore, pero no le alegrará que montes una escenita en su restaurante. Es el lugar con más clase del pueblo y no le gustan las broncas.

Jess centró su atención en Connie.

—Pues en ese caso, Will debería marcharse. Es escoria,

es una persona imposible, es irritantemente crítico. Y es un cobarde.

—Hablando de mí, supongo —dijo Will sacando una silla para sentarse a su lado.

Connie le lanzó una mirada de advertencia.

—Puede que no sea el mejor momento —murmuró.

—Oh, estoy acostumbrado a las críticas fáciles de Jess. Es lo que hace siempre que estoy venciéndola en una discusión. En lugar de ofrecer argumentos racionales, recurre a ataques personales.

El mal humor de Jess aumentó ante su condescendiente tono.

—Nosotros no discutimos. Eres un estirado y un pretencioso. Haces juicios de valores como si fueran la única verdad y nosotros fuéramos mortales que no pudiéramos atrevernos a cuestionarte.

Will la miró con incredulidad.

—¿Cuándo he hecho yo eso?

—Todo el tiempo.

—Dime una vez —la desafió.

Jess vaciló y dio un sorbo de vino. Por desgracia, los ejemplos específicos parecían estar perdidos en las profundidades de su ebrio cerebro.

—No tengo que hacerlo, sabes que tengo razón —dijo orgullosa de su maniobra de evasión.

Will se limitó a sonreír con esa actitud de superioridad que siempre la ponía rabiosa.

—¡Oh, lárgate! —le gritó irritada.

—No hace ni cinco minutos creía que tenías algo que querías decirme. Ahora es tu oportunidad. Vamos.

—He cambiado de opinión. Sería una pérdida de saliva. Nunca escuchas ni una palabra que digo o, al menos, nunca te tomas en serio nada de lo que digo.

—No, vamos. Suéltalo. Puedo asumirlo.

Connie suspiró.

—Creo que iré a por otra bebida. Laila, ¿quieres algo?

–¿Estás de broma? –dijo Laila levantándose–. Voy contigo.

–Yo tomaré más vino –dijo Jess.

–Ni hablar –respondió Connie.

Sus dos amigas la dejaron allí sentada con Will, que parecía esperar pacientemente a que dijera algo.

–¿Y bien? ¿Tiene esto algo que ver con que me vieras la semana pasada en el Panini Bistro con una mujer? Parecías muy enfadada.

–No estaba enfadada. ¿Por qué iba a estarlo? No significas nada para mí. Menos que nada.

Pero él no parecía creerlo.

–¿Entonces qué está pasando por esa cabeza tuya? Está claro que estás enfadada conmigo por algo. Más de lo habitual, de hecho. Dilo claramente para que podamos hablarlo.

–Esa es tu solución para todo, ¿verdad? Hablar hasta morir.

–Pues sí, resulta que creo que la comunicación ayuda mucho –dijo conteniendo una sonrisa–. Pruébalo.

Ella deseaba poder quitarle ese gesto de la cara de una bofetada.

–Vale, de acuerdo. ¿Por qué no me has emparejado con nadie con ese estúpido sistema informático que tienes? Estoy pensando en denunciarte por fraude.

–¿Fraude? –preguntó él enarcando una ceja.

–Prometes encontrarle citas a la gente. He pagado mi dinero y ¡no he tenido ni una sola cita! Ni siquiera has tenido las narices de decirme que nunca vas a emparejarme con nadie.

–Ahora mismo no hay nadie en el sistema que pudiera ser una buena pareja para ti. Estoy añadiendo clientes nuevos cada día, así que el chico perfecto podría aparecer mañana mismo.

–Muy buena salida. Los dos sabemos que es porque no te parece que sea lo suficientemente buena. Crees que soy una cabeza de chorlito y no estás dispuesto a arriesgar tu preciada reputación recomendándome a un solo cliente.

Había que admitir que Will parecía verdaderamente asombrado por sus palabras.

–¿Es eso lo que crees?

–Es lo que sé –respondió ella con terquedad, incapaz de no mostrar dolor en su voz–. Se supone que eres mi amigo a pesar de saber lo de el déficit de atención. Eso no me convierte en una mala persona, Will Lincoln y tú, mejor que nadie, debería saberlo. No significa que no pueda tener una relación normal. Tal vez no haya tenido ninguna hasta ahora, pero si ese sistema tuyo es tan bueno, podrías encontrarme al hombre correcto.

Will sacudió la cabeza.

–No hay duda de que eres la mujer más exasperante e irritante que he visto en mi vida.

–¿Lo ves? Eso es exactamente lo que quiero decir. Tienes una opinión muy mala de mí.

–Shh –dijo él acercando la silla.

–¿Por qué?

–Shh, calla –repitió posando una mano en su nuca.

Jess se quedó tan asombrada que se limitó a mirarlo.

–¿Will?

Él la miró exasperado.

–¿Es que no sabes estar callada diez segundos?

Se inclinó hacia delante para besarla y ese beso hizo lo que ninguna otra cosa podía haber hecho: callarla. Es más, la dejó aturdida. La boca de Will era firme, persuasiva, tierna.

Cuando la soltó, ella parpadeó atónita.

–¿Will? –y en esa ocasión cuando murmuró su nombre, sonó sin aliento. Estaba sin aliento. ¡Eso sí que era un giro inesperado de la situación! ¿Quién iba a pensar que ese hombre pudiera besar así de bien y con tanta pasión?

–¿Qué acaba de pasar?

–Ya estás otra vez, hablando –dijo él cubriéndole la boca otra vez.

Ese beso continuó hasta que el corazón de Jess palpitó con fuerza y ella estuvo a punto de arrancarle la ropa allí mismo, donde estaban. ¡La ropa de Will! Esa idea la hizo apartarse de golpe y mirarlo asombrada.

–¡Me has besado! –dijo como si él no supiera lo que había hecho.

–Sí –respondió Will tranquilamente.

–¿Vas a hacerlo otra vez?

Él sonrió ante el nostálgico tono de su voz.

–Podría.

–¿Cuándo?

–Eso habría que verlo –se levantó.

–¿Te marchas? ¿Ahora?

–Creo que es lo mejor.

–¿Por qué?

–Te dejaré pensarlo por ti misma. Nos vemos, Jess.

Ella se quedó mirándolo mientras salía de Brady's y sus amigas volvían a sentarse a su lado.

–Ha sido muy interesante –dijo Connie con actitud divertida.

–¡Ha sido apasionante! –declaró Laila abanicándose con la mano.

Cuando Jess se quedó en silencio, Connie le tiró del brazo.

–Ey, ¿estás bien?

–No estoy segura –respondió saliendo del estupor provocado por el beso. No pudo contener la sorpresa en su voz al decirles–: Will me ha besado. Quiero decir, me ha besado de verdad.

Laila se rio.

–Nos hemos fijado. Todo el mundo se ha fijado. Kate incluso ha entrado corriendo en la cocina y ha sacado de allí a Dillon para que lo viera. Me sorprende que no haya habido aplausos. Ha sido todo un espectáculo. Si Chesapeake Shores tuviera una cadena de televisión, ese beso saldría en las noticias de las once.

Aún impactada, Jess dijo:

—Ha dicho que podría pasar otra vez.

—Bueno, pues ¡aleluya! —respondió Laila con entusiasmo.

Jess no estaba del todo segura de lo que acababa de pasar allí esa noche, pero sí que estaba segura de que la aguardaba todo un coro de aleluyas.

Lo que no sabía era qué podría pasar después, aunque fuera lo que fuera, no podría ser nada más sorprendente que ese beso.

Capítulo 5

Besar a Jess había sido todo lo que Will había esperado que fuera y un poco más. Ni siquiera con su vívida imaginación se había esperado la sensación tan inmediata y total de que algo marchaba bien, de que algo, por fin, era exactamente como debía ser. Y eso lo aterrorizaba.

Era lo suficientemente inteligente como para saber que había pillado a Jess completamente con la guardia bajada. Estaba demasiado sensible, y también había bebido un poco, y él se había aprovechado de la situación. Era muy sencillo convertir una clase de pasión en otra; cualquier libro de psicología podría habérselo dicho. Eso no significaba que la opinión que Jess tenía de él hubiera cambiado de pronto y estaba claro que no garantizaba que ella le diera la espalda a años y años de haberlo rechazado para, de pronto, verlo como posible novio.

Pero a pesar de recordarse que tenía que ser cauto, no podía evitar pensar que tal vez la mirada aturdida de ella decía otra cosa. Esperaba que eso significara que, de pronto, lo veía con otros ojos. Tal vez el beso había sido el comienzo de algo, después de todo.

O no. Pero mientras no dejaba de darle vueltas al asunto, no estaba seguro de querer saber hacia dónde apuntaban las cosas. No, aún no quería saberlo.

Deja ya de analizarlo todo, se dijo. Ahora mismo quería

deleitarse con las sensaciones que ese beso había despertado en él. No quería analizarlo hasta morir, ni arriesgarse a
encontrarse con Jess y desmoronar su frágil esperanza de
que la relación de los dos pudiera tener una nueva base.

En una estrategia claramente diseñada para evitar cualquier encuentro casual, se pasaba el día en la consulta y la
noche en su apartamento. A pesar de las razones obvias de
su comportamiento, logró convencerse de que tenía trabajo
atrasado y de que necesitaba ponerse al día con la dirección
de Almuerzo junto a la bahía. Ya puestos a negarse, incluso
se dijo que no estaba escondiéndose, ni de sus propias emociones y, mucho menos, de Jess.

Aun así, al cabo de varios días de no seguir su habitual
rutina ni responder a las llamadas de sus amigos, no le sorprendió tanto abrir la puerta una noche y encontrarse allí a
Mack.

—Llevas tres días seguidos saltándote el almuerzo —dijo
Mack mirándolo de arriba abajo—. No me has llamado ni
has llamado a Jake.

—No creo que hayáis estado tan preocupados, teniendo
en cuenta todo lo que habéis tardado en venir a ver cómo
estoy.

Mack se limitó a fruncir el ceño ante el comentario.

—No se te ve enfermo, así que, ¿qué está pasando?

—Tenía mucho trabajo acumulado —respondió.

Mack no parecía creerlo, pero ya estaba moviéndose por
el apartamento con una expresión distraída que le dijo a
Will que otra razón totalmente distinta lo había llevado hasta allí esa noche.

—¿Qué se te está pasando por la cabeza? —le preguntó.

—No mucho —respondió Mack—. ¿Tienes alguna cerveza
en este sitio?

—Siempre —respondió Will, apenas ocultando su diversión. Desde que habían tenido la edad legal para beber y él
había tenido su propio apartamento, siempre había tenido
cervezas a mano para Jake y Mack—. Sírvete.

–¿Quieres una?

Will sacudió la cabeza.

–No.

Mack volvió con su cerveza, pero no se sentó. Siguió caminando de un lado a otro, deteniéndose solo para mirar por la ventana y contemplar las vistas de la bahía. Cuando suspiró profundamente, Will ya no pudo soportarlo más.

–¿Cómo está Susie? –preguntó.

Mack se encogió de hombros.

–Bien, supongo.

–¿Qué quieres decir con eso de que supones? ¿Es que no la has visto?

–Ayer –dijo Mack–. Y estaba bien, pero hoy no he hablado con ella.

Will lo sabía todo sobre ser paciente cuando uno de sus pacientes estaba abordando un tema difícil, pero en su vida personal solía ser más directo. Odiaba ver a Mack esforzarse tanto por no decir lo que pensaba.

–Mira, podríamos jugar a las veinte preguntas un rato y al final acabaría descubriendo lo que está agobiándote, pero sería más fácil si me lo dijeras directamente.

Mack estaba al otro lado de la habitación de espaldas a Will, aún mirando por la ventana.

–Susie me preguntó algo ayer que no he podido sacarme de la cabeza.

–¿Algo sobre vuestra relación?

–No, estábamos hablando de periódicos, de cómo está costándoles salir adelante, de ese tipo de cosas.

–Ah, sí –respondió Will lentamente aún sin seguirlo–. ¿Y?

–Me preguntó qué haría yo si alguna vez perdía mi trabajo como columnista para el periódico de Baltimore.

Will se quedó mirándolo.

–¿Crees que tu trabajo pende de un hilo? –preguntó asombrado. No le extrañaba que Mack estuviera tan agitado.

La columna de Mack era una de las más populares del periódico, por lo que Will sabía. Su fotografía estaba plantada por todas las marquesinas de autobuses de Baltimore, ¡por el amor de Dios!

Mack había pasado de ser un famoso atleta local a escribir sobre deportes en una ciudad que adoraba a sus equipos. Ahora era tan famoso como lo había sido durante su breve carrera profesional, y esa era una de las razones por las que era un gran partido, y por la que Will y Jake creían que era increíble que hubiera renunciado a un montón de mujeres por una relación con Susie que se negaba a definir.

—Mi trabajo es seguro —dijo Mack, aunque aún parecía preocupado—. Al menos por ahora. Pero no puedo negar que el negocio está cambiando —se giró y miró a Will—. ¿Qué demonios iba a hacer si lo perdiera?

—Encontrarías otra cosa —le respondió Will con seguridad—. ¿Recuerdas cuando te destrozaste la rodilla y terminaste tu carrera como futbolista? Estabas convencido de que tu vida se había acabado, pero entonces escribiste un par de artículos para el periódico y, antes de que pudieras darte cuenta, ya te habían contratado. Así es la vida. Cuando una puerta se cierra, otra se abre.

Mack mostró una mirada de enfado.

—¿Podrías ahorrarte los clichés? Además, no es que haya otro periódico al que pudiera irme. Todos están haciendo recortes de personal.

—Hay cadenas de televisión —le recordó Will—. Eres un tío muy guapo. Podrías trabajar delante de las cámaras. Además, ¿no te está yendo muy bien? No hay nada que indique que vayan a despedirte. Eso es lo que has dicho, ¿verdad?

Mack asintió, pero lo miró desolado.

—Pero hoy el periódico ha despedido a unos cuantos periodistas. Ha sido así, sin más. Es casi como si Susie tuviera percepción extrasensorial.

Will enarcó una ceja.

–¿En serio? ¿Eso crees?

–Venga, vamos. Ella sacó el tema ayer mismo y, ¡bum!, hoy las cosas han empezado a suceder. En el periódico ni siquiera habíamos oído rumores de que existiera la posibilidad de hacer recortes. Y también han echado a gente del departamento de producción. Ni siquiera han ofrecido acuerdos. Simplemente han despedido a los que tenían menos antigüedad. ¿Y si esto es el comienzo de una fase de apretarse el cinturón?

–Pues si es así, lo superarás –le aseguró Will–. Baltimore no es la única ciudad del país. Hay un par de periódicos en Washington, no está tan lejos.

–El futuro a largo plazo de la industria al completo es inestable. Todo el mundo está intentando contener estos ríos de tinta roja.

Will lo observó.

–¿Qué te preocupa en realidad, Mack? ¿Es tu trabajo? Tienes que saber que tendrías opciones fuera de los periódicos y de la televisión. Podrías volver aquí y entrenar, si de verdad quieres hacerlo. Sé que el director del instituto ya te ha hablado de ello.

Mack no parecía aliviado, así que Will probó de nuevo y sugirió lo que suponía que inquietaba a su amigo.

–Mack, ¿todo esto es por la posibilidad de tener que mudarte algún día y dejar a Susie?

Por un momento, Mack se quedó atónito. Al momento, sonrió y casi pareció aliviado de que su amigo hubiera ido al grano.

–¡Vaya, eres bueno!

Will se rio.

–Por eso me pagan tan bien. En cuanto a Susie, a pesar de que no quieras admitir que los dos tenéis una relación, sois los únicos que parecen no saberlo. No estoy diciendo que quiera que pierdas tu trabajo, pero tal vez sería la llamada de atención que necesitaríais para asumir lo mucho que significáis el uno para el otro. O podrías asumirlo ahora y seguir adelante con la clase de relación que los dos queréis de verdad. Y así, si algo cambia en tu carrera, los dos lo asumiríais juntos.

Mack sacudió la cabeza.

—Susie ha dejado claro que jamás saldría con un hombre como yo.

—¿Un ligón empedernido?

Mack asintió.

—No quiere tener que preocuparse y agobiarse por todas las mujeres con las que he salido.

Will puso los ojos en blanco.

—¿No os habéis fijado ninguno de los dos en que hace tiempo que no juegas a eso? A menos que me haya perdido algo, no has salido con una mujer desde que Susie y tú empezarais a pasar tanto tiempo juntos.

—Estoy seguro de que cree que es una casualidad.

—Vale, ahora mismo estamos solos los dos y te juro que no repetiré esto ni te lo restregaré por la cara más tarde, pero dilo por una sola vez. ¿La quieres?

Mack parecía verdaderamente asombrado por la pregunta.

—Todo el mundo sabe que a mí no me van ni el amor ni el compromiso.

—Y a pesar de ello, durante tres años, o así has estado «no saliendo» con Susie. Para mí, eso muestra un increíble nivel de compromiso, sobre todo teniendo en cuenta que no os habéis acostado… ¿o es que os habéis acostado?

—¿Cuántas veces tengo que decirte que no tenemos esa clase de relación? —dijo Mack frustrado.

—Pues si me lo preguntas, es de lo más sorprendente que no la hayas engañado ni una sola vez —dijo Will—. Aunque tampoco sería engañar, si no estáis saliendo de verdad. ¿Sabes lo ridículo y confuso que es esto para todos nosotros?

—No sois mi problema.

—Vale, así es como lo veo yo: sé que sería muy fácil mirar al pasado, ver todos los fallos que ha cometido tu familia y entender exactamente por qué no crees en el amor ni en el compromiso, pero la verdad es que eres mejor en esas dos cosas de lo que crees. Y no estoy hablando solo de Susie. Eres uno de los mejores amigos que tengo y creo que Jake diría lo mismo. Contamos contigo. Nunca nos has dado la espalda a ninguno.

Mack parecía avergonzado por el halago.

—Venga, vosotros haríais lo mismo por mí.

—Claro porque los dos nos preocupamos por ti. Tienes lo que hace falta para tener una relación duradera, Mack. Espero que despiertes y lo aceptes antes de que sea demasiado tarde. No pierdas a Susie porque estás asustado.

Mack puso mala cara ante la elección de esas palabras.

—Yo no estoy asustado.

—Pues entonces estás loco. A la hora de la verdad, a todos nos asusta un poco el amor y hacer compromisos de por vida.

—¿Por eso no te has esforzado más por conseguir a Jess?

Will no estaba acostumbrado a que lo psicoanalizaran a él, y menos aún Mack, que solía evitar hablar de temas emocionales. Es más, toda esa conversación había sido una absoluta rareza.

—Tal vez —admitió Will, ya que Mack había abierto la puerta—. O tal vez me ha aterrorizado que si insistía y la perdía de todos modos, jamás pudiera recuperarme después.

—Entonces debería contarte lo que me dijo una vez mi abuela antes de que se fuera a bailar a las Vegas o a donde fuera que iba —dijo Mack—. Nunca hay que dejar de intentarlo. Ese consejo fue lo que me mantuvo en un campo de juego cuando era pequeño y todo el mundo decía que era demasiado pequeño para jugar al fútbol. Supuse que si seguía intentándolo, fracasaría, pero si me rendía, fracasaría seguro.

Will se rio.

—Esas palabras son consignas de vida. Los dos deberíamos tomárnoslas al pie de la letra.

Pero se preguntó si alguno de los dos estaba preparado para volcarse en conseguir a las mujeres que querían tener en sus vidas... y arriesgarse a perderlas para siempre.

Las comidas del domingo en casa siempre habían sido una obligación familiar de los O'Brien, pero estaban cambiando. Por un lado, la abuela había soltado las riendas. Sí, Nell O'Brien seguía contribuyendo con el plato principal, pero había estado entrenando al resto de la familia para que aprendieran a cocinar sus platos y postres favoritos. Cada semana sus nietos tenían que llevar un plato nuevo hecho según las detalladas recetas escritas a mano de la abuela.

Esa semana, Jess tenía que llevar pan irlandés casero. Se preguntó si la abuela descubriría que le había pedido ayuda a Gail para hacerlo. Jess, al igual que su madre, era un desastre en la cocina. Antes de que se marchara abandonándolos a todos, Megan había evitado que murieran de hambre, pero sus comidas no habían sido más que apenas comestibles.

Jess entró en la cocina el domingo, encontró a la abuela junto al fuego y le dio un beso en la mejilla antes de dejar dos panes perfectamente horneados sobre la encimera. Su abuela la miró con suspicacia.

—¿Los has hecho tú sola?

—¿Qué les pasa? —preguntó Jess. A ella le parecía que estaban perfectos.

—Normalmente, la primera vez que alguien hace pan, no le sale tan bien —dijo la abuela mirándola a los ojos.

Ella esperó y Jess se estremeció.

—Vale, me has pillado. Gail ha hecho el pan.

La abuela sacudió la cabeza.

—Eso me imaginaba. ¿Cómo esperas aprender a cocinar mis recetas si no lo haces sola?

—Confío en que el resto de la familia aprenda a hacerlas —le dijo Jess sonriendo justo cuando entró Abby y dejó un cuenco de pudding de arroz sobre la mesa. Miró bajo la tapa del envase–. Parece comestible.

–Eso espero –dijo Abby–. Es mi tercera hornada. Trace me ha hecho tirar los dos primeros intentos. Hasta las gemelas apartaron la nariz y eso que esas niñas se comen todo lo que les des.

–¿Cómo puede salirte mal el pudding de arroz? –preguntó la abuela–. ¿Es que no os he enseñado nada, chicas?

–Solo tuviste un año para influenciarme después de que mamá se marchara –dijo Abby–. Recuerdo que me echaste de la cocina en más de una ocasión. Cocinar se me daba tan mal como coser.

Nell se rio.

–Eso sí que es verdad. Esperemos que a Bree se le dé bien esto, porque si no os moriréis de hambre cuando me vaya.

–Lo primero de todo, tardarás mucho tiempo en irte a ninguna parte –dijo Abby deslizando un brazo por la cintura de Nell–. Y, en segundo lugar, por cada fallo que cometamos Bree, Jess y yo, puedes dar por hecho que Kevin lo hará bien. Nuestro hermano ha heredado los genes cocineros de la familia. Espera y verás. Entrará aquí en un momento con algo que nos hará la boca agua. Por cierto, ¿qué le toca preparar esta semana?

–Está haciendo mi pollo y mis buñuelos de carne –les dijo Nell–. He hablado con él hace media hora y ha dicho que sus buñuelos le han salido más ligeros que el aire. Ya veremos. Hacen falta años de práctica para hacer bien esos buñuelos.

–Oh, creo que puedes contar con que a Kevin le habrán salido –dijo Abby, al parecer ajena al hecho de que la abuela no parecía muy dispuesta a ceder su puesto como mejor cocinera de la familia. Parecía casi más feliz con sus fracasos que con el posible éxito de Kevin.

–Abuela, por muy buenos que sean los buñuelos de Kevin, no estarán ni la mitad de buenos que los tuyos –le aseguró Jess a su abuela.

Nell pareció quedar satisfecha con el cumplido.

–Sé que lo estás diciendo solo para no herir mis sentimientos, pero te lo agradezco.

Abby se sonrojó al darse cuenta de que, sin quererlo, había molestado a la abuela, pero tuvo la sensatez de no prolongar la conversación. Por el contrario, centró su atención en Jess.

–Pareces cansado. ¿Va todo bien?

–Han sido unas semanas muy moviditas en el hotel –dijo Jess, no dispuesta a desvelar que apenas había dormido nada desde el beso que Will le había dado. No había podido sacárselo de la cabeza. Solía ser una persona inquieta y nerviosa, pero lo era aún más desde aquella noche.

Y lo peor era que apenas había visto a Will. Incluso había probado a pasar por Sally's a la hora del almuerzo, pero había sido en vano. Jake y Mack habían estado allí, pero sin él. Y ya que no había querido que nadie sospechara que estaba buscándolo, había dejado de pasarse por allí y de ir a cualquier otro sitio donde pudiera encontrárselo.

–¿Entonces no tiene nada que ver con tu vida social? –preguntó Abby con un pícaro brillo en los ojos.

–Yo no tengo vida social –respondió Jess–. Ninguna.

–¿En serio? Pues entonces Will…

Jess la interrumpió.

–Hace siglos que no veo a Will.

La abuela lo escuchaba todo sin decir ni una palabra, pero Jess no pudo evitar fijarse en la sonrisa que estaba esbozando.

–¿Qué?

–Solo estaba pensando que estaría bien que Will viniera a comer hoy –dijo Nell inocentemente–. Así los dos podréis poneros al día, y tal vez aclarar vuestras historias.

–¿Will va a venir a comer? –repitió Jess–. ¿Quién lo ha invitado? –si había sido idea de su padre o de Connor, los mataría–. ¿Y qué quieres decir con eso de aclarar nuestras historias? No hay ninguna historia.

–Pues eso no es lo que he oído –dijo la abuela antes de lanzarle una desafiante mirada–. Y soy yo la que lo ha invitado.

–Pero… –estaba a punto de protestar, pero la abuela la interrumpió con una mirada de reprimenda.

–Sabes que no tiene familia por la zona. Debería pasar los domingos con la gente que se preocupa por él. Will siempre ha sido bienvenido aquí y eso no va a cambiar solo porque tú te sientas incómoda.

–¿Quién ha dicho que me sienta incómoda? –preguntó Jess–. Supongo que solo me sorprende que haya aceptado –pensaba que la comida de los domingos de los O'Brien sería lo último que él quisiera hacer en ese momento. No solo tendría que verse las caras con ella, sino que tendría que enfrentarse a las miradas curiosas de toda la familia.

–Por supuesto que ha aceptado –dijo la abuela–. ¿Por qué no iba a hacerlo?

–Pensé que le resultaría incómodo –respondió Jess sin pensar en las consecuencias de ese comentario.

–¿Y por qué tendría que sentirse incómodo con nosotros? –preguntó Abby–. Como ha dicho la abuela, es prácticamente de la familia. Ha estado saliendo con Kevin y con Connor desde el colegio. Pierdo la cuenta de todas las fiestas de Navidad que ha pasado aquí con nosotros.

–Solo quería decir que… –comenzó a decir Jess antes de darse cuenta de que no tenía una explicación razonable–. Oh, no importa. Iré a ver si mamá necesita ayuda para poner la mesa.

Antes de poder marcharse, sin embargo, su abuela la miró fijamente para decirle:

–¿No estarás intentando evitar hablar del beso que te dio Will en Brady's, verdad?

Jess la miró impactada.

–¿Cómo sabes eso?

La abuela se rio.

–Ese tipo de noticias vuelan.

–Y tanto –dijo Abby y su amplia sonrisa indicó que también lo sabía–. ¿Quién iba a decir que Dillon Brady podía ser tan chismoso?

–A mí me lo ha contado su mujer –añadió la abuela.

–Bueno, pues yo no tengo nada que decir al respecto –dijo Jess saliendo de la cocina corriendo.

–Imagino que Will sería más comunicativo –le gritó su abuela–. Adora mi pollo y mis buñuelos. Seguro que puedo hacer que se le suelte la lengua.

Jess contuvo un gruñido y siguió avanzando. Si hubiera podido, habría salido de la casa sin mirar atrás, pero la conmoción que habría causado con ello no habría merecido la pena. No, tenía que quedarse allí y hacer lo que pudiera por mantenerse alejada de Will para que ninguno de los ávidos observadores de su familia se pensara que algo había cambiado entre ellos… si es que algo había cambiado. Sinceramente, no podía estar segura.

Cuando vio que la mesa del comedor ya estaba preparada y que no había rastro de su madre, salió afuera. Se sentó en la mecedora y al instante llegó Will con un gran ramo de flores.

–Will, es muy mala idea. No deberías haberme traído flores. Va a ser como si removieras un avispero.

Él se rio.

–Pues entonces es una suerte que no sean para ti. Las he traído para tu abuela en agradecimiento por haber contado conmigo hoy.

Jess se recostó contra la mecedora, no segura de si la respuesta la había dejado avergonzada o decepcionada.

–Oh, claro. Le encantarán. Pero deberías saber que le interesa más la información.

–¿Cómo?

–Se ha enterado de lo del beso, y también Abby. Imagino que todos los demás lo saben también. Por lo que he oído, Dillon y Kate son más bocazas que los O'Brien.

Él se sentó a su lado.

—Entiendo.

—La abuela cree que deberíamos aclarar nuestras historias.

—¿Qué historias?

—Esas en las que negamos cualquier cosa o intentamos convencerlos de que nuestros labios se engancharon de manera accidental —dijo encogiéndose de hombros—. Lo que sea con tal de que no aprovechen esto para empezar a ejercer de casamenteros.

—¿Por qué creo que es un poco tarde para eso?

—Porque conoces a los O'Brien. Siempre estamos ansiosos por inmiscuirnos en algo.

—¿Y cuál es nuestra historia? ¿Se te ocurre algo?

—Opto por probar la teoría del choque de labios accidental.

Will se rio.

—Nadie que nos viera aquella noche va a creerse eso. Con el primer beso, tal vez, pero fueron dos.

—Me acuerdo —el segundo había sido más intenso aún que el primero—. A lo mejor no lo saben.

—Tal vez, en lugar de preocuparte por ellos, deberíamos centrarnos en lo que significan los besos verdaderamente —sugirió mirándola directamente a los ojos de un modo que la dejó desconcertada.

Jess sacudió la cabeza.

—¿Por qué no?

—No estoy preparada para empezar a analizar lo que pasó.

—¿Preferirías pensar que no pasó nada?

—Me gustaría intentarlo, pero estoy segura de que va a ser imposible.

Will intentó ocultar una sonrisa, pero no lo logró del todo.

—No dejes que eso se te suba a la cabeza. Solo estoy diciendo que no es tan fácil obviarlo.

—A mí ni se me ocurriría intentarlo.

–¿Por qué has venido?

Él la miró un largo rato antes de responder:

–Por el pollo y los buñuelos de tu abuela, por supuesto.

–Sabes que Kevin ha cocinado, ¿verdad? Puede que no sea lo mismo que la comida de la abuela.

Él se rio.

–Imagino que se acercará mucho, y seguro que será mejor que cualquier cosa que yo pueda tener en el congelador.

Jess se sintió culpable por haber insinuado que no debía haber ido.

–Lo siento. Estoy siendo una egoísta. Es que no estoy preparada para todo esto, supongo. Para lo que sea que es esto.

En lugar de intentar definírselo, él sacó una rosa blanca del ramo y se la dio.

–No creo que Nell vaya a echarla en falta.

Ella frunció el ceño e ignoró la flor. Tal vez fue un gesto dulce, pero de pronto no se sentía con humor para gestos dulces.

–Gracias, pero incluso eso suscitará preguntas, Will. Lleva las flores dentro y ponlas en agua.

–Jess, ¿tenemos que hablar? Podríamos marcharnos e ir a alguna otra parte, si quieres.

–¿Qué tendríamos que hablar? –preguntó ella no del todo segura de por qué estaba tan furiosa. Nada de ese encuentro había salido tal y como había esperado. Y, a decir verdad, ni siquiera estaba segura de cuáles habían sido sus expectativas.

Will parecía confuso, y con razón.

–No estoy seguro de qué necesitaríamos hablar. Solo sé que, de pronto, te veo muy enfadada.

–No estoy enfadada –dijo ella. Dolida, tal vez. Confundida, eso seguro. Pero no enfadada. ¿Había significado algo ese maldito beso después de todo? Will siempre hablaba de la sinceridad y de ser directo, pero no había dicho ni una sola palabra que indicara que el beso lo hubiera afectado de algún modo. Ella se había abierto, bueno… un poco…, pero lo único que había hecho él había sido destacar lo sucedido.

Y aunque no parecía que la hubiera creído cuando había negado que estaba enfadada, simplemente asintió y se levantó.

—Pues te veo dentro.

Una vez se hubo ido, Jess suspiró. Iba a ser mucho más duro de lo que se había imaginado. Era como si el beso hubiera desencadenado toda clase de emociones inesperadas y ahora tuviera que guardarlas en su interior y fingir que no existían, no solo delante de su familia, sino también delante de Will.

Una parte de ella quería entrar y dejarse llevar, pero sabía muy bien que si hacía lo que quería y besaba a Will delante de toda su familia para comprobar si la experiencia seguía siendo mágica, no habría vuelta atrás.

Y aunque últimamente no estaba segura de muchas cosas, sí que estaba segura de que no estaba preparada para eso.

Capítulo 6

Will no tuvo mucho tiempo para preocuparse por el mal humor de Jess una vez la comida concluyó. Apenas habían terminado el postre cuando Susie apareció a su lado.

—Tenemos que hablar —dijo inusualmente desanimada—. Fuera.

Will miró al otro lado de la habitación, vio que Jess estaba saliendo de la cocina y supo que a ella no le gustaría que la acompañara. Forzó una sonrisa y respondió a Susie:

—Claro. ¿Quieres ir a dar un paseo por la playa?

Aunque el día de otoño era sorprendentemente cálido, corría una fuerte brisa que los envolvió mientras caminaban por la arena de la orilla en silencio.

—¿Vas a decirme por qué querías hablar conmigo?

Ella suspiró.

—Es por Mack —dijo y añadió con frustración—: Siempre es por Mack. Ese hombre va a volverme loca.

Will no pudo evitar reírse.

—Creo que el efecto es mutuo.

Susie le quitó importancia al comentario.

—Venga. Mack nunca se entera de nada y últimamente ha sido peor que de costumbre.

—¿Qué quieres decir?

Ella se detuvo y lo miró.

—¿Puedo ser sincera contigo?

–Claro.

–¿Y no irás corriendo a contárselo a Mack?

–Claro que no.

–De acuerdo –respiró hondo–. Estoy loca por él desde hace años.

–¡Vaya, menudo notición! –dijo antes de poder evitarlo y sonrió–. Lo siento, pero es que no estás diciéndome nada que no supiera antes.

Ella suspiró.

–Me lo imaginaba. Supongo que sabía que no era un secreto, pero esperaba poder fingir que verlo no era para tanto. Así, si se marchaba, que es lo que hará con el tiempo, mi orgullo seguirá intacto.

–¿Por qué estás tan segura de que te dejaría?

–Porque eso es lo que hace Mack –respondió–. Se marcha. Cree que es como su padre, ese indeseable que se marchó antes de que él naciera. Se ha pasado la vida demostrándoselo saliendo con una mujer tras otra y dejándolas a todas. Creo que le gustaron algunas de verdad, pero no se quedó con ellas lo suficiente como para ver si la relación podría funcionar. Le vi hacer eso durante el instituto y la universidad y, aunque siempre sentía algo por él, me juré que no dejaría que hiciera eso conmigo.

–Y por eso decidiste ser su amiga –concluyó Will.

Susie asintió.

–Los hombres suelen dejar a las mujeres con las que salen, pero suelen conservar a sus amigos. Miraos a Mack, Jake y tú. Sois como los tres mosqueteros o algo parecido. Yo quería esa clase de relación con Mack, una que durara. Supuse que era fácil, sin exigencias ni expectativas, y que tal vez así él se sentiría relajado.

–¿Y acabaría fijándose en ti? –sugirió Will con delicadeza.

Susie asintió con gesto de abatimiento.

–Hace un tiempo, cuando Shanna llegó al pueblo y empezó a salir con Kevin, me dijo que creía que Mack estaba loco por mí y yo empecé a hacerme ilusiones. Me dije: «oye, si un observador objetivo se ha dado cuenta de algo, tal vez sea verdad» –suspiró–. Pero no cambió nada. Ahora no sé si cambiará algún día. Es como si estuviéramos atrapados en este patrón de relación y nos diera demasiado miedo arriesgarnos a cambiarlo. ¿Crees que es posible que salgamos algún día de este molde de amigos? ¿O me he condenado por jurarme tantas veces que nunca saldría con Mack?

–En cierto modo, creo que es más difícil pasar de ser amigos a ser algo más. Si la amistad importa, nadie quiere correr el riesgo de cambiar las cosas.

–Dímelo a mí.

–Pero ahí está la cuestión. Si no pides más ni esperas más de Mack, si te ciñes al status quo, ¿alguna vez serás feliz? A veces tienes que correr el riesgo de perderlo todo para conseguir lo que de verdad quieres.

Susie se quedó asombrada ante la pregunta y después sonrió.

–¿Tú te has preguntado alguna vez lo mismo sobre Jess?

Will frunció el ceño. Se había preguntado exactamente lo mismo hacía unos días, pero eso no iba a hablarlo con Susie.

–Creía que estábamos hablando de Mack y de ti.

–Podemos pasar un par de minutos hablando de ti ya que estamos. Me hará sentir mejor centrarme en la desastrosa vida amorosa de otros.

–No necesariamente. Ya me has contado por qué Mack y tú os habéis quedado atascados en esta relación y lo entiendo. Hasta ahora parecías satisfecha con dejar las cosas como estaban, así que, ¿qué ha cambiado?

A Susie se le llenaron los ojos de lágrimas.

–No lo sé. Durante las últimas semanas ha sido como si hubiera estado alejándose y no sé por qué –lo miró a los ojos–. Si lo pierdo como amigo, será muy irónico, ¿no crees? Sobre todo después de todo lo que he hecho para asegurarme de que con eso me basta. Quiero decir, he estado mintiéndome durante años y diciéndome que ser amigos es mejor que nada. Otros chicos me han pedido salir con ellos, pero no me ha interesado. Mack siempre estaba cerca, así que, ¿quién tenía tiempo para otros? –sacudió la cabeza–. ¡Qué idiota soy!

–No eres idiota. Hiciste una elección que, en su momento, te pareció la correcta.

–Bueno, está claro que fue una elección pésima.

Will contuvo las ganas de sonreír.

–¿En serio? Mack y tú habéis estado muy unidos durante años, tanto que prácticamente termináis las frases del otro, igual que un matrimonio. Seguro que eso ha merecido la pena. ¿Has intentado hablar con él de esto?

–La verdad es que no. No quería darle mucha importancia al asunto.

Will vio la trampa que Susie se había tendido a sí misma: los amigos se dan espacio, no se sientan a hablar profundamente sobre su relación.

–¿No te supone un dilema intentar mantener la ilusión de que Mack no te importa? –le dijo con empatía.

–Es lo peor.

–Tal vez haya llegado la hora de dejar de fingir.

–No sé si puedo. No quiero perderlo, Will.

–Pero ahora no lo tienes.

–Ahora es mi amigo.

–Pues entonces deberías poder hablar con él y preguntarle qué está pasando.

–Pensé que tú podrías decírmelo y que así yo sabría lo que necesita de mí.

Will se rio.

–Si te he prometido guardarte el secreto, ¿qué te hace pensar que violaría su intimidad?

A ella se le iluminó la cara.

–Entonces está pasando algo y tú sí que sabes lo que es –dijo con aire triunfante.

—Habla con Mack –le aconsejó.

—¿Ni siquiera vas a darme una pista?

—Ni hablar.

—Supongo que ya sabía que no me dirías nada –dijo resignada–. ¿Quieres hablar de Jess ahora?

—No.

Por primera vez desde que habían empezado a pasear, Susie se rio.

—Me lo imaginaba. Vaya dos, ¿eh?

Will suspiró.

—Pues sí, vaya dos.

Jess había visto a Will dirigirse hacia la playa con Susie y una sensación nada familiar la había removido por dentro; una sensación que nunca antes había sentido, al menos no al tratarse de Will. Eran, rotundamente, celos. Sabía que era ridículo, sobre todo porque todo el mundo sabía que Susie solo tenía ojos para Mack, pero ahí estaba. No le gustaba quedarse atrás mientras veía a Will con otra mujer, y mucho menos, con Susie. Durante años había mantenido cierta rivalidad con su demasiado perfecta prima y probablemente se trataba de eso; no quería compartir a Will con la prima que ya había tenido todo lo que ella siempre había querido: respeto, éxito académico y popularidad.

«Esto no puede estar pasando», se dijo. No se convertiría en esa clase de mujer. Ya tenía bastantes inseguridades sin dejar que Will la convirtiera en una loca celosa; nada bueno podía salir de esa oscura emoción.

Debería marcharse, volver al hotel y ponerse con la pila de papeles que tenía sobre el escritorio y que seguramente la distraería durante horas… o lo habría hecho si hubiera podido concentrarse, pero su déficit de atención se lo impedía.

Hacía poco tiempo había estado limpiando el ático con la esperanza de convertirlo en otra habitación con baño. Podía hacerlo, pensó mientras miraba hacia la bahía y a la espera de que Will y Susie regresaran.

—¿Buscas a alguien? —le preguntó Abby al apoyarse en la baranda del porche.

—No —mintió—. Solo estaba relajándome.

—Podrías bajar a la playa y alcanzar a Will y Susie.

—¿Y por qué iba a querer hacer eso?

—Porque quedarte aquí sentada a esperarlos está volviéndote loca. Sabes que no tienes que preocuparte por nada, ¿verdad?

—Claro que lo sé.

—Entonces, ¿a qué viene esa expresión melancólica?

—A que, al parecer, he perdido mi control de la realidad.

Abby se rio.

—¿Lo dices porque te gustó besar a Will?

Jess asintió.

—¿Quién iba a decirme que ese hombre podía besar así? Me pilló desprevenida. Quiero decir, seguro que es solo por eso, ¿verdad?

—¿Es eso lo que crees?

Jess asintió.

—Seguro que sí —miró a su hermana mayor—. ¿Recuerdas que querías organizarle una cita a Heather con un tipo de tu oficina para poner celoso a Connor y hacer que reaccionara?

—Me acuerdo —respondió Abby.

—¿Por qué nunca has intentado buscarme pareja a mí? ¿Es porque no crees que sea capaz de tener una relación?

—No seas ridícula. Creo que cuando llegue el hombre adecuado, vas a ser una esposa y una madre maravillosa. Y si alguna vez me hubieras pedido que te buscara pareja, lo habría hecho encantada.

Jess no sabía si creerlo.

—¿En serio? ¿A pesar de lo de mi déficit de atención?

—Cielo, lo has llevado muy bien. Mira el hotel. Es un gran éxito. Has aprendido todo lo que necesitas para regentarlo, hasta has aprendido a pedir ayuda cuando la necesitas. Y harás lo mismo cuando tengas una familia.

Jess suspiró.

–Quiero creerlo, pero incluso tú tienes que admitir que, cuando se trata de hombres, mi capacidad de atención es escasa.

–Tal vez sea por tu problema, o tal vez sea porque ninguno de esos hombres era el adecuado para ti. ¿Recuerdas todos los trabajos que tuviste antes de abrir el hotel? No eran lo que necesitabas, pero el hotel sí. Lo mismo pasa con un hombre.

–Espero que tengas razón. Si alguna vez me caso, quiero que dure –dijo con nostalgia–. Quiero tener lo que Bree y tú habéis encontrado con Trace y Jake, lo que Kevin tiene con Shanna y Connor tiene con Heather.

–Eres una mujer preciosa, inteligente, fascinante e impredecible, y eso lo digo en el mejor sentido. Encontrarás todo lo que te mereces. Te lo prometo –Abby sonrió–. Y si no lo encuentras sola, ya sabes que papá meterá las narices en el asunto tarde o temprano.

–¡No, por Dios! –dijo Jess con sentimiento. Se levantó y miró una última vez hacia los escalones que salían de la playa. Seguía sin haber rastro ni de Will ni de Susie, pero ya no estaba tan furiosa por ello–. Gracias, Abby. Como siempre, me has puesto los pies en la tierra. Creo que me voy al hotel.

–Si necesitas ayuda con las facturas, dímelo.

–Entre el contable y yo todo está bajo control –dijo algo irritada.

–Era solo una oferta, un recordatorio de que estoy aquí si me necesitas.

Jess suspiró.

–Lo sé y lo siento. La verdad es que creo que voy a hacer alguna actividad física. Necesito quemar energía. El otro día compré un montón de cajas, así que creo que embalaré y seleccionaré algunas de las cosas que hay en el ático. Cuando reúna un poco de dinero, me gustaría convertir esa zona en otra habitación con baño, tal vez incluso en una suite nupcial. Desde ahí hay unas vistas impresionantes.

Esperaba que Abby la regañara por estar pensando en gastarse un dinero que no tenía, pero sorprendentemente, sus hermana, la maga de las finanzas de la familia, asintió.

—Me parece una idea brillante —dijo con aprobación—. ¿Por qué no le dices a papá que le eche un vistazo y te dé un presupuesto?

—¿En serio?

Abby alzó una mano.

—Depende de los números, pero sí, merece la pena. A ver si encuentras un modo de hacerlo realidad.

Jess abrazó a su hermana con fuerza.

—Gracias, Abby.

—No me des las gracias. Eres tú la que ha convertido el hotel en un negocio que merece la pena expandir.

—Sí, ¿verdad? —dijo sintiéndose un poco más orgullosa de sí misma.

Con Will olvidado por el momento, volvió al hotel con un ánimo mucho mejor del que había tenido hacía media hora.

Jess se había puesto unos pantalones cortos y una camiseta de tirantes antes de subir al polvoriento ático. Durante los últimos años había pasado algunas horas allí arriba, perdiéndose en algunos de los viejos libros que había encontrado en los arcones que llevaban almacenados allí desde años antes de que ella hubiera adquirido el lugar. Hoy, sin embargo, estaba decidida a centrarse en la otra tarea.

Armada con cajas y bolsas de basura, subió con la intención de seleccionar las cosas en tres grupos: unas para donar, otras para usar en el hotel y otras para tirar a la basura. Por desgracia, todo estaba cubierto de una gruesa capa de polvo, así que pasó casi tanto tiempo estornudando como limpiando mientras tomaba las decisiones.

Llevaba alrededor de una hora con ello cuando oyó pisadas acercándose. Cuando Will apareció en lo alto de las escaleras, una sonrisa cruzó su rostro.

—Estás hecha un cuadro.

—Gracias. Tú deberías replantearte haber subido aquí con ropa buena.

—Todo lo que llevo se puede lavar —dijo sobre sus perfectamente planchados pantalones chinos y la camisa de vestir con las mangas enrolladas—. ¿Necesitas ayuda? Abby me ha dicho que querías seleccionar todo lo que tienes aquí —miró las bolsas de basura que ya estaban llenas—. Al menos podría bajarte estas bolsas.

—Eso estaría genial —dijo agradecida—, si seguro que no te importa.

—No habría venido si no quisiera ayudarte. ¿Quieres que las eche a tu contenedor?

—Sí, genial. El camión de la basura pasa mañana.

Él agarró las cuatro bolsas y las portó como si pesaran menos que nada. Cuando volvió, llevaba botellas de agua que había sacado de la nevera que ella tenía en su despacho. Le dio una.

—Pensé que estarías sedienta.

—Eres un regalo del cielo —le dijo antes de dar un largo trago, consciente de que la mirada de él parecía estar pegada a su pecho, que brillaba cubierto de sudor. Su camiseta de tirantes se ceñía a sus curvas—. Um, Will…

Él la miró, en esta ocasión a la cara.

—Lo siento —dijo sonrojado—. ¿Qué quieres que haga ahora?

«Que me tires al suelo y me hagas el amor». El desenfrenado pensamiento se coló en su mente encendiendo sus mejillas.

—Arcón —dijo señalando al otro lado del ático—. Ahí —lo más lejos de ella que fuera posible.

–Quieres que seleccione las cosas que hay dentro del arcón.

–Sí.

–¿Y cómo voy a saber qué vale la pena guardar?

Ella respiró hondo e intentó controlar sus nervios y su voz.

–Lo sabrás. Si tienes alguna duda, pregúntame, a menos que prefieras irte. No tienes que ayudarme.

–Jamás he visto a nadie que deseara más librarse de una persona voluntariosa y dispuesta a ayudarla –dijo él abriendo el arcón–. ¿Cuál es la razón, Jess? ¿Es que te pongo nerviosa de pronto?

–Me das pánico –dijo sin pensar–. No me puedo creer que haya dicho eso.

Will se rio.

–En mi negocio, la sinceridad se considera algo bueno, así que, ¿por qué te doy miedo?

–Ya estamos otra vez, poniéndote en plan loquero conmigo. ¿De verdad quieres diseccionar esto?

Él asintió con expresión seria.

–Creo que sí.

–Bueno, pues yo no. Me hace sentir como uno de tus casos de estudio y ya te he dicho antes que lo odio.

–¿No se te ha ocurrido pensar que los amigos hablan de sus emociones entre ellos? Sé que hablas con Abby y con Connor, así que, ¿qué diferencia hay en que hables conmigo?

–Eres psicólogo –respondió como si eso lo explicara todo.

–Pero no soy tu psicólogo.

–Me hace sentir rara.

–De acuerdo, pues no hablaremos de nada de lo que estás sintiendo, ni de mí ni de nada más. ¿Qué tienes pensando hacer con este sitio cuando lo tengas limpio?

–Espero convertirlo en una suite –dijo al instante, deseosa de cambiar de tema–. Una suite nupcial –y entusiasmada con su proyecto, le describió cada detalle que había imaginado–. Y mira por la ventana, Will. Ahí tienes las vistas más asombrosas que puedes imaginar. Me gustaría abrir esa pared y poner más ventanas, si mi padre me dice que la estructura puede soportarlo. Sería increíble despertar en esta habitación con la bahía y prácticamente todo el pueblo bañado por la luz del sol.

Will sonrió ante su entusiasmo y fue hacia la ventana.

–Sería fantástico, Jess. En lugar de una suite nupcial podrías convertir este lugar en tu habitación. Hay espacio suficiente para que tengas un salón e incluso una pequeña cocina. Sería increíble acurrucarte aquí junto a una chimenea. Podrías poner una.

Ella miró a su alrededor y se imaginó el lugar tal como él estaba describiéndolo.

–Oh, jamás se me había ocurrido eso. ¡Qué idea tan genial! Claro que, no debería quedarme con el mejor sitio para mí. Los huéspedes pagarían una fortuna por una suite así.

–Como quieras, pero a mí me parece que el propietario del hotel debería estar cómodo.

–La habitación que tengo abajo está bien –insistió. Además, tenía la sensación de que la habitación que Will estaba describiendo y que ella estaba imaginándose sería demasiado romántica para una sola persona. Estaría bien para una pareja, para dos personas enamoradas. Aun así, la idea la cautivó.

–¿Qué pasará cuando tengas familia, Jess? ¿Te irás a vivir a otra parte o seguirás aquí?

–Jamás he pensado en ello. Quiero decir, si fuéramos solo mi marido y yo, supongo que nos quedaríamos aquí, pero si tuviera hijos… –su voz fue apagándose y se encogió de hombros.

–Tienes mucho sitio –le recordó–. Siempre podrías construirte una casa aquí. Así tendrías intimidad, pero estarías lo suficientemente cerca como para echarle un ojo a todo lo que pasara en el hotel.

Jess no podía negar que la idea tenía sentido, pero para algo así quedaba mucho tiempo. Ni siquiera tenía novio, así que mucho menos una familia. Sin embargo, mientras se decía todo eso, no podía evitar imaginarse a Will ahí arriba, en ese mismo sitio, a su lado, sentado frente a una agradable chimenea y viendo Chesapeake Shores extendiéndose ante ellos. La imagen era tan clara, tan cautivadora, que la asombró. Parpadeó y se obligó a centrar su atención en los arcones de libros viejos que tenía delante.

—Jamás seré capaz de hacer nada aquí arriba si no dejo de soñar despierta.

—Pero soñar despierta tiene su función, ¿no crees? Te permite exponer todos los posibles escenarios de nuestro futuro para poder seleccionarlos y ver cuál nos encaja mejor.

—¿Tú sueñas mucho despierto?

—Todo el tiempo.

—¿Y en qué piensas?

Las mejillas de Will volvieron a sonrojarse.

—En esto y aquello. Nada sobre lo que merezca la pena hablar.

Jess se rio.

—Esto y aquello, ¿eh? ¿Y sale alguien especial en esas ensoñaciones tuyas?

Él la miró fijamente.

—¿Qué gracia tiene soñar despierto si no hay nadie contigo en esos sueños?

Ella tuvo que morderse la lengua para evitar preguntarle a qué mujer veía, porque no estaba segura de querer saberlo. Si decía que era ella, ¿qué pasaría? No, mejor dejar las cosas como estaban.

—En los míos durante mucho tiempo ha aparecido Brad Pitt —dijo ella para quitarle tensión al momento—. Pero entonces dejó a Jennifer Aniston para irse con Angelina Jolie y eso acabó conmigo.

Will se rio.

–¿Y nadie ha sido capaz de reemplazar a Brad?

–Si te lo digo, ¿prometes no decírselo a nadie?

–Soy el alma de la discreción –le aseguró.

–Tim McGraw, pero claro, seguro que Faith Hill tiene muy mal genio cuando alguien se acerca demasiado a su chico –suspiró exageradamente–. ¿Quién puede culparla?

–¿Quién? –dijo Will con una sonrisa.

De pronto estar en un lugar cerrado hablando de todos esos sueños le pareció demasiado. Jess se levantó.

–Ya hemos hablado bastante por hoy. Vayamos a la cocina y asaltemos la nevera –sugirió ella–. Podemos hacer un picnic en una de las mesas que dan a la playa. Todos los huéspedes se han marchado, así que tenemos el hotel para los dos solos.

Will se levantó y las siguió hasta la gran cocina del hotel.

–Um, Jess… –comenzó a decir vacilante junto a la puerta.

Ella abrió la nevera y lo miró.

–¿Qué?

–Lo último que he oído es que no sabes cocinar. Tal vez deberíamos salir y comprar una hamburguesa o una pizza.

–Los dos somos un desastre y no quiero tener que ponerme a limpiar luego –dijo y sonrió–. Pero no temas, Gail siempre deja algunas cosas preparadas para mí. Además de Dillon, es la mejor cocinera del pueblo.

A él se le iluminó la cara.

–En ese caso, vamos a ver qué posibilidades hay –dijo situándose tras ella.

Estaba tan cerca que Jess podía oler el aroma de su aftershave. De pronto tuvo que hacer acopio de todas sus fuerzas para no girarse y hundir la cara en la curva de su hombro. Se puso derecha con tanta brusquedad que su cabeza chocó con la barbilla de Will.

–Lo siento. ¿Estás bien?

–Nada que un poco de hielo no pueda curar –respondió

él y la detuvo cuando Jess hizo intención de sacar hielo del congelador–. Estoy de broma, estoy bien –se le iluminaron los ojos–. Y ahí dentro veo pollo asado. ¿Podemos comer eso?

–Hemos comido pollo en mi casa.

–No importa. No hay nada mejor que pollo frío con un vaso de vino. Supongo que puedes encontrar una botella de pinot grigio o de Sauvignon blanco. He oído que la bodega que tenéis aquí es de calidad.

–Pollo frío y vino, allá va. Yo me encargo de sacar el pollo y tú ve a por el vino –le indicó la refrigeradora de vino que habían instalado hacía unas semanas y que estaba llena de unas excelentes marcas californianas, además de varios vinos locales e incluso de algunos vinos franceses. Will silbó mientras miraba las etiquetas.

–Es una selección excelente.

–Gail sabe lo que hace, yo no –dijo Jess buscando un sacacorchos en un cajón–. Elige el que quieras.

Encontró algunas cosas más para la comida: algunas verduritas cortadas, queso, uvas y pan francés del día. La bandeja estaba llena cuando había terminado de prepararlo todo.

Will sacudió la cabeza al verlo.

–Creía que sería un simple picoteo.

–Ha sido simple, ¿es que me has visto encender un solo fuego? Lleva la bandeja, yo llevaré el vino y las copas.

El sol estaba empezando a ponerse por el oeste cuando se sentaron en una de las mesas de picnic dispuestas alrededor del jardín del hotel. Will sirvió el vino y alzó su copa.

–Por las cenas simples con buenas amigas –dijo en voz baja.

No hubo nada remotamente insinuante en sus palabras, ni la más mínima indirecta de que quisiera algo más. Y aun así, a Jess le pareció ver deseo en su mirada y no pudo evitar preguntarse si a ella le sucedía lo mismo. La idea resultaba tan aterradora que sintió que tenía que decir algo.

–¿Will?

Él asintió sin dejar de mirarla ni un instante.

–Sabes que esto… –señaló la comida, aún intacta– no es una cita. Deberíamos dejarlo claro.

–¿Y cómo lo describirías tú?

–Como un picoteo para darte las gracias por haberme ayudado.

–De acuerdo –respondió él lentamente–. Pero ya que estamos siendo claros, deja que te diga que no pretendo caer en una de esas ridículas situaciones de «no estamos saliendo» como en la que están metidos Susie y Mack. Ya que ha sido idea tuya, puedes llamar a esto como quieras, pero la próxima vez que compartamos una comida… si es que volvemos a hacerlo… será una cita.

Jess tembló ante la intensidad de su voz y la intensidad de su mirada. Y se sintió más agitada todavía cuando él se levantó, la besó en la frente y le dijo que tenía que irse.

–Pero…

–Tú quédate aquí fuera y disfruta viendo salir la luna –le dijo interrumpiendo sus protestas–. Habrá luna llena.

Se marchó antes de que ella pudiera pedirle que se quedara, pero Jess se dijo que no pasaba nada. Con lo confusa que estaba, haber estado sentada a su lado viendo la luna llena habría sido demasiado romántico y quién sabía qué locuras podría haberse visto tentada a cometer.

Capítulo 7

Connie ya había estado en tres citas a ciegas hasta el momento, a cada cual más deprimente. Y no porque los hombres no hubieran sido agradables, sino porque no eran Thomas O'Brien. Les faltaba su madurez, su pasión por su trabajo preservando la bahía Chesapeake, sus ojos azules que se iluminaban y chispeaban cuando se reía al compartir un chiste con ella.

El modo en que deseaba a ese hombre resultaba patético y estaba empeorando desde que habían ido a cenar un par de semanas atrás.

Por muy inocente que hubiera sido la cena, no habían compartido ni un abrazo y mucho menos un beso, ella había estado reviviéndola en su cabeza desde entonces. Esas tres intelectualmente estimulantes horas habían hecho que no le apeteciera estar con nadie más que no fuera él. Y, además, nunca se había reído tanto en años. Thomas tenía una forma maravillosa de contar historias suyas y de la familia O'Brien y de reírse de sí mismo.

Ella estaba sentada en su despacho en el vivero de su hermano intentando empaparse de entusiasmo para llamar a un cliente y explicarle que no era posible plantar palmeras en Maryland y esperar que sobrevivieran al invierno, cuando Jess entró.

—Tienes pinta de estar tan deprimida como yo —comentó

Jess levantando una silla sobre pilas de catálogos de semillas en la abarrotada habitación y se sentó–. ¿En qué estás pensando?

Ya que solo la idea de hablar de lo que sentía por Thomas con una O'Brien le ponía los pelos de punta, Connie optó por una evasiva.

–Solo estoy hasta arriba de trabajo.

–¿Seguro que no tiene nada que ver con mi tío?

Connie fingió asombro con la esperanza de sonar convincente.

–¿Te refieres a Thomas? ¿Por qué iba a tener algo que ver con él mi estado de ánimo?

–Podría haber estado refiriéndome a Jeff, así que el hecho de que hayas pensado directamente que estaba hablando de Thomas es muy revelador.

–¡Oh, por favor! ¿Qué clase de asuntos podríamos tener Jeff y yo en común?

–Asuntos de paisajismo –improvisó Jess–. Tiene muchas propiedades por el pueblo.

–No tengo nada con Jeff, ni con Thomas. No sé de dónde te has sacado semejante idea.

–Porque, a juzgar por lo que he oído, saltan chispas cada vez que los dos estáis en el mismo sitio.

Connie suspiró.

–Has estado hablando con Connor.

Jess sonrió.

–Y con Kevin. Y creo que Heather también ha mencionado en alguna ocasión cómo se te ilumina la cara cuando lo ves. Yo misma lo he visto, amiga mía, y corre el rumor de que os han visto a los dos en Easton cenando hace unas semanas.

Connie gruñó.

–Eso es muy humillante. Podría haber jurado que no nos había visto nadie de la familia.

–Y no os ha visto nadie. Mi chef, Gail, y su marido salieron una noche. Ella quería probar un restaurante nuevo y había oído que ese sitio tenía un gran chef, y ya sabes lo competitiva que es.

–No la vi –dijo Connie disgustada al darse cuenta de que no había tenido ojos para nadie más que para Thomas.

–No creo que estuvieras prestando mucha atención a lo que te rodeaba –bromeó Jess–. Por supuesto, ya me hacía una ligera idea de lo que estaba pasando gracias a lo que me decían mis hermanos y a lo que yo misma veía, pero esto acaba de confirmármelo.

–Podría tener que matarlos. Sabía que se imaginarían lo que sentía, pero no creía que fueran a contarlo.

–Son O'Brien. Ninguno podemos guardar un secreto, seguro que ya te has dado cuenta. Bueno, ¿y qué vas a hacer? ¿Por fin estáis saliendo de verdad? Creo que sería genial si lo hicierais, por cierto. El tío Thomas necesita una mujer fuerte y maravillosa que comparta sus intereses.

–Cenamos –dijo Connie y añadió–: Y hemos almorzado un par de veces, además de tomar café de vez en cuando.

Jess se rio.

–Oh, para ya –murmuró Connie–. No es que esto se haya convertido en un gran romance ni nada parecido.

–¿Qué piensas hacer para cambiar eso? –insistió Jess.

–¿Yo? –preguntó Connie, horrorizada–. Nada.

–¿No irás a quedarte esperando a que él haga algo, verdad? Porque ya puedo oír las tuercas girando en la cabeza de mi tío mientras evalúa cómo reaccionara la familia, sobre todo tu hermano, si comenzara a salir en serio contigo. Supongo que también le preocupa un poco el tema de la edad. Depende de ti demostrarle que el sentimiento es mutuo.

–No sé si lo es. Quiero decir, sé que me siento atraída hacia él, pero por lo que sé, él simplemente está siendo amable conmigo. Seguro que solo está agradecido por la ayuda que le he prestado con las recaudaciones de fondos para la fundación. La cena de la otra noche fue amistosa, nada más.

Pronunció esas palabras sin dejar que su frustración se reflejara en ellas. Ya le había hecho frente a una posible humillación al decirle a Thomas por adelantado que quería que fuera una cita, pero una vez que se habían visto en el restaurante, él se había comportado como todo un caballero y no había actuado más que como un amigo. No podía criticar sus modales, pero sí su pasmoso autocontrol. La relación estaba empezando a seguir el mismo camino extraño que definía la relación de Susie y Mack e incluso de Will y Jess. Y eso a ella le parecía preocupante además de frustrante.

Jess puso los ojos en blanco.

–¿Amistosa? No puedes ser tan ingenua. Si te invitó a cenar, eso ya es mucho. Toda mujer puede saber la diferencia entre la gratitud y la atracción. Sé que prácticamente vivías como una monja cuando Jenny tenía una edad impresionable, pero no hace tanto tiempo que llevas alejada del mundo de las citas.

–Algunas mujeres que conozco no ven la diferencia entre la atracción y el interés profesional. ¿Quieres hablar de ese beso con Will en Brady's?

–No –respondió sonrojada.

–Entonces supongo que no hay nada más que decir. Por cierto, ¿para qué has venido?

–Estaba buscando un poco de distracción, para serte sincera. Mi próxima parada es el banco. Tal vez Laila esté más comunicativa sobre lo que está pasando en su vida. Es la única de nosotras que ha estado teniendo citas de manera activa desde que se registró en el servicio de citas de Will.

–Yo he tenido un montón de citas –protestó Connie.

–¿Has visto dos veces a alguno de esos hombres?

–No, pero tampoco Laila. ¿Qué pretendes decir?

–Ella sigue aceptando citas. Tú, no.

–¿Y cómo demonios sabes eso? –preguntó indignada–. ¿Te lo ha dicho Will?

Jess sonrió.

–No. Era algo que suponía y tú me lo has confirmado –se levantó y le dio un beso en la mejilla–. Habla con Thomas. Pídele salir, si de verdad estás interesada en él. Te repito que vas a tener que tomar las riendas de la situación, al menos al principio.

Se marchó antes de que Connie pudiera responder. Probablemente tenía razón, tal vez sí que necesitaba dar el siguiente paso, aunque hacerlo se le hacía demasiado peligroso para su gusto. Además, solo faltaban un par de semanas para estar juntos en un evento de recaudación de fondos que celebrarían en un festival del otoño y, con suerte, la decisión se la quitarían de las manos. De lo contrario, tendría todo un largo y solitario invierno al que sobrevivir sin ni siquiera contar con la posibilidad de tener algún encuentro con él.

De camino al banco, Jess se pasó por Sally's y compró un par de croissant de frambuesa junto con dos tazas de café para llevar. Pero antes de poder marcharse, se giró demasiado deprisa y casi se chocó de lleno con Will. Él la sujetó del brazo y ella se apartó de inmediato.

–¿Qué estás haciendo aquí? Ni siquiera es mediodía.

Will sonrió.

–Suelo comprarme un café para llevarme a la consulta a primera hora de la mañana. ¿Y tú? ¿No sueles tomar algo en el hotel por las mañanas?

–Esta mañana me apetecía cambiar. Voy de camino al banco a visitar a Laila.

–Entonces no te entretengo. Que pases un buen día.

Esa manera de despedirse la puso de los nervios y por un momento pensó en quedarse allí, pero ya que no sabía qué haría a continuación, suspiró y se marchó, refunfuñando sobre los hombres en general y sobre ese hombre en particular.

Cuando se chocó directamente con otra persona fuera de la cafetería, alzó la mirada y allí se encontró a Connor mirándola con gesto divertido.

–Pareces distraída, hermanita. Primero te chocas con Will dentro y ahora prácticamente me arrollas. ¿Te pasa algo?

–Nada –le aseguró.

–No tendrá nada que ver con el encuentro que has tenido con Will, ¿verdad?

Ella se detuvo en seco y lo miró muy seria.

–¿Es que esta familia tiene espías por todas partes? ¿Tengo que ataros cascabeles al cuello para saber cuando un O'Brien está cerca?

Él tuvo el atrevimiento de reírse.

–Estaba sentado en la barra pensando en mis cosas cuando has entrado. No es culpa mía que Will y tú hayáis empezado a moveros alrededor del otro como un par de boxeadores esperando a ser el primero en soltar un puñetazo.

–Una analogía preciosa. Pero no ha sido así.

–Entonces, ¿cómo ha sido? Te has marchado farfullando sobre Will. Ni siquiera estabas mirando adonde ibas y por eso te has chocado conmigo en la calle. ¿Qué te ha dicho para ponerte así esta vez?

–Nada –insistió, pero no pudo evitar añadir–: Se ha librado de mí, ¿te lo puedes creer? Como un profesor diciéndole a su clase que se marche antes de que haya sonado la campana.

Connor la miró confundido.

–¿Y eso qué quiere decir?

–¿Qué derecho tiene a hacerme marcharme así con una colleja en la nuca?

–No he visto que te haya dado una colleja.

–Lo digo en sentido figurado –dijo impacientemente–. Estaba siendo condescendiente y todo porque anoche le dije que no era una cita.

–¿Anoche? ¿Estuviste con Will anoche? Pero si no te fuiste de casa de papá y mamá con él.

–No, vino al hotel a ayudarme a limpiar el ático. Y sin invitación, por si acaso te lo preguntas.

Connor, que estaba acostumbrado a tratar con testigos reticentes a hablar en un juicio, asintió como si lo que ella estuviera diciendo tuviera sentido, aunque en realidad estaba totalmente confundido.

—De acuerdo, así que no fue una cita que estuvierais limpiando el ático juntos. ¿Y él creía que lo era?

—No, creía que lo fue la cena. Bueno, la verdad es que no dijo que lo creyera, pero yo le dije que no lo era para que no hubiera malentendidos, y se enfadó y se marchó.

Connor se rio y ni siquiera tuvo la cortesía de disimularlo.

—¿Sabes? Creía que Susie y Mack vivían en una especie de estado de negación, pero Will y tú puede que los ganéis.

—Will casi dijo lo mismo, aunque después dijo que no lo aguantaría.

—¿Y puedes culparlo? Todos nos hemos cansado un poco de las ridículas protestas de Susie y de Mack.

Jess suspiró.

—No, entiendo lo que decía Will. Pero yo solo intentaba ser sincera y clara.

—¿En serio? Porque ni siquiera creo que estés siendo sincera contigo misma sobre tus sentimientos hacia Will. Oh, es posible que en su momento no sintieras nada, pero ahora sí que lo sientes. ¿Por qué no lo admites y ves lo que pasa?

—Porque no puedo —respondió con frustración.

—¿Por qué?

—Cuando estoy con él, siento que sabe más sobre mí de lo que yo sé. Y es irritante.

—¿Tienes idea de cuántas mujeres darían lo que fuera por encontrar a un hombre que las comprendiera de verdad?

—Esto es distinto.

—¿En qué?

Como no podía explicarlo, respondió:

—Lo es y punto.

–Ahí está esa parte racional tuya que tanto me gusta.

–Oh, déjame tranquila. Nunca he dicho que fuera racional. Es solo cómo me siento.

Connor le echó un brazo sobre los hombros y la abrazó.

–Lo solucionarás.

–Parece que tienes mucha más esperanza en mí que yo.

–Como todos los de la familia. Tal vez deberías pararte a pensar por qué es eso, Jess. Hasta que no veas que eres una persona fantástica que se merece ser feliz, no te sentirás bien –la besó en la frente–. Te quiero. Tengo que ir al despacho.

Ella vio a su hermano marcharse y suspiró. Algo le decía que Connor, que no era conocido por ser la persona más perspicaz del universo, había dado en el clavo en esa ocasión. Si él podía ver lo que le estaba pasando, entonces tal vez era hora de que ella se detuviera a mirarse a sí misma.

Will fue a Brady's al salir del trabajo y se sentó en la barra. Era algo que no solía hacer solo, y menos un lunes por la noche, pero aún estaba dándole vueltas a su encuentro con Jess esa mañana y al fiasco del domingo por la noche.

Para su sorpresa, encontró a Mack y a Jake allí.

–¿Qué estáis haciendo aquí?

–Estábamos de acuerdo en que hoy en el almuerzo no parecías tú mismo y en que acabarías apareciendo por aquí esta noche. Además, necesitaba relajarme durante una hora y dejar de oír llorar al bebé. Para ser tan pequeña, puede armar un gran alboroto.

–Y aun así pretendes que Bree se ocupe de ella sola todo el día –comentó Will ignorando las referencias a su estado de ánimo.

–Bree tiene ayuda, créeme. Su abuela pasa por casa y la ayuda durante una hora. Deja al bebé con Megan todas las tardes y cuando la lleva al teatro, las chicas de la obra se turnan para entretenerla. Esta niña tiene más niñeras no oficiales que cualquier niño de la tierra.

Will sonrió.

—En otras palabras, el único momento en que estás con ella es por la noche, cuando está agotada y llorando.

Jake asintió.

—Y no tengo la única cosa que quiere: comida. Eso solo puede dárselo Bree.

—¿De verdad estás celoso porque tu mujer pueda amamantar al bebé y tú no? —preguntó Mack incrédulo.

Jake se quedó asombrado con el comentario.

—Eso sería una locura —dijo y se encogió de hombros—. Pero tal vez —se sonrojó—. No te atrevas a repetir esto, pero antes de que naciera, solía cantarle por la noche. Ahora en cuanto come, cae rendida y a Bree le pasa casi lo mismo.

—No me has pedido consejo, pero Bree y tú tenéis que hablar de ello y buscar algo de tiempo para vosotros. Hay muchos reajustes que hacer cuando nace un bebé, y los dos no querréis que vuestra relación se pierda en medio de todo esto.

—Supongo que no —dijo Jake dando un sorbo de cerveza. Se levantó del taburete—. Debería irme a casa —vaciló mirando a Will—. Mack y yo hemos venido por ti. ¿Va todo bien? ¿Debería quedarme?

—Yo tengo coartada —dijo Mack.

—Sí, vete a casa con tu familia —le dijo Will.

Una vez Jake se había ido, Mack lo miró preocupado.

—¿Crees que estarán bien?

—Claro.

—Quiero decir, si no logran solucionar la situación, después de todo por lo que han pasado para volver a estar juntos, ¿quién podría superarlo?

—Estarán bien —dijo Will con énfasis.

Mack pareció aliviado por la certeza con que hablaba.

—De acuerdo, entonces, vamos a centrarnos en ti. ¿Quieres que hablemos de eso que te tiene de un humor tan pésimo?

–No. ¿Qué me dices de ti? ¿Algo de lo que quieras hablar?

Mack sacudió la cabeza. Se tomaron sus cervezas en silencio y mirando la televisión de vez en cuando para seguir el canal de deportes.

–Susie está enfadada conmigo.

–No lo creo.

Mack lo miró sorprendido.

–¿Qué sabes tú?

–Nada que tú no sabrías si los dos os hubierais sentado a hablar con sinceridad por una vez. Me paso toda mi vida profesional intentando ayudar a gente a aprender a comunicarse con eficiencia, y nadie de los que me rodean sabe cómo hacerlo.

Mack parecía confuso.

–¿Seguimos hablando de Susie y de mí?

–Sí, y de Jake y Bree y de Jess y yo. Todos somos penosos.

–¿Es que hay un «Jess y yo»?

–No, claro que no.

–Pero acabas de decir que...

–Oh, no me hagas caso. Estoy frustrado, enfadado e irritable.

–Eso es lo que las mujeres le producen a uno –dijo Mack.

–Amén, hermano.

Mick estaba en el ático del hotel tomando notas y farfullando algo. Jess estaba sentada sobre un arcón y lo observaba con emoción contenida.

–¿Y bien? ¿Qué piensas, papá? ¿Se puede hacer?

–Claro que se puede hacer. Cuando se trata de construcción, puedo convertir esta habitación prácticamente en lo que yo quiera.

–¿Y a qué precio?

Le sonrió.

—Esa es la pregunta, ¿verdad? ¿Tienes algún presupuesto en mente?

Jess negó con la cabeza.

—Abby me dijo que le llevara una estimación y que vería qué podíamos hacer para encontrar el dinero.

—Derribar esa pared de ahí, construir las ventanas que quieres podría ser caro. ¿Tanto quieres hacerlo?

—Sí, mucho.

—Puedo hacerte el trabajo a coste, hacerlo yo mismo. Eso te ahorrará algo de dinero, pero tardaremos más. ¿Tienes mucha prisa?

—Tendríamos todo el invierno. Estaría bien tenerlo listo cuando llegue la primavera.

Mick asintió.

—Eso no sería ningún problema.

—¿Podrías poner una chimenea?

—Sí. Pero, ¿seguro que quieres hacer dos habitaciones? Podría quedar mejor si fuera un único lugar abierto con sillones frente a la chimenea y una cama gigante frente a los ventanales y esas vistas de la bahía. ¿Qué te parece? De lo contrario todo podría quedar un poco estrecho. Ven, te lo enseñaré.

Dibujó lo que tenía en mente.

—Claro que, si quieres que la zona del dormitorio tenga intimidad, podríamos levantar un muro.

—No, tienes razón —dijo Jess estudiando el esbozo—. Debería haberme imaginado que tú sabrías exactamente lo que hacer. Todo el mundo sabe que estas casas las diseñó el mejor arquitecto del mundo.

—Tal vez no el mejor —dijo guiñándole un ojo—. Pero tengo la sensación de lo que la gente quiere en una casa en la playa.

—Lo que hiciste para Connor y Heather en Driftwood Cottage fue impresionante. No podía creerme que fuera la misma casa.

—Heather tiene parte del mérito. Trabajé partiendo de

sus ideas. Y aquí haré lo mismo. Tú me has dado tus ideas y yo solo estoy perfeccionándolas un poco.

–Algunas de las ideas eran de Will.

A Mick se le iluminaron los ojos.

–¿Ah, sí? ¿Ha estado aquí?

Jess asintió, consciente de que había destapado la caja de los truenos.

–El otro día. Me ayudó a limpiar esto –y decidida a cambiar de tema, preguntó–: ¿Y qué pasa con el baño? ¿Podrías instalar una bañera de estilo antiguo, una ducha y un lavabo doble?

Mick se mostró decepcionado por un momento ante su deliberada evasiva, pero después respondió:

–¿Va a ser una suite nupcial o estás pensando en algo más permanente, tal vez un lugar en el que vivir tú?

–No estoy segura del todo. En un principio pensé que podría ser una suite nupcial, pero Will mencionó que sería un lugar para vivir perfecto para mí. No puedo evitar pensar en ello. Sería maravilloso tener un lugar así para mí y no una de las habitaciones de abajo.

–¿Necesitas una bañera grande, una ducha y dos lavabos solo para ti o tienes alguien en mente con quién compartirlo todo?

–No vayas por ahí –le ordenó–. Si voy a hacerlo, no tiene nada de malo pensar en el futuro. ¿Quién sabe lo que pasará? Con suerte, no pasaré sola el resto de mi vida.

–Por supuesto que no –dijo su padre inmediatamente–. Aunque este lugar no será lo suficientemente grande para una familia.

–Will sugirió...

–Para ser un hombre que no significa nada para ti, te tomas muy en serio sus ideas.

–Me pareció una buena idea –dijo a la defensiva–. No importa de quién sea. Pensó que podría construir otra casa en este terreno en el futuro y estoy pensando que podría estar bien esa zona de árboles en lo alto de la colina.

–¿Y tuvo Will otras ideas que yo debería saber?

–Ninguna. ¿Cuándo puedes darme el presupuesto para que lo estudie con Abby?

–Puedo tener algo para este fin de semana y los tres lo hablaremos el domingo después de comer. ¿Te parece bien?

Jess lo abrazó.

–Gracias, papá.

Él le devolvió el abrazo y la besó en la cabeza.

–Y supongo que, ya que estoy, puedo pensar en algo para esa otra casa.

–No tienes por qué hacerlo. Pasarán años antes de que vaya a necesitarla.

–Nunca se sabe –insistió–. Nunca está mal ser previsor.

–Pero no hace falta serlo tanto.

–A veces el futuro está más cerca de lo que crees, si tienes la mente abierta. Y tampoco pasará nada porque Will vea mis esbozos. Parece que tiene unas ideas excelentes, así que me aseguraré de que lo invitamos a comer también a él.

Jess se quedó absolutamente quieta mientras su padre salía del ático. Que Dios la ayudara porque había puesto en acción las tendencias de casamentera de su padre. Sin duda, la comida del domingo sería muy tensa para ella.

Capítulo 8

Jess abrió su correo el jueves por la mañana y encontró uno de un cliente de Almuerzo junto a la bahía, que estaba interesado en pedirle una cita para el viernes por la noche. Pero en lugar de causarle cierta curiosidad o emoción, la invitación hizo que la recorriera un escalofrío. Miró las palabras escritas en la pantalla y las vio como una prueba de que Will estaba siguiendo adelante. ¿Por qué, si no, de pronto le había buscado una cita con otra persona? Al parecer, había perdido la paciencia con sus vacilaciones y su negativa de reconocer que aquel improvisado picnic era una cita.

Estaba tan furiosa que apenas se fijó en nada de su posible futura cita. Por el contrario, escribió una respuesta indicando que lo sentía mucho, pero que no quería ninguna cita aunque, por supuesto, no era nada personal. Se estremeció al imaginar que fuera ella la que recibiera una contestación así y modificó las palabras para expresar que lo lamentaba verdaderamente aunque tampoco quería darle a entender que podía volver a sugerírselo en otra ocasión.

Claro que, en cuanto pulsó el botón de enviar, la invadieron las dudas. Debería haber aceptado, aunque solo hubiera sido por demostrarle a Will que no significaba nada para ella, que aún estaba abierta a la posibilidad de salir con otros hombres. Y así era, se dijo. Pero no saldría con un hombre que hubiera sido elegido por Will y su estúpido juego de ordenador.

Suspiró ante su lógica; incluso ella reconocía que no estaba teniendo mucho sentido. Si Laila o incluso Connie, que sabían lo que era tener sentimientos confundidos hacia alguien, se enteraran de lo que había hecho, se enfadarían con ella por haber rechazado a alguien sin haber esperado a tener ni una cita.

—Oh, bueno, ya está hecho —se dijo cerrando el ordenador y dirigiéndose a la cocina para hablar con Gail sobre los menús.

Para su sorpresa, encontró a Ronnie con un delantal y siguiendo las direcciones de Gail para preparar un *chutney* de mango y papaya como acompañamiento para el pescado asado de esa noche. Alzó la mirada cuando Jess entró.

—He desviado aquí las llamadas de recepción —se apresuró a decirle—. Y he hecho tres reservas. Juro que no estoy escaqueándome de mi trabajo.

—Es verdad —confirmó Gail—. Y me ha ayudado mucho aquí dentro —miró a Jess como suplicándole que le diera una oportunidad a Ronnie—. La verdad es que he estado intentando convencerlo de que haga algún curso en una escuela culinaria.

Jess miró a Ronnie sorprendida.

—¿En serio? ¿Estás interesado?

Él asintió con expresión tímida.

—Siempre me ha gustado cocinar, pero mi padre se ponía de los nervios cada vez que lo mencionaba. Creo que me gustaría probar. Además, no puede decirme nada si me lo pago yo, ¿verdad?

Jess se quedó tan impresionada con su entusiasmo que dijo:

—Deberías estudiar la posibilidad, Ronnie —ella, más que nadie, sabía lo importante que era descubrir una pasión por algo. Tal vez la cocina supondría para él lo mismo que había supuesto el hotel para ella, así que ¿cómo podría no animarlo a hacerlo? –y así, impulsivamente, añadió–: Averigua cuánto cuesta el curso. No te prometo nada, pero si eres tan bueno como Gail cree que eres, puede que encuentre el modo de que el hotel te costee parte de los cursos.

Gail se mostró tan asombrada por la oferta como Ronnie.

–¿Abby?

–Abby lo entenderá. Además, no podremos cubrir todos los gastos, Ronnie, ¿de acuerdo?

–Lo que sea será una ayuda –respondió él emocionado.

Jess pensó cómo convencer a Abby para sacar algo de dinero del presupuesto y solo se le ocurrió una cosa.

–Si puedo organizarlo, tienes que prometerme que trabajarás aquí durante un año o así como ayudante de Gail una vez te hayas graduado.

Por primera vez desde que había ido a trabajar al hotel, Ronnie demostró verdadero entusiasmo.

–¡Genial! Sé que no he sido el mejor empleado hasta ahora, pero prometo que eso ha cambiado. Sea lo que sea lo que necesites por aquí, cuenta conmigo.

Jess sonrió.

–Tendré que ver cómo encajarlo en el presupuesto –volvió a advertirle–. Tráeme información de los cursos cuando la tengas.

–De acuerdo –prometió–. Y gracias, Jess. Quiero decir, señora O'Brien. Es usted increíble. Será mejor que salga e introduzca en el sistema informático estas tres reservas que he anotado antes de que el papel se llene de comida.

Prácticamente salió dando saltos de la cocina. Jess lo miró y sacudió la cabeza.

–¿Quién iba a decirlo? Pensé que jamás encontraría su lugar en el mundo. Has hecho un milagro.

Gail sonrió.

–No es para tanto. Solo necesitaba que alguien le prestara atención a lo que él quiere hacer con su vida. Empecé a verlo la primera vez que me ayudó aquí. Es bueno, Jess.

Con un poco de práctica, creo que será especial. Y gracias al trato que le has mencionado, se quedará con nosotras al menos un tiempo.

—Debe de ser agradable saber que has descubierto el talento oculto de alguien —dijo deseando haber sido ella la que hubiera visto más allá de las meteduras de pata de Ronnie.

—No puedes descubrir lo que alguien no quiere dejarte ver. Ronnie tenía demasiado miedo a perder este trabajo, que era como su última oportunidad, si te decía lo que de verdad quería hacer. Si no hubieras insistido en que me ayudara aquel día, tal vez seguiría ahí fuera haciéndose líos a la hora de anotar reservas. O peor aún, lo habrías despedido.

Gail levantó la mirada de la masa de pan que estaba preparando y miró a Jess fijamente.

—¿Qué te pasa? Pareces deprimida.

—No estoy deprimida, estoy enfadada.

—Con Will, supongo. ¿Qué ha hecho ahora?

—Me ha buscado una cita o, mejor dicho, Almuerzo junto a la bahía me ha encontrado una cita. Es lo mismo básicamente.

—¿Pero no te estabas quejando antes porque no te había encontrado ninguna cita?

Jess asintió.

—En lo que respecta a Will soy totalmente contradictoria. No me extraña que se haya hartado de mí.

—¿Qué te hace pensar que se ha hartado de ti? —preguntó Gail e, inmediatamente, dijo—: Oh, claro, la cita.

—No perdamos tiempo con esto. ¿Estás lista para que preparemos los menús de la semana?

Gail parecía querer discutir el tema, pero finalmente se limitó a sacar unas hojas plastificadas de un cajón. Había llegado a desarrollar la clase de habilidad organizativa que Jess tanto envidiaba. Sus recetas más preciadas estaban impresas y plastificadas para poder combinarlas y crear distintos menús. A veces las modificaba un poco con nuevos experimentos y las que eran más populares entre sus huéspedes se imprimían y plastificaban para añadirlas al resto.

—Allá vamos, a ver qué te parece. He estado trabajando en algunas ideas para la boda de los Parker a finales de este mes.

Jess pasó la siguiente hora revisando los menús de Gail y los respectivos costes y después se recostó en su asiento con un suspiro.

—No sé por qué no te doy rienda suelta con todo esto. Nunca te has pasado en el presupuesto y tienes mucho mejor control de los gastos que yo.

Gail sonrió.

—Sé que odias los números y también sé que Abby confía en mí, pero a pesar de todo, me siento mucho más cómoda sabiendo que lo has revisado y supervisado todo —les sirvió una taza de té y miró a Jess.

—Bueno, volvamos al tema de Will.

—Preferiría no hacerlo.

—Solo dime por qué has estado tan decidida a no admitir que estás interesada en él.

—Es posible que en el pasado me afectara exageradamente. Me ha asustado de algún modo pensar que está ahí sentado analizando cada palabra que digo, pero la gente no deja de decirme que tener a un hombre que de verdad te entiende es algo muy positivo.

Gail sonrió.

—Eso digo yo. En el caso de mi marido y yo, el hecho de que los dos seamos chef es fantástico. Siempre que uno de los dos ha tenido un mal día, el otro lo entiende y podemos darles vueltas a muchas ideas juntos. Además, los domingos, cuando los dos estamos libres, nos encanta pasar el día en la cocina experimentando con recetas. Es divertido tener en común el amor por la comida. Y todos esos fabulosos aromas… —suspiró—. Es un afrodisíaco asombroso.

Jess no pudo más que preguntar:

–¿Cómo puedes llamarlo día libre si te pasas el día en la cocina cocinando?

–Porque es algo con lo que los dos disfrutamos y no tenemos oportunidad de hacerlo con demasiada frecuencia. Claro que cuando algo sale realmente bien, discutimos para ver quién lo va a usar. Esas discusiones solían ser muy acaloradas hasta que decidimos que alternaríamos. Y, por supuesto, algunas cosas funcionan mejor en un gran y fino restaurante como ese en el que trabaja él.

–¿Y nosotras nos quedamos con sus sobras? –preguntó Jess con fingida indignación.

Gail se rio.

–Rara vez. Cuando creo que algo es perfecto para nosotras, tengo mis métodos para quedármelo.

A Jess le encantaba el retrato que Gail estaba pintando sobre la relación con su marido. En cierto modo, era lo que había experimentado con Will en el ático aquel día. Había sido toda una revelación ver lo bien que habían combinado las ideas de la reforma.

Es más, aunque se negaba a admitirlo, apenas podía esperar a que llegara el domingo para que los dos pudieran ver cómo su padre había transformado esas ideas en diseños concretos. Ver a Will en una «no cita», por mucho que él odiara ese término, parecía el modo más inteligente de probar si sus sentimientos hacia él habían cambiado de verdad.

Will estaba terminándose su almuerzo con Mack y Jake cuando Mick O'Brien entró y se unió a ellos.

–¿Cómo está Bree? –le preguntó Mick a su yerno.

–Genial –respondió Jake sonriendo con orgullo de padre–. Y la bebé está fantástica. Tengo fotos en el móvil. ¿Quieres verlas?

A Mick se le iluminaron los ojos.

–Claro.

Mientras Jake sacaba el teléfono, Will empezó a levantarse. Momentos así le recordaban lo lejos que estaba del matrimonio y de la paternidad.

—Debería volver al trabajo.

—Espera un minuto –le dijo Mick antes de agarrar el móvil para ver las últimas fotos de su nieta–. No es que mis hijas no fueran las niñas más guapas del mundo cuando eran pequeñas, pero esta pequeña es algo especial.

—No digas eso delante de Abby –le advirtió Will–. Seguro que cree que Caitlyn y Carrie también eran especiales de pequeñas.

—Bueno, claro que lo eran. Y cuando Abby tenga otro bebé, seguro que será el más bonito del mundo, también. Pero ahora mismo este es el bebé que tengo que mimar y adorar.

Will se rio.

Mick le devolvió el móvil a Jake y se giró hacia él.

—Solo quería asegurarme de que vendrás a comer este domingo.

Había algo en la expresión de Mick que puso nervioso a Will. Conocía esa mirada, era la mirada de la intromisión.

—No lo tenía pensado –y ahora menos, con esa invitación por parte de Mick. Las cosas ya estaban demasiado tensas entre Jess y él.

—Pues tienes que cambiar de opinión. Tengo unos diseños preparados para Jess y sé que le gustaría que tú también les echaras un vistazo.

—¿Qué diseños?

—Los de la reforma del ático del hotel y de la casa. Me dijo que tenías algunas ideas y te agradeceríamos tu aportación.

Jake y Mack estaban escuchando con expresión divertida. Estaba claro que los dos sabían muy bien lo que pretendía Mick y unos planos no tenían nada que ver con ello. No eran más que una excusa.

—El hotel es como un hijo para Jess –dijo Will–. No tiene nada que ver conmigo.

–¿Hay alguna razón por la que no quieres venir?

–Tengo otros planes esta semana.

–¿Qué planes? –preguntó Jake inocentemente.

–Una cita –respondió Will lanzándole a su amigo una cortante mirada. Sí, tal vez ahora mismo no tenía ninguna, pero la tendría en cuanto volviera al despacho y llamara a alguien de su lista de Almuerzo junto a la bahía.

Mick no pareció creérselo. O eso, o le había decepcionado oír que Will iba a verse con otra mujer que no era su hija. Se levantó.

–Le diré a Jess que no puedes ir. Imagino que se quedará muy decepcionada.

–En otra ocasión –contestó Will aliviado de ver a Mick marcharse.

–¡Vaya, tío! –murmuró Jake.

–¿Qué?

–Has mentido a Mick.

–No he mentido.

–¿De verdad tienes una cita? –preguntó Jake con escepticismo.

–La tendré dentro de una hora.

–No importa. El caso es que has desaprovechado una oportunidad de pasar algo de tiempo con Jess, y Mick no lo olvidará. Será una cruz negra en tu contra para siempre.

–¿Qué va a hacer? ¿Prohibirme volver a ver a Jess? No estoy saliendo con ella y, por cierto, eso es algo que Jess ha elegido, no yo.

–¿Supones que Mick comprende que ella es el problema?

–Claro que sí –dijo Jake–. Por eso ha sido él el que te ha invitado, en lugar de dejar que lo hiciera ella.

–¡Qué retorcido es todo esto! Me alegro mucho de que Susie… Bueno, de que Mick no sea su padre.

Jake se rio.

–Sí, Mick habría insistido en que los dos pasarais a la acción hace mucho tiempo.

Will sacudió la cabeza. No es que no estuvieran diciendo nada que él no supiera ya, pero era un recordatorio de que podría ser inteligente seguir manteniéndose alejado de Jess.

—Lo siento por ti, amigo mío. Cuesta creer que te hayas casado voluntariamente con esta familia.

Jake se rio.

—Después de saltar un millón de obstáculos, sí, lo hice. Bree bien vale todo ello. Y no intentes engañarnos, amigo mío. Tú también lo harías, y sin pensarlo, si pudieras conseguir a Jess.

Will suspiró.

—Puede que tengas razón —y no era algo que le gustara mucho.

El domingo, Jess estaba preocupándose más de lo habitual por su aspecto. Se probó unos cuantos modelos antes de optar por unos pantalones de lino y una blusa de lino sin mangas. Cuando sacó su bolsa de maquillaje, pensó un momento y volvió a guardarla.

—Eres absurda —le dijo al espejo.

—¿Estás hablando sola? —preguntó Abby al entrar en su habitación sin llamar.

—Tristemente, sí —admitió Jess.

—Estás preciosa. Ese color melocotón de la blusa te sienta muy bien. Resalta el tono de tus mejillas.

—Gracias.

—¿Cuál es la ocasión especial?

—No es ninguna ocasión especial.

Abby la miró con incredulidad.

—Pues entonces tendrá que ver con los planos en los que papá ha estado trabajando, los que iba a enseñaros hoy a Will y a ti.

—¿Por qué iba a arreglarme para ver los planos de papá? —preguntó Jess fingiendo inocencia.

Por supuesto, Abby no la creyó. Prácticamente la había criado y conocía muy bien el carácter de su hermana.

–Estaba pensando que podría tener que ver más con Will y he venido a avisarte de que no va a venir. No quería que te sintieras decepcionada y que papá viera tu reacción.

Jess no podía ocultar lo desilusionada que se había quedado ante la noticia de Abby.

–¿Y cómo sabes que no va a venir?

–Antes, cuando he llegado, papá estaba contándoselo a mamá mientras refunfuñaba. Dijo que Will tenía otra cita.

Jess se sentó en el borde de la cama.

–Ya…

–¿Estás bien?

–Claro –mintió–. ¿Por qué no iba a estarlo?

–Tal vez porque por fin estás dándote cuenta de que tendrías que darle una oportunidad a Will.

–No importa –insistió Jess–. No le des demasiada importancia a esto, yo no lo haré.

–Bueno, de todos modos, seguro que es una de esas citas que ha sacado el sistema informático.

–Seguramente. Pero mejor que no vaya a venir. Últimamente lo único que hacemos es discutir –forzó una sonrisa–. Será mejor que vayamos a la casa. A la abuela le gusta que comamos a la una.

Abby vaciló.

–¿Seguro que estás bien?

–Totalmente –se plantó una sonrisa en la cara, más para practicar para el resto de la familia que con la intención de que Abby se la creyera–. Estoy deseando ver los diseños de papá.

–Yo también –admitió Abby siguiéndola por las escaleras–. Me ha prometido que el presupuesto es muy razonable, al menos para la reforma del ático. ¿Sabías que también estaba diseñando una casa? ¿Y eso?

Jess asintió.

–Le mencioné algo sobre construir una si alguna vez

tengo familia. Le dije que no era nada que necesitara de manera inmediata, pero ya conoces a papá.

—Ha pensado en Will y ya está dispuesto a reservar iglesia. Claro que, si Will y tú dejarais de jugar y dejarais las cosas claras…

La mirada de Jess hizo callar a su hermana, al menos por el momento. Ahora lo único que tenía que hacer era sufrir un poco durante la comida y ver esos planos sin dejarles ver que se sentía decepcionada por la ausencia de Will. Si superaba esa prueba, tal vez podría probar suerte en la compañía de teatro de Bree.

La cita de Will estaba siendo un desastre. Había estado tan distraído que la mujer, una abogada de Annapolis que había trabajado con Connor en Baltimore, perdió la paciencia.

—¿Por qué me has pedido salir? —le preguntó Anna Lofton.

Will se obligó a mirarla a la cara. Tenía unos ojos marrones que parecían estar atravesándolo y suponía que le venían muy bien en un tribunal.

—Me parecía que teníamos algunas cosas en común.

—A mí me parecía lo mismo, pero desde que nos hemos sentado es como si no hubieras estado aquí. ¿Ya estás saliendo con alguien?

—No —se apresuró a decir, asombrado por su perspicacia, pero reacio a admitir que tenía razón en lo que decía.

Ella se rio.

—Has respondido demasiado rápido. ¿Quién es ella? ¿La chica que has perdido?

Will suspiró.

—Nunca he llegado a tenerla, y siento mucho cómo está yendo esta cita. No debería haberte pedido salir hoy. Ha sido una reacción instintiva.

—¿Ante qué?

–Créeme, si te lo dijera, no haría más que hacerme parecer más cretino de lo que ya crees.

Ella se rio con ganas.

–Ahora sí que veo ese sentido del humor que tanto me gustó ver en tus e-mails.

Will sonrió.

–¿Y si probamos otro día? Podría ir mejor.

Anna sacudió la cabeza.

–No hasta que olvides a esa mujer. Si eso sucede, llámame. Me gustas, Will Lincoln, pero no quiero perder el tiempo. Pero muchas gracias –miró a su alrededor–. Te doy las gracias por haberme dado a conocer Chesapeake Shores. Me gusta este pueblo. No sé por qué no había venido nunca. La próxima vez tendré que venir a pasar un fin de semana.

–Hay un hotel genial.

–¿Por qué parece que me lo estés diciendo con pesar?

–La mujer que lo regenta...

A Anna se le iluminaron los ojos.

–Ah, es ella. Entonces ahora sí que voy a tener que volver. ¿Cómo se llama el hotel?

–La Posada en Eagle Point –dijo con renuencia–. Te encantará. Tiene unas vistas magníficas del mar y una chef estupenda.

–¿Esa mujer también es la cocinera?

–No, ella solo es la propietaria.

Anna se levantó.

–Bueno, puede que no tardemos mucho tiempo en volver a vernos.

Will dejó dinero sobre la mesa y la acompañó hasta su coche.

–De nuevo, siento mucho cómo ha salido todo. No es un buen reflejo del funcionamiento de Almuerzo junto a la bahía.

–Oh, no sé. Yo creo que la persona que ha creado el sistema es genial. Por desgracia, tú sientes algo por otra per-

sona y apuesto a que eso no se lo has dicho al sistema informático.

Will se rio.

—No. Intento no decírselo a nadie. Por desgracia, en este
pueblo casi todo el mundo ya lo sabe.

—Parece que tiene la maldición de todo lugar pequeño.
Saluda a Connor de mi parte.

—Lo haré. Conduce con cuidado.

La vio arrancar su deportivo y alejarse. Y solo cuando
ya no podía verla, suspiró. En otras circunstancias, tal vez
incluso cualquier otro día, esa mujer lo habría atraído.

Pero, por el contrario, sabía que solo sería una sustituta
de Jess, un modo de demostrarle a todo el mundo que no
sentía nada por ella. Irónicamente, lo que esa tarde había
demostrado había sido exactamente lo contrario.

Capítulo 9

Jess intentó fingir algo de entusiasmo ante los diseños de su padre el domingo por la tarde. Mick la miraba con curiosidad cuando ella asentía de vez en cuando y se limitaba a murmurar:

—Está bien…

—Bueno, pues ya está —dijo él perdiendo la paciencia—. He hecho esto para ti, Jess. ¿Es que ya no te interesa?

Jess enfureció ante la acusación, que le resultó muy familiar. A su padre le había costado mucho aceptar el problema de su déficit de atención y en más de una ocasión después de que se lo hubieran diagnosticado le había sugerido que lo único que pasaba era que no estaba aplicándose en el colegio. Tras cuatro hijos que habían sido brillantes, Jess había resultado frustrante para él. Y esa misma frustración estaba volviendo a oírla hoy en la voz de su padre.

Antes de poder responderle con brusquedad, Abby, como siempre, medió para calmar las cosas.

—Claro que no. Los diseños son impresionantes, papá, y estoy segura de que a Jess le encantan.

Jess forzó una sonrisa.

—Sí, papá. Y te agradezco mucho todo el tiempo que has invertido en ellos.

—Entonces, ¿qué problema hay? —le preguntó no satisfecho del todo–. ¿Tu actitud tiene algo que ver con el hecho de que Will no haya venido hoy?

–Deja a Will fuera de esto –le ordenó Jess irritada–. La reforma del ático no tiene nada que ver con él. Es mi proyecto –se giró hacia Abby dispuesta a terminar la conversación sobre Will–. ¿Qué te parece el presupuesto? ¿Podemos afrontarlo?

–Si papá puede hacer la mayor parte del trabajo y puede ceñirse al presupuesto que nos ha dado, creo que podemos hacerlo.

Por fin, Jess demostró algo de entusiasmo. Hasta el momento, dejando a Will de lado, no había querido hacerse ilusiones. Desde que había estado a punto de tener que cerrar el hotel, Abby había controlado sus cuentas. Aunque le había resultado humillante tener que recurrir a su hermana para que le pagara las deudas, ahora al menos tenía su hotel gracias a ello. Desde entonces se había jurado que jamás volvería a tener problemas económicos, aunque eso supusiera tener muchas restricciones. Así que el hecho de que en esta ocasión, Abby le permitiera tener esos gastos estaba siendo un voto de confianza.

–¿En serio? ¿Puedo seguir adelante con esto?

Abby asintió con una sonrisa.

–Creo que los gastos están totalmente justificados. Hablaré con el padre de Trace en el banco para el tema de la financiación.

–Deja que hable con Laila –le suplicó Jess–. Necesito ocuparme de esta clase de cosas sola. Pero te prometo que no firmaré nada que tú no hayas visto antes.

–Me parece razonable. Si necesitas ayuda, avísame.

–Jess, deja que yo te financie esto y deja los bancos al margen –le dijo su padre–. La reforma no es tan cara. No quiero que vuelvas a poner en peligro el hotel.

–Te agradezco la oferta, papá, pero este es mi negocio.

–¿Y acaso yo he dicho que no lo sea? ¿Por qué tenemos que armar tanto follón por una cosa tan pequeña?

–Porque quiero que todo el mundo, especialmente Lawrence Riley del banco, vean que he convertido el hotel en un éxito. Yo, Jess O'Brien. No mi hermana. No mi padre. El señor Riley estaba segurísimo de que no lo lograría y quiero restregarle por la cara que lo he hecho.

–Eso sí que lo entiendo. Pero no seas demasiado orgullosa para pedirme ayuda si lo necesitas, ¿entendido?

Jess abrazó a su padre.

–Gracias, papá. Y gracias a ti también, Abby. Si no hubieras tenido fe en mí después de que lo echara todo a perder hace unos años, el hotel no existiría y, mucho menos, sería un negocio fructífero.

–Todo fue gracias a ti –le recordó Abby–. Yo solo te ayudé con las facturas.

Jess pensó en la promesa que le había hecho a Ronnie.

–Hablando de eso, tengo que hablar contigo sobre añadirle algo al presupuesto –le habló del entusiasmo de Ronnie por ser cocinero y la convicción de Gail de que tenía talento, y para su sorpresa su padre fue el primero en decir algo.

–Sabía que conseguirías que ese jovencito fuera por el buen camino. Abby, seguro que hay algún modo de ayudar al chico. Su padre es un idiota por no animarlo a hacer lo que quiere hacer en la vida y creo que voy a decírselo.

Jess se rio.

–Papá, dudo que vayas a conseguir mucho gritándole al padre de Ronnie –miró a Abby suplicante–. ¿Podemos sacar unos cientos de dólares al trimestre para ayudarle a costearse el curso?

–¿Ha accedido a quedarse en el hotel cuando termine el curso? –preguntó Abby.

–Totalmente. Seguro que hasta lo pondrá por escrito si queremos –le aseguró Jess.

–Pues supongo que sería una buena inversión en el futuro del hotel. Deja que haga números y te dé una respuesta.

Encantada por Ronnie y totalmente entusiasmada con el

proyecto de reforma ahora que le habían dado luz verde, Jess miró a su padre.

—¿Cuándo podemos empezar?

—¿Qué te parece la semana que viene?

Jess agradecía tanta premura, pero sacudió la cabeza.

—Primero tengo que hablar con el banco.

—Pues entonces en cuanto tengas eso solucionado. Pero tengo que recordarte que tardaré más de lo habitual porque también tengo que supervisar el trabajo de Hábitat para la Humanidad, aunque lo haremos, Jess. Será todo lo que tú quieras que sea. ¿Quieres ver los planos de la casa?

Ella negó con la cabeza porque en su mente esos planos estaban vinculados a Will, algo ridículo, pero ahí estaba.

—Guárdamelos, ¿vale? Algún día de estos los necesitaré.

Mick asintió y, por una vez, no insistió en el tema.

—Cuando estés lista para echarles un vistazo, no tienes más que decírmelo.

—Creo que volveré al hotel para terminar de limpiar lo que queda del ático —incluso una tarea tan tediosa como esa ahora le resultaba mucho más atrayente porque sabía que después vendría la reforma con la que tanto había soñado.

—¿Necesitas ayuda? —le preguntó Mick.

—No, no hace falta. Gracias, papá —respondió abrazándolo.

—De nada, mi niña. De nada.

Jess intentó salir de la casa sin toparse con nadie más de la familia, pero justo fuera se encontró con su abuela que se dirigía a su casa.

—La comida ha estado genial, abuela. Sé que has hecho la sopa de patata. Nadie la hace como tú y ha venido perfecta para un día frío como el de hoy.

La abuela la miró fijamente.

—Entonces, ¿por qué has comido tan poco?

—Sí que he comido. Estaba deliciosa.

–Puede que le cueles ese cuento a cualquier otro, jovencita, pero no a mí. Tengo ojos en la cara, ¿no? Ahora, dime,
¿por qué estabas tan triste antes?

Hacía años que Jess se había enterado de que cuando su
abuela se había hecho cargo de su casa después de que Megan los abandonara, no había podido ocultarle muchas cosas. Su abuela había comprendido su dolor ante la marcha
de su madre y, lo más importante, había podido convencerla de que la marcha de su madre no había sido culpa suya.
Durante aquellos primeros terribles meses sin su madre,
Abby había intentado todo lo posible por ayudarla, pero había sido la abuela la que le había ofrecido más consuelo y
apoyo.

Además, sabía que su abuela no le contaría sus confi-
dencias al resto de la familia.

–Estoy pensando que tal vez he cometido un error con
respecto a Will.

–¿En qué sentido?

–Ya sabes en qué sentido. Tú eres de los que piensan
que entre los dos hay algo.

–No importa lo que yo piense. Entonces, ¿estás diciendo
que te has dado cuenta de que podrías sentir algo por él?

Jess asintió.

–Pero creo que es demasiado tarde.

–¿Es que se ha casado con otra?

–Claro que no.

–Pues no es demasiado tarde. Solo tienes que volcarte
en cambiar las cosas.

–¿Y si no funciona? He perdido a mucha gente a lo largo de los años. Mamá se marchó. Papá estuvo lejos la mayor parte de mi infancia, o al menos así lo sentí yo. Abby,
Bree, Kevin y Connor… todos se marcharon.

–Y todos han vuelto ahora –le recordó su abuela–. Nunca los perdiste, cielo.

–Pero me sentía como si fuera así. Si me arriesgo con
Will y no funciona…

Su abuela sonrió.

—¿Y si funciona tal y como esperas? Creo que eso es lo que puede pasar con mayor probabilidad.

—¿De verdad crees que Will y yo estamos hechos el uno para el otro?

—Si estás buscando garantías, cariño, no puedo dártelas. El amor tiene riesgos, y la vida también —le apretó la mano—. Pero si tuviera que apostar...

—Y todos sabemos que lo harás... —bromeó Jess—. Tus partidas de bingo son una leyenda familiar.

—Si tuviera que apostar, diría que los dos tenéis más posibilidades que la mayoría.

—¿Por qué?

—Porque he visto cómo te mira ese hombre. Lleva loco por ti desde el instituto, o incluso desde antes, y nunca se ha alejado de ti. Siempre olvida su ego maltratado y vuelve a tu lado.

—No esta vez. Es por mi culpa por lo que no ha venido a comer hoy.

—Pues entonces tal vez deberías disculparte por lo que sea que hayas hecho mal.

—Es que no he hecho nada mal. Solo le he dicho cómo me sentía.

—¿Y has pensado tú en lo que siente él?

—No. Solo intentaba dejarle las cosas claras. Fue una estupidez. Habíamos asaltado la nevera del hotel, habíamos salido a cenar fuera y estábamos viendo la puesta de sol. Apenas habíamos dado el primer sorbo de vino y lo único que le dije fue que no estábamos teniendo una cita.

—Y de inmediato él se vio en la misma situación en la que están Susie y Mack.

Jess miró asombrada a su abuela.

—¿Cómo puedes verlo con tanta claridad cuando a mí ni siquiera se me ha ocurrido?

—No importa cómo lo vea yo. ¿Es así como lo ha visto Will?

–Por desgracia, sí.

–¿Y puedes culparlo por haberse ido? Te juro que no sé lo que les pasa por la cabeza a tu prima Susie y a Mack, pero sí que puedo entender por qué otro hombre no querría verse en esa misma situación. A veces me gustaría espabilar a esos dos para que reaccionaran.

Jess se rio.

–Creo que a todos nos gustaría.

–Pues, hagas lo que hagas, no hagas lo que han hecho ellos. Si quieres a Will, ve a por él. Creo que es hora de que actúes. Estoy segura de que si te arriesgas, verás que Will no se niega. Recuerda que la vida es corta. Puede que ya pase de los ochenta y que haya tenido una vida plena, pero no hay garantías de que los demás vayáis a tener una vida tan buena como he tenido yo. No dejes que el amor se te escape solo porque estés asustada.

Habían llegado a la casita de su abuela con sus rosas en la valla y el pequeño estanque para los pájaros en el centro de un jardín de flores. La bonita casa parecía sacada de un cuento. Por lo menos, así era lo que siempre le había parecido a Jess. A veces se había preguntado cómo su abuela había soportado no estar en ella cuando se había mudado a su casa para ocuparse de todos ellos de pequeños.

–Gracias, abuela –dijo abrazándola y notando lo frágil que era. Tenía tanta fuerza interior y tanto carácter que a veces uno podía olvidar que ya no era joven–. Pensaré en lo que me has dicho. Siempre me dejas las cosas mucho más claras.

–Eso es porque he vivido más tiempo. Incluso con mis cataratas, aún hay muchas cosas que puedo ver. Te quiero, cielo.

–Yo también te quiero –respondió y esperó a verla entrar en casa antes de ponerse en marcha hacia el hotel y pensar en todo lo que habían hablado.

Tal vez su abuela tenía razón. Tal vez todas sus inseguridades al final no importaban y haberlo intentado y perder podría ser mejor que no haberse arriesgado nunca por encontrar el amor.

Connie había ido al vivero el domingo por la tarde después de que Jake la hubiera llamado para que la ayudara a cargar un pedido de plantas para un trabajo de paisajismo que se había pospuesto ya en dos ocasiones por la lluvia.

—No entiendo por qué no has llamado a uno de los chicos para que te ayude —dijo ella refunfuñando mientras llevaba plantas del invernadero al camión. La respuesta, claro está, era que su hermano sabía que a ella no tendría que pagarle…

Jake esbozó esa sonrisa con la que siempre se había ganado a las mujeres del pueblo y que había funcionado con Bree, pero que ya había perdido eficacia con ella.

—Porque quería comprobar por mí mismo que no te quedabas en casa sola y aburrida mientras Jenny está en la universidad —respondió sorprendiéndola—. No sé por qué no has querido venir a comer hoy a casa de los O'Brien. Me preocupas.

—Solo quería tener un día para mí sola —dijo negándose a admitir que le había dado miedo que apareciera Thomas y que ella no hubiera podido ocultar lo que sentía por él.

—Thomas ha preguntado por ti.

A Connie se le aceleró el pulso.

—¿En serio? ¿Estaba allí?

Jake se detuvo frente a ella y la miró a los ojos.

—Me ha dado la sensación de que se ha quedado decepcionado al no verte. ¿Por qué?

—No seas tonto —le contestó rezando para que el calor que estaba sintiendo no estuviera tiñendo sus mejillas—. Nos hemos visto mucho por el trabajo como voluntaria que desempeño para su fundación y seguro que quería preguntarme algo.

Jake no parecía muy convencido, pero no insistió más, por suerte. Justo en ese momento sonó el teléfono de ella.

–Tengo que contestar, podría ser Jenny.

Pero no lo era.

–Connie, soy Thomas.

Para su sorpresa, él parecía encantadoramente nervioso.

–Hola –respondió en voz baja y apartándose para tener algo de intimidad–. He oído que has venido a comer con tu familia.

–Sí, y esperaba verte allí.

–¿Necesitabas algo? ¿Querías que revisáramos los planes para el evento del sábado?

Él se rio.

–No, estoy seguro de que Shanna y tú lo tenéis todo bajo control. Además, Shanna ha ido a comer con Kevin, así que si hubiera tenido alguna pregunta, seguro que ella podría habérmelas respondido.

–Oh, claro.

–¿Qué haces? ¿Estás ocupada? ¿Te apetece tomar una taza de café o algo antes de que me vaya a Annapolis?

Connie miró sus pringosas manos, su ropa sucia y las viejas deportivas que se había puesto cuando había llamado su hermano. Apenas se había peinado y ni se había dado un toque de maquillaje. Si Thomas la veía ahora, lo aterrorizaría.

–Oh, Thomas, estoy hecha un desastre. Estoy aquí en el vivero ayudando a Jake a cargar unas plantas.

–¿Cuánto te queda para terminar? –le preguntó nada intimidado por la imagen que ella le había pintado de su estado físico.

–Unos quince o veinte minutos por lo menos.

–Pues entonces un par de manos más hará que acabéis mucho antes –dijo decidido–. Hasta ahora.

Colgó antes de que ella pudiera protestar. No estaba segura de qué era peor, si que Thomas la viera con ese aspecto o si dejar que su hermano viera cómo babeaba por ese hombre.

Se pasó un minuto debatiendo si entrar en la oficina,

asearse y ponerse la ropa que guardaba allí para las ocasiones en las que trabajaba en el vivero en lugar de en la oficina. Por desgracia, si recibía a Thomas con una ropa más limpia que la patena, él vería que se había cambiado por él y sobraba decir lo que pensaría Jake. Por eso decidió que se quedaría como estaba y que Thomas tendría que aguantarse. Así era ella… al menos en algunas ocasiones.

–¿Quién era? –le preguntó Jake al pasar por delante cargando con dos plantas.

–Thomas –respondió intentando calmar el tono de su voz–. Viene hacia aquí.

Jake dejó las plantas en la camioneta y fue hacia su hermana.

–¿Me quieres decir para qué viene?

–Para echarnos una mano.

–¿En serio? Casi hemos terminado. ¿Lo has invitado a venir?

–No. Solo le he dicho lo que estaba haciendo y se ha ofrecido a ayudar. No es para tanto.

Y cuando el coche de Thomas apareció y entró al aparcamiento, Jake dijo:

–Me estoy perdiendo algo, ¿verdad?

–Nada. Deja de sospechar tanto y se agradecido por la ayuda que nos va a prestar. Hasta podría ayudarte a llevar las plantas al jardín si se lo pidieras.

–Ya he quedado con Will y Mack, que han prometido ayudarme, aunque eres muy generosa por ofrecerme los servicios de Thomas. ¿Lo haces porque te pone nerviosa estar a su lado?

–No digas tonterías –dijo, girándose para que su hermano no viera cómo se había sonrojado–. Y por favor, calla, antes de avergonzarme delante de él.

Cuando Thomas salió del coche, llevaba unos pantalones cortos y una camiseta, un atuendo mucho más deportivo del que habría llevado cualquier domingo para comer. La camiseta resaltaba sus amplios hombros y sus musculosos brazos. Su bronceado y su corpulencia eran la típica de un hombre que trabajaba al aire libre más que en un gimnasio.

Aunque miró a Connie con una sonrisa, se centró en su hermano.

–Jake, dime qué necesitas cargar.

–Te lo enseño –respondió Connie–. Solo esto. Ya te he dicho que casi habíamos terminado.

–Entonces así tendremos tiempo para un café –respondió él levantando los grandes contenedores como si no pesaran nada.

En cuanto la camioneta estuvo cargada, le preguntó a Jake si necesitaba ayuda para descargarla en el lugar del trabajo.

–No, pero gracias por la ayuda.

–De nada.

–Deberías irte –le dijo Connie a su hermano–. Solo te quedan unas pocas horas de luz para empezar. Ya sabes que al señor Carlson le dará un ataque si no ve algún avance hoy después de todo lo que lleva esperando por las lluvias.

–Es verdad –dijo Jake, que seguía reacio a marcharse.

Cuando por fin se marchó, Thomas se giró hacia ella.

–Bueno, ha ido bien, ¿no crees?

Connie se rio a pesar de su nerviosismo.

–¿En qué universo? Mi hermano cree que hay algo entre los dos y no se va a quedar a gusto hasta que descubra lo que es.

–¿Y hay algo entre los dos? ¿O soy yo el único que siente algo?

Ella quería negarlo, darse más tiempo antes de explorar esos sentimientos que la invadían cada vez que estaba cerca de él. Respiró hondo y dijo:

–No eres el único, pero tienes que admitir que da un poco de miedo. ¿O solo me da miedo a mí porque hace años que no salgo con nadie?

–No, sí que da miedo –respondió él con sinceridad–.

Porque conozco mejor que tú los peligros de estropear las cosas. La ira de toda la familia recaería sobre mi cabeza.

–¿No sobre la mía? –preguntó ella con una sonrisa.

–Soy mayor, soy un hombre, y todo el mundo sabe que soy un riesgo terrible. La culpa sería toda mía, sin duda.

–¿Si va a ser tan terrible, estás seguro de querer arriesgarte? Mírame. Sin maquillaje, sucia de pies a cabeza y vestida como un chicazo. ¿Merece la pena?

Como respuesta, Thomas se acercó y la besó. No fue el beso de dos personas locas de amor, no fue el preludio a una sesión de sexo desenfrenado, pero sí fue un beso delicado, tímido, el beso de un hombre intentando demostrar que sus sentimientos eran reales, un hombre esperando más.

Cuando dio un paso atrás, había una sonrisa en sus labios y en sus ojos.

–Vamos a tomar ese café, ¿de acuerdo?

–Al menos tendrás que darme quince minutos para asearme un poco. Me niego a que me vean así en público. Me reuniré contigo en Sally's o donde quieras.

–¿No saldrás huyendo?

–Puede que me estén temblando las rodillas y que esté dudando un poco, pero no soy una cobarde. Allí estaré –le prometió.

–Bien, pero no tardes mucho, ¿vale? Creo que estás genial tal cual estás.

–¿Es que estás quedándote ciego?

Él se rio.

–No. Te juro que hacía años que no lo veía todo tan claro.

Una vez se hubo ido, Connie volvió corriendo a casa en lugar de entrar a la oficina a cambiarse. Tardó algo más de los quince minutos que había prometido, pero a juzgar por cómo se le iluminaron los ojos a Thomas cuando entró en Sally's, el rato de más había merecido la pena.

–Tienes el café frío, te pediré otra taza.

Connie dudó que hubiera podido notarlo incluso aunque

hubiera estado helado porque de pronto le parecía que dentro del local hacía demasiado calor. Intentó recordar una única cita en sus cuarenta y tantos años que la hubiera puesto tan nerviosa… Tal vez la primera que había tenido con Sam, aunque lo dudaba.

Thomas estaba mirándola fijamente. Se acercó y le dijo:

—Sé que cenamos hace unas semanas, pero para mí esto es más como una primera cita. Creo que estoy más nervioso que cuando le pedí a Mindy Jefferson que viniera al baile conmigo en octavo curso.

Connie respiró aliviada.

—Gracias a Dios. Creía que era solo yo.

—Pero será cada vez más fácil.

—¿Eso crees?

—Solo tendremos que practicar hasta que lo sea.

—Me gusta tu forma de pensar, Thomas O'Brien.

Él le agarró la mano por encima de la mesa.

—Lo mismo digo, Connie Collins.

A Connie le resultaron muy reconfortantes la calidez y la rugosa textura de su mano, su fuerza. Una fuerza y un consuelo que había echado en falta durante su vida con Sam, un hombre tan egoísta que se había marchado porque había odiado compartirla con su propia hija.

—Háblame de tu ex marido. ¿Qué pasó?

—No merece la pena hablar de él.

—¿Sigue por aquí?

—No, se mudó poco después del divorcio. Jenny y él apenas tienen relación. Mi hermano ha sido más padre para ella que Sam.

—Lo siento.

—Yo también. Supongo que debería haberle prestado más atención cuando me decía que no quería tener hijos, pero supuse que lo decía solo porque tenía miedo.

—Supongo que la mayoría de la gente tiene miedo antes de dar ese paso.

—¿A ti te daría miedo?

Thomas pareció asombrado por la pregunta.

–Antes pensaba en tener hijos al ver a mis hermanos con sus familias, pero cuando me divorcié me alegré de que no hubiera niños que tuvieran que sufrirlo también. Vi lo terrible que fue para los hijos de Mick cuando Megan se marchó.

–Jenny era demasiado pequeña cuando Sam se marchó como para verse afectada, pero sé que a lo largo de estos años ha tenido preguntas y se ha sentido resentida hacia mí por haber permitido que su padre se marchara.

–¿Alguna vez le has dicho la clase de hombre que era?

Connie sonrió.

–Claro que no. Por si existiera la posibilidad de que volviera a su vida, nunca he querido que lo odie.

–Es una actitud muy generosa por tu parte dadas las circunstancias –le dijo con calidez en la mirada–. Y demuestra la mujer tan increíble que eres.

Connie se sonrojó.

–No soy increíble.

–Ey, soy yo el que tiene que juzgar eso. Tienes que aprender a recibir cumplidos.

–Normalmente los cumplidos que recibo son de clientes en el vivero sobre la voz tan agradable que tengo por teléfono o lo mucho que los he ayudado.

–Tengo que decirte que acabas de hacerme un dibujo muy oscuro del nivel de inteligencia de los hombres de Chesapeake Shores.

Ella se rio.

–Creo que es mejor dejar esa discusión para otro momento.

Thomas se rio con ella.

–Odio hacerlo, pero debería volver a Annapolis. ¿Nos vemos la semana que viene en el festival del otoño?

–Claro.

Fueron hasta el coche de ella y Thomas le abrió la puerta.

–Ha sido una buena primera cita.
–Sí que lo ha sido.
Él le guiñó un ojo.
–La próxima será aún mejor.
El gesto de guiñarle el ojo tuvo en ella un efecto mucho más poderoso que el beso, tanto que pensó que si esa atracción se hacía más intensa, acabaría echándose a sus brazos y montando una escena de la que se hablaría en Chesapeake Shores durante años. Se preguntó qué pensaría su hija, que la consideraba una mojigata estirada.

Capítulo 10

Jess pasó cerca de una hora limpiando el ático y después se cansó. Decidió que lo que necesitaba era algo más físico, algo que le hiciera quemar energía de verdad y que la ayudara a dejar de pensar en Will y en su penosa y pobre vida social.

A diferencia de sus hermanos, nunca había sido una gran deportista. Como mucho, el único deporte que la había atraído era el kayak. Encontraba algo relajante en remar por el agua y, de vez en cuando, también podía resultar todo un desafío emocionante.

El hotel tenía un par de kayaks para uso de los huéspedes. Abrió los candados, agarró el más ligero y lo echó sobre las calmadas aguas. Era una tarde perfecta y, al parecer, más gente había tenido la misma idea. El agua estaba moteada de kayaks, además de demasiadas lanchas para su gusto.

Manteniéndose cerca de la orilla para evitar la estela de las embarcaciones más grandes y agresivas, la recorrió hasta girar a la izquierda al llegar a la estrecha ensenada que conducía a la zona más tranquila de Moonlight Cove. Allí había pocas personas en el agua y ninguna lancha. Era una pequeña cala adorada por la gente del lugar porque los turistas no la habían descubierto, además de ser un lugar ideal para ver águilas pescadoras posadas sobre las ramas de viejos robles, cedros y sauces llorones que tanta sombra le proporcionaban a la orilla.

Y su diminuta playa, no muy lejos de la casita de Connor y Heather, Driftwood Cottage, permanecía inaccesible por carretera. Siempre había sido un lugar popular entre los adolescentes que buscaban un sitio para estar solos.

Pensó en las veces que había ido allí con algún novio y cómo Connor o Kevin habían ido a buscarla en su pequeña lancha para llevarla de vuelta a casa antes de que cometiera alguna estupidez. Aunque había protestado en aquella época por su excesiva protección y por las humillaciones que le hacían pasar, ahora agradecía que le hubieran evitado cometer un error que podía haberle arruinado la vida.

Hoy, sin embargo, la playa estaba desierta. Remó hasta cerca de la orilla, puso el kayak sobre la arena y fue a nadar antes de tumbarse sobre la cálida arena para secarse con los últimos rayos de sol del día.

Agotada, se quedó dormida casi de inmediato. Cuando se despertó, la oscuridad estaba cayendo con rapidez, sobre todo al tratarse de una tarde de otoño.

Maldiciendo, agarró la toalla, pero cuando se giró hacia el punto donde había dejado el kayak, se dio cuenta de que había desaparecido, que lo había arrastrado la marea. Podía verlo moverse con las olas, y al hacerlo, maldijo unas cuantas veces más.

¿Y ahora qué? Tal vez podría ir nadando hasta él, pero no era lo más inteligente ahora que había oscurecido. Tenía el móvil, así que podría pedir ayuda. Connor o Kevin irían a rescatarla, pero también se pasarían la semana entera reprendiéndola por haber sido una irresponsable. También podía atravesar el bosque y llegar a casa de Connor, pero pasaría lo mismo si se presentaba en su puerta y explicaba lo que había pasado. Además, por muy cerca que estuviera Driftwood Cottage, era muy probable que acabara perdiéndose en el bosque con tanta oscuridad.

Casi sin darse cuenta de que estaba haciéndolo, llegó

hasta el número de Will. Seguro que su reprimenda no sería mucho más llevadera que las de sus hermanos, pero hizo la llamada antes de poder darse cuenta.

–¿Jess?

–Hola –dijo relajándose ante el sonido de su voz.

–¿Dónde estás? Te oigo muy mal.

–Te llamo desde el móvil. Estoy en Moonlight Cove.

–¿Y qué demonios haces ahí a estas horas? Está oscureciendo.

–Créeme, lo sé. Odio tener que molestarte, pero tengo un problema.

–¿Qué clase de problema? –y su tono de voz cambió al instante, volviéndose más eficiente–. Dime.

–Creo que mi kayak se lo ha llevado la marea.

–¿Y cómo ha pasado eso? –le preguntó y ella prácticamente pudo ver su expresión de perplejidad.

–¿De verdad eso es tan importante ahora?

–No, supongo que no. Dame media hora.

–Gracias, Will.

–¿Dónde estás exactamente? ¿Tienes alguna luz para que pueda localizarte?

–Creo que si enciendo el teléfono y lo levanto podrías verlo. Y hay luna llena, así que eso también ayudará.

–Sí. No enciendas el teléfono ahora mismo por si te quedas sin batería. Espera media hora, ¿vale? Dame tiempo para llegar a casa de tus padres y llevarme la vieja barca pesquera de tus hermanos. El motor no es muy potente, pero me llevará más deprisa que mi kayak.

–Gracias.

–¿Estás bien?

–Sí, aunque me siento como una estúpida.

Él se rio.

–Pero esa sensación pasa, confía en mí. Ahora te veo.

Incluso después de haber colgado, Jess se aferró con fuerza al teléfono porque eso la hizo sentirse menos aislada. No, se corrigió. Lo que la hacía sentirse menos aislada y sola era oír la voz de Will, reconfortándola, y su inmediato ofrecimiento de ir a buscarla sin ningún tipo de recriminación.

Claro que, por muy amable que había estado, sabía perfectamente bien que seguro que tendría mucho más que decirle cuando llegara allí.

Will no había tenido miedo por Jess porque sabía que estaría perfectamente segura en Moonlight Cove. No, lo que lo había aterrorizado era la idea de estar con ella allí a solas. Solo había ido un par de veces cuando era un adolescente, pero nunca con Jess. Sí que sabía que Connor y Kevin habían ido a buscarla hasta allí en alguna que otra ocasión, aunque él nunca había querido conocer más detalles. Solo saber que había estado allí a solas con un chico le había bastado para que se le hiciera un nudo en el estómago.

Por lo menos, ese no era el caso hoy. Al parecer había ido sola y la encontraría en la playa con un diminuto bañador e incluso temblando ahora que el sol se había ido. Con esa luna llena, el rescate tenía la palabra «Peligro» escrita por todas partes. ¿Cuánto podría aguantar un hombre antes de perder el control en una situación así?

Forzándose a no pensar en lo que podría encontrarse cuando llegara, fue a casa de los O'Brien, entró en el muelle y tomó prestado el bote de pesca. Siempre estaba listo y ya lo había utilizado en varias ocasiones. Aunque solía preguntar antes, se imaginaba que esa noche requería discreción.

Al subir a la barca, se preguntó por qué Jess no habría llamado a ninguno de sus hermanos, pero podía hacerse una idea. El rescate de cualquiera de los dos habría ido acompañado por una reprimenda que, obviamente, ella no quería oír.

Diez minutos más tarde, encontró la ensenada hasta Moonlight Cove y fue hacia la playa. Supuso que el sonido del pequeño motor la alertaría y, efectivamente, así fue porque pudo ver una luz desde la orilla.

–¿Jess? –gritó.

–¡Estoy aquí!

–Será mejor que no acerque mucho la barca a la orilla. ¿Crees que puedes nadar un poco?

–Claro. La luna alumbra bastante como para iluminar el camino. Te veo desde aquí. Supongo que no importa si dejo aquí los remos del kayak y la toalla.

–No creo que importe.

–Por suerte se me ocurrió meter el móvil en una funda protectora resistente al agua.

Él podía oírla chapoteando en el agua y nadar hacia él. Le hablaba para guiarla y la seguía con la mirada. Cuando ella llegó a la barca, Will la alzó y la envolvió en una toalla que había llevado.

–Toma, ponte mi camisa –le dijo cuando ya estaba seca, aunque temblando.

Al oír que, a pesar de todo, le castañeteaban los dientes, la rodeó con los brazos. Ella se quedó quieta por el inesperado contacto, pero se acurrucó al momento.

–Resultas muy cálido –le murmuró contra el pecho.

¿Cálido? Él se sentía como si estuviera ardiendo y su cuerpo estaba empezando a reaccionar ante esa casi desnuda mujer, una mujer a la que llevaba amando una eternidad, y que tenía contra su cuerpo. Tragó con dificultad. Era un infierno… bueno, no, mejor dicho, era como estar en el paraíso.

–Um, Jess, no es buena idea –dijo apartándola–. Siéntate. En unos minutos estarás de vuelta en el hotel.

Ella no protestó y fue una suerte porque él no creía que pudiera haberlo resistido si la hubiera tenido cerca un rato más.

Giró la pequeña barca para entrar en la bahía y recorrió la orilla hasta ver el muelle del hotel. Se detuvo, amarró la barca, y le tendió una mano a Jess para ayudarla a bajar.

Ella lo miró con unos ojos que resplandecían bajo la luz de la luna.

–Gracias, Will. ¿Quieres pasar a tomar un café o algo? ¿Una copa de vino?

Él vaciló.

–Deberías darte una ducha y tomar algo caliente.

–Pero en eso no tardaré nada –le dijo sin dejar de mirarlo–. Te debo una por haber venido a buscarme y podríamos tomar esa cena que no llegamos a tener la otra noche. Creo que hay más pollo asado de Gail.

Él sonrió.

–No tienes que chantajearme ni con bebida ni con comida, y lo sabes.

–Lo sé. La verdad es que esperaba que pudiéramos hablar.

–¿Oh? ¿Sobre qué?

Ella miró a otro lado.

–Ya sabes, sobre esto y aquello.

–Vas a tener que darme alguna pista más. Si esta va a ser otra de esas conversaciones en las que explicas que no estamos saliendo, paso.

La carcajada de Jess sonó forzada.

–Oh, creo que he aprendido la lección. Echo de menos charlar contigo sobre cosas.

–¿Cosas? ¿Cuándo hemos hablado sobre cosas?

–Hace mucho tiempo, antes de que se complicara todo.

–¿Te refieres a antes de que me enamorara de ti y tú no te enamoraras de mí?

–Vale, sí.

–De acuerdo, una pregunta más. ¿Por qué me has llamado esta noche? Entiendo que no hayas llamado a tus hermanos, pero ¿por qué a mí?

–Eres la primera persona en la que he pensado.

–¿Y alguna idea de por qué?

–Porque confío en ti y quería compensar lo que pasó la última vez que te vi. Me sentí como si hubiéramos perdido algo y quiero recuperarlo.

Intrigado por su repentina nostalgia del pasado, decidió correr el riesgo. ¿Quién sabía lo que se le estaría pasando a Jess por esa cabeza tan poco predecible que tenía?

—Anda, vamos, antes de que pilles una neumonía.

Cuando entraron en el hotel por la cocina, Jess señaló la nevera.

—Sírvete. Prepárame un sándwich o algo así, si no te importa. Me muero de hambre. Y puedes asaltar la bodega. Vuelvo en unos minutos.

Will encontró una barra de pan recién horneado, cortó unas rebanadas, las cubrió con mostaza y mayonesa y añadió unas lonchas de queso cheddar, jamón y tomate. Encontró un buen alijo de patatas fritas caseras, una de las especialidades del hotel, y las echó en un cuenco. Acababa de servir dos copas de vino cuando Jess regresó.

Tenía las mejillas sonrojadas, el cabello húmedo y revuelto, pero estaba fantástica con un par de vaqueros desteñidos y un jersey que suplicaba que alguien lo tocara. Estaba descalza, tenía las uñas pintadas de un atrevido rojo, algo que se contradecía con su sencilla y discreta imagen. Pensó que esa era una de las cosas que más le atraían de ella: que era una persona llena de contradicciones e imprevisible. Ningún hombre podría aburrirse nunca con ella.

Claro, que lo que él veía como un rasgo encantador, otros a lo largo de los años le habían hecho creer a Jess que era un defecto causado por su déficit de atención. Por ello se había convertido en una persona insegura e irritable que veía que tenía defectos que no podía superar.

—Estás mil veces mejor ahora.

—Y ese sándwich tiene una pinta fantástica. Gracias. ¿Quieres que nos los llevemos al salón? Podríamos encender la chimenea, si quieres. Hoy no hay nadie, así que tenemos todo el lugar para los dos solos. Me encantan los domingos por la noche por eso. Lo tengo todo para mí. ¿Recuerdas cuando éramos niños lo mucho que nos gustaban los domingos porque los turistas se marchaban a la hora de la cena y el pueblo volvía a ser todo para nosotros? No había filas de gente esperando a comprar un helado y nuestros bancos favoritos en Sally's no estaban ocupados por extraños.

Will sonrió.

–Lo recuerdo –apartó la mirada–. ¿Por qué no llevas tú los sándwiches y yo llevo el vino, las copas y las patatas? ¿Quieres que lleve postre también? Hay una tarta en la nevera que tiene un aspecto impresionante.

–Tráete la tarta entera –dijo ella sonriendo–. Te he dicho que estoy hambrienta, ¿verdad?

Él se rio.

–Llevaré unos platos y tenedores.

–Olvida los platos. Si es la tarta de doble capa de dulce de chocolate que hace Gail, nos la terminaremos. O yo me la terminaré.

–Con lo delgada que eres, ¿dónde metes toda la comida?

–Es porque soy muy nerviosa y activa –dijo entrando en el salón con los sillones frente a la chimenea–. ¡Qué bien que hay leña! –dijo al acercarse a la chimenea después de haber dejado los platos en la mesa.

–Siéntate, ya me ocupo yo –le dijo Will.

Ella lo miró con escepticismo.

–¿Sabes encender el fuego? Creía que eras de los intelectuales que no saben hacer esa clase de cosas.

–Pero también fui Boy Scout, al igual que todos los niños del pueblo –sonrió–. Claro, que suspendí algunas de las pruebas, así que mi colección de chapas de méritos es bastante limitada. Pero creo que puedes dejarme encender el fuego sin que pase nada.

Lo hizo y vio que Jess se había sentado en el suelo y que estaba indicándole que se sentara a su lado. Se sentó y la miró.

–¿Qué está pasando, Jess?

Ella le lanzó una mirada de lo más inocente.

–No sé a qué te refieres.

–A lo mejor estoy viendo más allá, pero esta escena es pura seducción. No nos pega nada. Llevas mucho tiempo manteniéndote lo más alejada de mí posible.

Ella se ruborizó.

–Te estás imaginando cosas.

–¿En serio? Algo ha cambiado esta noche e intento descubrir qué.

–¿Es que no puedo estar agradecida por que hayas venido a buscarme?

–¿Y eso es todo?

–Claro, ¿qué más puede ser?

Will suspiró, más desconcertado que nunca en años. Durante unos minutos había llegado a pensar que sus sueños podían hacerse realidad.

Jess no se había esperado que Will preguntara por sus intenciones, sobre todo porque ni siquiera ella estaba segura de por qué de pronto quería romper la regla de no salir con él. Tenía que admitir que tenía razón en una cosa: algo había cambiado entre los dos esa noche. Notaba algo en el aire que no recordaba que hubiera estado antes, esa poderosa atracción. Al menos no había existido hasta aquel beso en Brady's, pero desde entonces la había sentido cada vez más.

Tal vez por fin se encontraba en un punto en el que estaba preparada para dejar de lado sus temores y darle una oportunidad a lo que pudiera haber entre los dos. Qué irónico sería si, ahora que ella estaba preparada, él fuera el que se echara atrás.

–¿Con qué frecuencia vas a Moonlight Cove? –preguntó Will mirándola fijamente.

–Ya no tanto. ¿Por qué?

–He oído algunas historias.

–De mis hermanos, seguro. Puse mi virginidad en riesgo allí al menos una vez a la semana durante mi adolescencia.

-¿En serio?

-Realísticamente, supongo que tuve muchas oportunidades. Es curioso, ahora que lo pienso, siempre contaba
con que Connor o Kevin vendrían a rescatarme en el último
momento.

-Un juego algo arriesgado, ¿no?

-Ahora sí lo veo así, claro –admitió encogiéndose de
hombros–. Pero por entonces, solo quería conectar con alguien. Era demasiado joven y demasiado estúpida como
para darme cuenta de que el sexo no era la respuesta.

Will se quedó verdaderamente asombrado con su respuesta.

-¿Te sentías sola?

Jess pensó en la pregunta.

-No exactamente. Quiero decir, nuestra casa siempre
estaba abarrotada de gente, ya sabes, ¿no?

-Sí. Yo era uno de ellos.

-¿Te paraste a fijarte alguna vez en que nunca había amigos míos? Podía estar allí porque era la hermana de Connor,
o de Kevin o de Bree, pero los niños de mi edad no podían
estar. Pronto me gané la reputación de la niña que armaba
follones en el cole, la que siempre estaba interrumpiendo en
clase. Ningún padre quería que sus hijos se acercaran a mí,
como si el déficit de atención fuera algo contagioso.

El rostro de Will se llenó de compasión y eso a ella la
enfureció.

-No sientas lástima por mí. Cuando llegué a la adolescencia, pensé en un modo de compensarlo, al menos en lo
que respectaba a los chicos.

-Sexo –dijo él algo triste–. Oh, Jess, ¿es que no sabías
que todos los chicos que íbamos a casa de tus padres te
adorábamos?

-Tal vez tú sí. Los demás, no tanto. Creo que mis hermanos los amenazaban para que me aguantaran.

La expresión de Will cambió, como si de pronto hubiera
entendido algo.

–Por eso no te fías de mí cuando te digo que me importas. Aún sigues siendo esa niña pequeña que quiere sentirse
parte de algo, pero cree que jamás lo logrará.

Jess estaba incómoda, como siempre, cuando Will empezaba a analizarla. No le gustaba que pudiera ver en su interior con tanta claridad, y menos cuando sacaba a relucir
las inseguridades que tanto tiempo le había llevado ocultarle al mundo.

Forzó una sonrisa.

–¿Cómo nos hemos desviado tanto del tema? Todo esto
ya nos lo sabemos. El sándwich está genial. Gracias.

–Ya estás otra vez, metiéndote en tu caparazón. ¿Por
qué lo haces, sobre todo conmigo?

–Tú eres el loquero, dímelo tú.

–De acuerdo –dijo aceptando sus palabras como un desafío–. Esto es lo que veo: te aterra dejar que alguien se
acerque demasiado a ti y se debe al divorcio de tus padres.
Si los dos adultos que tenían que adorarte te abandonaron,
¿cómo podría amarte otra persona?

El análisis, que tanto reflejaba lo que ella misma le había dicho a su abuela, la hizo detenerse. Debería haberse
enfadado, pero resultó ser reconfortante. La entendía y a
pesar de ello, parecía que le gustaba igualmente.

Aun así, aún no estaba dispuesta a reconocérselo.

–No me asusta que nadie se me acerque –insistió–. De
hecho, me registré en tu servicio de citas, ¿no? ¿No demuestra eso que quiero encontrar a alguien con quien pasar
el resto de mi vida?

–Lo único que demuestra es que Connie y Laila te pilla-
ron en un momento de debilidad.

Odiaba que eso también lo hubiera descubierto, pero no
podía negarlo.

–¿Cuántas citas has tenido?

–Solo me has emparejado con un chico –le recordó ella.

–¿Has salido con él?

Ella suspiró.

–No.

–¿Por qué no?

–No me apetecía.

–Dime por qué.

Jess se quedó mirando al fuego en silencio.

–Vamos, Jess –dijo Will con impaciencia–. ¿Por qué no dices la verdad? ¿Cómo voy a hacer ajustes en el sistema de citas si no eres sincera conmigo? ¿Qué tenía ese chico que no te gustara?

–¿Así que todo se trata de ti y de tu preciado sistema informático? –dijo sin saber muy bien por qué. No quería que Will indagara en su psique, así que, ¿por qué no se alegraba de que lo único que le importara a él fuera cómo poder ajustar el programa de citas?

–Estás evitando mis preguntas.

Jess suspiró.

–No era nada específico. Tal vez era solo por el momento. Tal vez ese día no podía o algo así. No es para tanto. Saldré con el próximo chico o el siguiente. ¿Cuántas citas has tenido tú?

–Tres.

–Incluyendo a Laila. ¿A qué vino eso, por cierto?

–El programa dijo que teníamos mucho en común y es verdad –añadió con tono desafiante.

–Entonces, ¿por qué no le pediste salir otra vez?

–Porque no teníamos química. No sé cómo hacer para que el programa también calcule eso. Ni siquiera creo que se pueda hacer.

Jess se rio.

–Sí, esas viejas feromonas pueden ser un problema, ¿verdad? Nunca se sabe cuándo se van a poner en acción.

–Algunos dicen que cualquier pareja que se lleva bien en otros terrenos puede desarrollar una atracción sexual con el tiempo.

–Pero está claro que tú no eres de los que creen eso.

–¿Por qué dices eso?

–Por la experiencia con Laila. Si creyeras que esa atracción puede crecer en el curso de una relación, ¿por qué no le pediste salir otra vez?

–Porque, para que lo sepas, tú estuviste sentada con nosotros durante toda la cita –dijo irritado.

–¿Yo? Ese día no me acerqué al Panini Bistro.

–Pues fue como si lo hubieras hecho. Laila no paraba de hablar de ti. Los dos sabíamos que yo habría preferido tener una cita contigo.

–Y aun así, cuando estabas haciendo las parejas para las tres, tú te excluiste del programa cuando me llegó el turno. Laila me lo dijo.

–Porque habías dejado claro que no querías salir conmigo y yo tenía que respetarlo, fueran cuales fueran tus razones.

–Ya veo –dijo y se quedó en silencio. Agarró el tenedor y se tomó un buen bocado de la tarta de Gail antes de cerrar los ojos y saborear el delicioso sabor del chocolate deslizándose por su lengua–. ¡Oh, Dios mío! –murmuró.

Abrió los ojos y vio que Will estaba mirándola fijamente.

–Tienes que probarla –le dijo hundiendo el tenedor para partir un pedazo y poniéndoselo delante de la boca. Aceptó el ofrecimiento y suspiró.

–Es impresionante –dijo sin apartar la mirada de su boca–. Tienes chocolate ahí –le tocó la comisura de los labios con el dedo–. Y aquí –deslizó el dedo por su labio.

Para su asombro, ella tembló. Ahí estaba otra vez, ese increíble crepitar. Era mucho más atrayente que la tarta, y eso era decir mucho. La inesperada sensación la sacudió.

–Um, Will…

–Sí –dijo él sin dejar de mirarla.

–¿Harías algo por mí?

–Lo que sea, ya lo sabes.

–Vuelve a introducir mis datos en el ordenador, pero esta vez inclúyete a ti en la búsqueda.

–No.

–¿No? ¿Por qué no?

–Porque el ordenador no es infalible. Incluso yo lo acepto. Si no da ningún resultado, no quiero que lo utilices como una excusa para justificar que no saldremos nunca.

–¿No confías en tu programa?

–Claro que sí, confío en que funciona para lo que es. Un modo de emparejar a extraños que podrían ser compatibles.

–Entonces, ¿por qué no lo pruebas con nosotros?

–No somos extraños –la miró a los ojos–. Y yo ya sé que encajamos bien. Y creo que tú también lo sabes.

–Pero…

–No, Jess –dijo interrumpiéndola–. Ni siquiera intentes negarlo. Sabes que podríamos estar genial juntos, pero te aterroriza admitirlo. Lo que no sé es por qué.

Jess apartó la mirada. Tenía sospechas de cuáles podían ser las razones, pero no estaba preparada para enfrentarse a ellas. Por otro lado, resultaba irónico que fuera un alivio saber que, por una vez, Will no podía saber del todo lo que pasaba por su mente. Eso le hacía parecer menos un psiquiatra y más un tipo del que podría enamorarse.

Capítulo 11

A medida que se acercaba el sábado, Connie iba poniéndose cada vez más nerviosa por ver a Thomas en el festival del otoño en un pueblo cercano. Algo había cambiado entre ellos el domingo, habían admitido que se atraían, pero Connie no sabía qué vendría a continuación.

A su edad, ¿dos personas se metían en la cama directamente o estaban dando rodeos durante semanas hasta que acababan arrancándose la ropa? La idea de tener sexo con Thomas… o con cualquier hombre… la aterrorizaba.

Era muy joven cuando se había enamorado de Sam y él había sido el único hombre con el que había estado. Tras el divorcio, había tenido que pensar en Jenny y no había querido confundirla llevando a casa a un desfile de novios. Aunque, de todos modos, tampoco es que hubiera tenido un desfile de novios tras ella. Incluso las citas más casuales habían sido escasas.

Y ahora, como salido de la nada, ahí tenía a Thomas O'Brien, un hombre inteligente y sexy que había llevado una vida mucho más sofisticada que la suya.

No sabía cómo afrontar lo que estaba pasando entre los dos. Mientras daba vueltas por la casa en la que había vivido casi toda su vida, marcó los números de la mujer de Connor en el teléfono. Heather había sido la primera en ser testigo de la atracción entre los dos y se había reservado su opinión. Tal vez ella podría ayudarla sin reírse ni juzgarla.

—Esta noche, en mi casa —dijo Connie cuando su amiga contestó—. También voy a llamar a Jess. Necesito pizza, mucho helado y una renovación de estilo completa.

Heather se rio.

—Pareces nerviosa. ¿Qué está pasando? ¿Tiene esto algo que ver con el hecho de que mañana vayas a ver a Thomas?

Connie se quedó paralizada.

—¿Cómo lo sabías? Lo del festival ha sido cosa de última hora.

—Shanna me preguntó si podía ayudaros, ya que voy a llevar algunas colchas al festival para exponerlas. He llamado a los organizadores para asegurarme de que nos pondrían los puestos uno al lado del otro. ¿No te lo había dicho Shanna?

—No, pero es fantástico —dijo Connie sintiéndose mejor—. Ahora, si puedo convencer a Jess para que venga, me sentiré...

—¿Qué? ¿A salvo?

—Sí, al menos, ligeramente.

—¿Sabes que ya has cumplido los cuarenta, que eres madre de una universitaria y que eres una mujer inteligente y preciosa, verdad?

—Bla, bla, bla —dijo Connie—. Intenta ponerte en mi lugar. No he salido con nadie en años.

—Sé que has almorzado con Thomas, que has tomado café con Thomas, que incluso has cenado con Thomas. Puedes llamar a todo eso como quieras, pero yo creo que eran citas. ¿Te dieron miedo?

—No. Es extraordinariamente fácil hablar con él.

—Bueno, pues ya lo tienes.

—Pero todo eso pasó antes —dijo intentando explicarse.

—¿Antes de qué? ¿Antes de que supieras que el sexo era una opción? —dijo Heather riéndose.

—¡Esto no tiene gracia! El otro día me afeité las piernas

por primera vez en siglos y ahora tengo un montón de cortes pequeñitos. No estoy preparada para salir con nadie. Seguro que mi último tubo de máscara de pestañas se ha fosilizado y las futuras generaciones lo examinarán asombradas.

En esa ocasión, Heather ni se molestó en ocultar sus risas.

—Eres graciosísima. Por favor, dime que puedo contárselo a Connor.

—No, si valoras tu vida. Si Thomas quiere que su sobrino sepa de nuestra vida privada, tendrá que contárselo él mismo.

—No es justo —protestó Heather y añadió—: Además, no debería tener secretos con mi marido. Eso es muy malo para el matrimonio.

—Pues no te importaba tener secretos con él cuando no querías que supiera que estabas viviendo en Chesapeake Shores —le recordó Connie.

—Por entonces no estábamos casados. Ahora tenemos un pacto de sinceridad total.

Connie suspiró. Entendía lo que Heather estaba diciendo.

—¿Voy a tener que lamentar haberte llamado?

Heather vaciló un segundo y después dijo:

—No, en absoluto. Hay ocasiones en las que ser amiga se antepone a todo. Y esta es una de ellas.

—Gracias.

—¿Recuerdas que Connor ya sabe todo lo que hay entre Thomas y tú, verdad? Se dio cuenta hace siglos.

—Y después se lo contó a Jess y quién sabe a quién más. No me fío de él, así que cuanto menos sepa mejor, porque en algún momento sentirá la obligación de contárselo a mi hermano y no quiero que Jake me agobie con esto.

—En eso podrías tener razón. A los O'Brien les encanta contarse los últimos cotilleos. ¿Seguro que Jess es una excepción? Esta noche vendrá, ¿verdad?

—Lo que pasa con Jess es que sé algunas cosas de ella

–explicó Connie–. Es como si nos neutralizáramos la una a la otra. O me guarda mi secreto o yo cuento el suyo por todas partes.

Heather se rio.

–No me extraña que adore este pueblo y a esta familia. Nos vemos esta noche. ¿A las siete y media te parece bien? Iré en cuanto meta a dormir al pequeño Mick. Después, Connor se ocupará de él. Dejaría que lo bañara y lo acostara él, pero entonces podría volver a casa y encontrarme el baño como si hubiera estallado una tubería.

–A las siete y media me parece genial. Si tienes maquillaje, tráetelo. Hace tiempo que solo utilizo pintalabios y he olvidado cómo tengo que maquillarme. Me niego en redondo a salir y gastarme una fortuna en cosas nuevas hasta que sepa que puedo aplicármelas sin parecer un payaso.

–Tal vez no deberías molestarte. Tienes un físico que le resulta muy atractivo a un hombre que adora la naturaleza. Parece que le encantas tal y como estás ahora.

Connie se quedó asombrada con la observación, pero después una sonrisa curvó sus labios.

–Sí, ¿verdad?

Se preguntó cuántas sorpresas más la esperaban...

Hacía años que Will no iba a un festival del otoño. No le gustaban demasiado ni las multitudes, ni la comida basura, ni la música country que parecía inevitable en ese tipo de eventos. Pero sí que le gustaba mucho Jess y se rumoreaba que ese año ella también iría. Ahora Connor estaba preguntándole si le apetecía ir a él.

–Heather tendrá un puesto, yo tengo que ayudarla a vender colchas y ella tiene que ayudar a Connie con el puesto de la fundación. Por lo que he oído, Jess ejercerá de apoyo moral para Connie. Si me preguntas, me parece complicado, pero bueno, no soy más que un hombre –dijo Connor.

–¿Y por qué necesita Connie apoyo moral?

Los ojos de Connor se iluminaron de picardía.

–¿No has oído que mi tío y ella tienen algo?

–¿Connie y Thomas? ¿Desde cuándo? ¿Lo sabe Jake?

–Yo no se lo he dicho y dudo que Connie lo haya hecho. A saber cómo se lo toma y reacciona. Ya sabes lo protector que es con su hermana mayor desde que Sam y ella rompieron –sonrió–. Bueno, ¿entonces te interesa venir mañana?

–Cuenta conmigo –dijo Will.

Connor le lanzó lo que pudo pasar como una mirada inocente de un hombre que no tenía ni un pelo de inocente.

–Bueno, ¿cómo van las cosas entre mi hermana y tú últimamente?

–Raras. El domingo pasado me pareció que estábamos haciendo progresos, pero después dije algo que no debía, ella se molestó y volvimos al punto donde habíamos empezado.

–No viniste a comer el domingo pasado.

–No –dijo con gesto divertido mientras veía a Connor intentando encajar toda la información.

–Entonces, ¿cuándo la viste?

–Me llamó y me pidió que fuera a buscarla a Moonlight Cove –admitió Will, sabiendo que estaba abriendo la caja de los truenos.

Inmediatamente, Connor encolerizó.

–¿Con quién estaba esa vez? ¿Pero qué le pasa? ¿Es que no ha aprendido después de todas las veces que Kevin y yo tuvimos que salvarla de cometer una estupidez?

–No estaba con ningún hombre –dijo Will no sorprendido de que Connor hubiera llegado a esa conclusión–. Había ido en su kayak, pero la marea se lo había llevado mientras ella se echaba la siesta en la arena.

El enfado de Connor se disipó un instante, pero volvió de nuevo.

–¿Y si se hubiera quedado allí toda la noche? ¿Y si no se hubiera llevado el teléfono móvil? Te juro que cuando la vea...

–Cuando la veas, vas a tener que reservarte tu opinión. Esas opiniones son, precisamente, la razón por la que me llamó a mí en lugar de a ti o a Kevin. Si hubiera querido oírte, podría haber cruzado el bosque y haberse presentado en tu casa en quince o veinte minutos.

–Bueno, alguien tiene que decirle las cosas como son –farfulló Connor–. No puede comportarse de un modo tan irresponsable sin que nadie le llame la atención. Supongo que le dirías algo, ¿no?

–No, no le dije nada. Llevaba teléfono, me llamó. Llegó a casa sana y salva, así que se comportó de un modo perfectamente lógico y responsable.

–Querrás decir, a parte de haber dejado que la marea se llevara el kayak.

–Eso podría haberle pasado a cualquiera. ¿Tengo que recordarte las veces que nos quedamos tirados en Jessup's Point porque tu barca encalló en un banco de arena? Creo que fueron los de la Guarda Costera los que nos sacaron.

–Teníamos quince años.

–Y habíamos navegado por esas aguas cientos de veces y, aun así, lo estropeamos todo. Esas cosas pasan. No servirá de nada que hagas a Jess sentirse mal por haber cometido un error.

Connor suspiró.

–Sé que tienes razón, pero me preocupo por ella, ¿sabes? No siempre piensa antes de actuar.

Will comprendía la preocupación de Connor, pero también creía que conocía a Jess mejor que él en algunos aspectos.

–Yo también me preocupo por ella, pero ahí está la diferencia entre tú y yo. Confío en que puede ocuparse de sus problemas y tú sigues pensando que es la niña que necesita que sus hermanos mayores la rescaten. Jess es adulta.

–Pero...

Will le lanzó una mirada de advertencia que acalló todo lo que iba a decir.

—Sí, ya, es una adulta con problemas de déficit de atención, pero no es alguien de quien no te puedas fiar. Fíjate en todo lo que ha conseguido, Connor. Es asombrosa. Ya es hora de que empecéis a verla así y dejéis de juzgarla y de correr a ayudarla antes de que ella pida ayuda.

Connor se quedó mirándolo un buen rato.

—¿Te gusta mucho, verdad? ¿Pero qué le pasa a mi hermana? ¿Por qué no puede ver lo que tiene delante?

—Lo verá —dijo Will. Estaba cada vez más seguro de ello. Lo único que no podía decir con seguridad era cuándo sucedería, así que solo esperaba que los dos vivieran lo suficiente para que eso llegara a suceder.

El sábado por la mañana había amanecido con un sol radiante y una fresca brisa otoñal; el día prometía ser uno de esos que le daban mucha energía a la gente. Jess ayudó a Connie a montar el puesto de la fundación que exponía los libros sobre la bahía de Chesapeake y ofrecía información sobre donaciones y afiliaciones.

Justo al lado, Connor estaba ayudando a Heather a montar el puesto con coloridas colchas que colgaban por tres lados y otras tantas expuestas sobre las mesas. El pequeño Mick estaba correteando por allí esperando que alguien le leyera algún cuento o lo llevara a uno de los puestos de comida instalados al otro lado del parque.

—Vamos, pequeño, yo te llevo —se ofreció Jess—. Vamos a ver qué comidas pegajosas podemos encontrar para que tu madre se ponga como una loca.

—Por favor, no mimes a mi hijo con un montón de comida basura.

Jess sonrió.

—¿Qué te parece una manzana de caramelo? Son un dulce, pero tienen fruta dentro.

—Buen intento, pero tendrás que cortársela y luego asegurarte de que se lava las manos antes de volver aquí —dijo

Heather y se giró hacia Connor–. Tal vez deberías ir con ellos.

Jess miró a su cuñada con gesto serio.

–¿Acabas de insultarme? Soy perfectamente capaz de cuidar de un niño pequeño unos cuantos minutos.

Heather se rio.

–No es por eso. Mi hijo te tiene comiendo de su pequeña mano. A saber cuánto puede camelarte para que le compres cosas.

–Ese es el deber de una tía.

–Pues entonces tú te ocupas de él cuando empiece a vomitar. Esa es la regla que aplico con Connor, ¿verdad? –le dio un cariñoso codazo a su marido en las costillas.

–Tristemente, está diciendo la verdad. El niño es todo tuyo, hermanita. Prepárate. A diferencia de nosotros, él no tiene un estómago de hierro como el nuestro.

–Tiene tres años. Dale tiempo.

Extendió una mano y el pequeño la agarró.

–Ahí, tía Jess –dijo arrastrándola hacia el puesto de pastelitos de harina.

–Tienen buena pinta. Nada como un poco de grasa y azúcar en polvo para empezar el día.

Estaban esperando en fila cuando alzó la mirada y vio a Will yendo hacia ella y abriéndose paso entre la multitud. A veces olvidaba lo alto que era y lo pequeña que siempre la había hecho sentir.

–¿Qué te ha traído al festival? –le gritó–. Creí que odiabas esta clase de cosas.

–Hace un buen día y me apetecía salir y estar al aire libre. Además, Connor me dijo que todos vendríais a echar una mano por aquí, así que supuse que yo también podría ayudar.

El pequeño Mick extendió los brazos y Will inmediatamente lo levantó en brazos.

–Ey, colega, ¿cómo te va?

–Voy a *compar pasteitos* –dijo emocionado y señalando

hacia el cartel del puesto–. Y *mansana* de *camelo* y *herado tamién*.

Will se rio.

–¿Ah, sí? –miró a Jess–. Eres una mujer valiente.

–Eso me dicen. ¿Quieres que te pida algo cuando nos toque?

–No. Por ahora me conformo solo con café. Creo que he visto unos puestos de café más abajo.

Por norma general, Jess evitaba la cafeína, pero le encantaba el café.

–Imagino que no tendrán descafeinado.

–Iré a ver. Si no tienen, cruzaré la calle. Hay una pequeña cafetería allí que está abierta. ¿Por qué no os lleváis el pastel al puesto y nos vemos allí?

–Me parece genial.

–Voy con Will –dijo Mick.

Jess miró a Will.

–Por mí, bien –dijo él.

–¿Puedes llevarlo a él y un café caliente?

–Mick no necesita que se le lleve en brazos todo el tiempo, ¿verdad, colega? Puedes darme la mano y caminar como un chico grande.

Mick asintió con entusiasmo.

–Soy un chico *gande*, tía Jess.

Jess los vio marcharse. Había algo en el modo en que Will había interactuado con su sobrino que le llegó al corazón. Estaba claro que Mick adoraba a Will y eso le hizo preguntarse qué clase de padre llegaría a ser. Pero pensar en Will de ese modo resultaba tan desconcertante que prefirió dejarlo de lado y centrarse en la tarea que tenía entre manos. Compró la tarta, aún caliente, y volvió al puesto. Mientras caminaba, partió un pedazo y lo masticó pensativa. Tal vez no era muy sano, pero estaba delicioso. Fue un sabor que la devolvió a la infancia.

Al volver con los demás, Connor la vio y una expresión de verdadero pánico surcó su cara. Salió del puesto y corrió hacia ella.

–¿Te importaría decirme qué demonios has hecho con mi hijo? –le preguntó entre susurros para que Heather no los oyera.

Asombrada ante el hecho de que su hermano pudiera pensar que era tan irresponsable como para haber perdido a su hijo, le contestó.

–¿De verdad crees que me he ido y me he olvidado de tu hijo?

–No sé qué pensar. Se ha marchado contigo, pero no está aquí. Sería muy propio de ti haberte puesto a hablar con alguien o haberte distraído y haberle perdido la pista.

–Gracias por el voto de confianza –dijo apenas conteniendo su ira; una ira que agradeció porque, de lo contrario, habría estallado en lágrimas–. Mick está con Will. Imagino que confías en uno de tus mejores amigos lo suficiente como para que cuide a tu hijo, ¿verdad? Oh, mira, ahí vienen, sanos y salvos. Asegúrate de que Mick se coma su pastel –se lo lanzó a su hermano, sin importarle si lo agarraría al vuelo o se le caería al suelo. Después, se dio la vuelta y se marchó.

–¡Jess!

Ignoró a Connor y siguió caminado, no muy segura de adónde iba hasta que se topó con el agua y los sonidos de la fiesta se desvanecieron tras ella. Caminó a lo largo del borde intentando calmar el golpeteo de su corazón, esperando a que las lágrimas se secaran.

A lo largo de los años había aprendido a acostumbrarse al modo en que la gente, incluida su familia, reaccionaba ante algunas de las decisiones que tomaba. Si cometía un error, era muy fácil culpar al síndrome de déficit de atención, pero en esa ocasión no había hecho nada malo. Dejar que el pequeño se fuera con Will no era nada malo; es más, seguro que su sobrino estaba más seguro con él que con ella, sobre todo para Connor. Estaba claro que su hermano mayor no quería admitir que tenía sentido común y que era una persona responsable, pero ella no se merecía esa falta de fe.

–¿Estás ocupada fustigándote por haber dejado que Mick se viniera conmigo? –le preguntó Will situándose a su lado.

–No, la verdad es que estoy enfadada con mi hermano por tener tan poca confianza en mí.

Will se quedó sorprendido con la respuesta.

–Bien por ti. No has hecho nada malo.

–Lo sé.

–Y Connor se siente fatal por haberte cuestionado como lo ha hecho.

–Lo dudo mucho. Siempre es muy bueno sacando conclusiones precipitadas en lo que a mí respecta. Cree que no tengo el más mínimo sentido común.

Will se rio.

–Pero dejas que se salga con la suya y haces lo mismo con toda tu familia. Te has acomodado en la posición que te han dado como la O'Brien que no puede hacer nada bien. Utilizas el trastorno por déficit de atención como excusa tanto como ellos.

–Está claro que yo no hago eso.

–Claro que sí. Es más fácil apoyarse en eso que examinar de verdad qué ha salido mal en ciertas situaciones. Tienes razón, todos cometemos errores, incluso los que no tenemos ningún síndrome de déficit de atención. Después de todo estos años, con todo lo que has logrado, sabes que has podido controlar la mayoría de los síntomas, aunque aún te juzgas demasiado rápido cuando la cosa más mínima sucede.

Jess suspiró.

–De acuerdo, a veces es así. Supongo que cuando creces con gente que no espera que hagas nada bien, dejas de esperar nada de ti mismo. Pero hay algo que sí que hago bien: he convertido el hotel en un éxito y por un tiempo me he olvidado de que padezco de déficit de atención. Tienes razón. Puedo vencerlo, y creo que por eso me duele tanto que Connor me mire como acaba de hacerlo, como si yo no hubiera cambiado nada.

Aunque la expresión de Will era compasiva, intentó razonar con ella.

—Solo estaba asustado, Jess. No puedes culparlo por eso.

—Le daba miedo que hubiera perdido a su hijo. ¡Como si el pequeño Mick fuera una barra de pan que puedo dejarme olvidada por ahí!

—Fue un segundo de pánico —dijo Will—. Dale un respiro. Sabes que Connor te quiere. Nadie está más orgulloso de ti y de tus logros que él.

Ella cerró los ojos. Eso era lo peor; lo consideraba más que un hermano, era su mejor amigo, y precisamente por eso sus dudas con respecto a ella le dolían tanto.

—Lo sé —dijo en voz baja.

—¿Estás lista para volver?

—Claro.

—Bien, porque estamos perdiéndonos algo emocionante.

—¿Qué?

—Thomas y Connie bailando el uno alrededor del otro como dos adolescentes enamorados.

Jess se rio ante la imagen.

—Son un poco eso, ¿no? Oye, ¿no creerás que nadie de la familia vaya a agobiarlos por esto, verdad?

Will la miró con incredulidad.

—Claro que sí. Eso es lo que hacen los O'Brien. Es como un rito de iniciación.

Jess pensó en ello y supo que era verdad y que, aun así, a pesar de saberlo, Will quería estar a su lado. Eso le decía mucho sobre lo profundos que eran sus sentimientos.

De vuelta en el puesto de la fundación, Jess vio a su tío junto a Connie, mirándola mientras ella vendía un libro y charlaba con un cliente. En sus ojos había una calidez que había estado ausente desde que había terminado su segundo matrimonio.

–Míralo –dijo dándole un codazo a Will en el costado–. Está coladito por ella, ¿verdad?

Will los miró a los dos y sonrió.

–Es agradable ver algo así. Connie merece tener alguien especial en su vida. Ha estado sola demasiado tiempo.

–Mi tío no tiene el mejor historial del mundo en lo que respecta al tema de las mujeres. ¿Y si le hace daño?

Will la miró.

–¿Te preocupan los dos?

–Un poco. Quiero a mi tío y Connie es una de mis mejores amigas. Quiero verlos felices a los dos, pero ¿juntos? No sé… Da un poco de miedo.

Will se rio.

–¿Crees que todas las relaciones dan miedo?

–¿Tú no?

–De acuerdo, tienes algo de razón, pero el único modo de tener amor en tu vida es tener un poco de fe. De lo contrario, te quedas ahí sentado viendo tu vida pasar.

–Pero hay que buscar la compatibilidad. ¿No es eso lo que haces en Almuerzo junto a la bahía?

–Piensa en ello un minuto. Thomas y Connie tienen muchas cosas en común. No son una pareja de jovencitos que van por ahí correteando y haciendo cosas impulsivamente. Seguro que han sopesado los pros y los contras.

Jess lo miró incrédula.

–¿Tú has sopesado los pros y los contras conmigo?

Will sonrió.

–Por supuesto.

–¿Y cuál ha sido el resultado?

–Ya sabes la respuesta a eso.

–¿Más pros que contras?

–Sí, Jess –respondió pacientemente con mirada divertida–. Solo tienes una cosa que va en tu contra… al menos para mí.

Curiosa, a pesar de no querer tener esa conversación con él, le preguntó:

–¿Y qué es?

–Que no tienes ni la mitad de fe en ti misma que yo tengo en ti.

Sorprendentemente conmovida por sus palabras, miró a otro lado, pero Will le movió la barbilla con un dedo para que lo mirara.

–Tienes mucho que ofrecerle a un hombre, Jess. A cualquier hombre. Espero que ese hombre sea yo, pero si las cosas no salen bien, por favor, no lo olvides.

–¿Lo dices en serio?

–Nunca he dicho nada que no fuera en serio –le aseguró.

–Pero soy una apuesta terrible, Will. Sí, de acuerdo, sé que esto es justo lo que estabas diciéndome, pero tengo que admitirlo. Mi historial de citas apesta.

–¿Y no crees que lo sé? Pero eso es porque eran los chicos equivocados.

–Abby me ha dicho lo mismo, pero ¿y si os equivocáis los dos? ¿Y si la culpable soy yo?

Él la miró a los ojos de un modo que derritió algo que ella no sabía que tuviera helado: su corazón.

–No es por ti. Lo sé, Jess. Lo sé.

Parecía tan seguro, resultaba tan reconfortante, que la dejó casi convencida de que, tal vez, había llegado el momento de tener fe y dar el salto.

Capítulo 12

Will se mantenía a un lado junto con Connor echándole un ojo al pequeño Mick mientras las mujeres se ocupaban de sus respectivos puestos. Incluso Jess había entrado en acción y estaba recaudando donaciones para la fundación de su tío. Vio que Connor estaba mirándola lleno de arrepentimiento.

—Jess estará bien —le dijo Will intentando reconfortarlo.

—Ni siquiera me ha mirado cuando habéis vuelto.

—Está dolida por el hecho de que hayas pensado que había perdido a Mick, pero eso es todo. Confía en que estás de su lado y de pronto, por un instante, has sido como todos los demás, la has juzgado precipitadamente.

—He temido por mi hijo.

—Ella lo sabe, pero eso no hace que le duela menos.

—¿Qué hago? He intentado disculparme.

—Dale tiempo. Los dos ya habéis tenido discusiones antes.

Connor sacudió la cabeza.

—Esta vez es distinto. Es como si le hubiera arrebatado algo y ella no pueda perdonármelo.

Will sabía que Connor hablaba en serio, pero intentó animarlo de todos modos.

—No te pongas dramático. Esto pasará, Connor. Te lo garantizo.

–No sabía que los loqueros también dierais garantías.

–Bueno, es verdad que cuando estás tratando con clientes especialmente testarudos, imposibles y hasta los que es difícil llegar, no nos gusta prometer mucho, pero ya que los O'Brien sois tan razonables, creo que es seguro hacerlo –dijo con ironía.

–Muy gracioso –dijo con tono animado–. Pero hablo en serio. ¿Debería disculparme otra vez? Odio que me mire así, como si me atravesara y viera en mi interior.

–Ey, no hay nada malo en una disculpa sincera o en arrastrarse un poco. Si sientes que tienes que hacerlo, no lo dudes. Pero recuerda que le has hecho daño, de eso no hay duda. Aunque no sé si hoy Jess está de humor para perdonar nada.

–Bueno, tendré que hacer algo. Esas miradas que me lanza están matándome. Échale un ojo al pequeño Mick, ¿de acuerdo?

–Hecho. Puede que se mueva deprisa, pero mis piernas son más largas. No se alejará de mí.

Vio a Connor acercarse a Jess, decir algo para llamar su atención y titubear cuando ella le lanzó una mirada acusatoria, de dolor y traición. No pudo oír lo que Connor estaba diciendo, pero al rato los labios de Jess se curvaron en una pequeña sonrisa. Le dio un empujón a su hermano y empezó a reírse.

–¡Parad ya, vosotros dos! –ordenó Heather con el tono que solía emplear para llamar la atención de Mick–. Si vais a empezar a pelearos, no lo hagáis en mi puesto.

–Lo siento –murmuró Connor besando la mejilla de su mujer mientras Will se acercaba con el pequeño Mick corriendo a su lado–. Tenía que arreglar las cosas con Jess y le he dicho que podía pegarme, si quería.

Heather sacudió la cabeza y los miró con indulgencia. Después, se giró hacia Jess.

–¿Y lo único que le has hecho ha sido ese empujoncito? Me avergüenzo de ti. Deberías haberle dado un buen puñetazo en la barbilla por haberte hecho sentir así de mal.

–Ey, ¿tú de qué lado estás? –le preguntó Connor a su mujer.

–En este caso, del lado de tu hermana.

–Gracias –dijo Jess con solemnidad y los ojos brillantes. Se giró hacia Will–. Supongo que tú has tenido algo que ver para que se haya arrastrado y se haya disculpado.

–Puede que le haya mencionado que arrastrarse siempre es una opción, pero te aseguro que la invitación para pegarlo ha sido suya. Normalmente no apruebo la violencia física, por mucho que se requiera. ¿Todo está resuelto ya?

Connor miró a su hermana.

–¿Estamos bien?

–Sí –respondió ella abrazándolo–. No sé por qué me importa tanto lo que me dices ya que, está claro, que eres un gran perdedor.

–Pero me quieres.

Jess sonrió.

–Sí, supongo que sí.

Connor miró hacia Will y luego a ella, fijamente.

–Entonces tal vez deberías escuchar un consejo de hermano.

–No –dijo Jess alzando la barbilla con terquedad.

–Alto ahí –le advirtió Will.

–Solo iba a decirle que debería pararse a fijarse en ti –protestó Connor.

Heather suspiró.

–Connor, te quiero, pero Will tiene razón. De verdad no sabes cuándo parar.

–Solo estoy diciendo…

–¡No quiero oírlo! –dijo Jess con énfasis.

–Y yo no necesito que intercedas por mí –añadió Will y se giró hacia Jess–. ¿Quieres comer algo?

–Sí, por favor.

Solo cuando estaban alejándose juntos, Will se fijó en la

expresión de Connor y tuvo la sensación de que su artero amigo había jugado muy bien su mano.

Jess reconoció que había sido manipulada por un maestro: su hermano.

—Connor acaba de echarme a tus brazos prácticamente y se ha ido de rositas, ¿verdad?

Will se rio.

—Sí.

—¿Quieres volver y pegarlo? Creo que podría derribarlo con tu ayuda.

Will enarcó una ceja.

—¿Tan infeliz te hace pasar un rato conmigo?

Ella pensó un segundo en la respuesta y admitió:

—La verdad es que no.

—Pues eso es un paso —dijo él con satisfacción.

—No seas engreído. Me ha gustado tenerte de mi lado antes y me ha gustado verte con el pequeño Mick. Pareces cómodo con los dos.

—¿Y por qué no iba a estar cómodo contigo?

—Porque yo no he sido muy amable contigo últimamente.

—Estás siendo precavida y lo entiendo.

Jess pensó en lo que Gail le había dicho sobre tener un hombre que de verdad comprendiera a su pareja y por primera vez pudo ver como un aspecto positivo el hecho de que Will la entendiera y que tuviera esa ilimitada paciencia con ella.

—¿Y qué me dices de Mick? ¿Estás cómodo con los niños en general?

—Más me vale si voy a seguir viéndome con los O'Brien. Hay nietos por todas partes.

Ella se rio.

—¿Sí, verdad? ¿Y qué me dices de ti? ¿Quieres hijos?

—Por supuesto.

Lo miró asombrada.

–Lo has dicho sin dudar lo más mínimo.

–Porque tener una familia siempre ha sido mi sueño –la miró con curiosidad–. ¿Y tú?

Jess no tuvo una respuesta inmediata. Temía que si decía lo que se le había venido a la mente, fuera demasiado revelador y le diera a él algo que analizar. Por desgracia, Will era demasiado perspicaz.

–Jess, ¿te preocupa no poder ocuparte de tus hijos? ¿Lo que acaba de pasar con Connor ha reforzado ese temor?

Odió que Will hubiera dado en el clavo…, pero le encantaba que la conociera tan bien. Sus reacciones ante ese hombre se estaban volviendo cada vez más confusas.

–Sí. Me encantan todos los niños de esta familia y una parte de mí sueña con ser madre, pero no estoy segura de cómo debe actuar una madre. Lo único que sé es que no se marcha como hizo la mía.

–Es verdad que durante un tiempo, Megan no fue el mejor ejemplo. Su marcha fue más dura para ti porque eras muy pequeña, pero fíjate en los ejemplos que han supuesto para ti Abby y Nell. No podrías hacer nada mejor que aprender de ellas.

–Supongo –dijo, aunque aún albergaba muchas dudas–. Y después está lo del déficit de atención. Sé que me he enfadado con Connor por sugerir que me había olvidado de Mick, pero podría pasar, Will.

–No –contestó él con seguridad.

–¿Cómo puedes estar tan seguro?

–Porque sé la mujer tan cuidadosa que eres, y el hecho de que seas consciente de que puedes distraerte con facilidad hará que actúes con más atención. Tus hijos serán afortunados, Jess.

A ella le sorprendió el comentario.

–¿Suerte? ¿Por qué?

–Porque eres impulsiva e impredecible.

–Creía que eso era negativo.

–No para un niño. Serás la mamá más divertida.

–Pero los niños necesitan estabilidad y seriedad.

–Y por ello tú necesitas un hombre serio, estable y formal.

–Como tú.

–Por supuesto –dijo con los ojos centelleando–. Exactamente como yo.

Ella sacudió la cabeza.

–¿Qué voy a hacer contigo?

Will sonrió ampliamente.

–Me parece que las posibilidades son infinitas.

Por primera vez desde que habían dado comienzo a ese cauto juego, Jess se relajó y se permitió recordar que Will y ella tenían tras de sí una larga amistad. ¿Cómo había podido olvidarlo?

Había algo distinto en Connie, aunque Thomas no podía decir qué. Sus ojos brillaban más y sus mejillas se veían más rosadas. Por fin vio que llevaba maquillaje por primera vez desde que la conocía y algo le dijo que se lo había puesto para él. Sonrió.

–Hoy estás especialmente adorable –le susurró al oído y el rosa de sus mejillas se intensificó hasta adoptar un profundo rojo que ningún maquillaje del mundo podía ocultar.

–¡Para ya!

Él se rio.

–¿Que pare qué? ¿Que pare de lanzarte cumplidos?

–Sí.

–Pues solo dejaré de hacerlo cuando tú dejes de estar tan preciosa. Me robas el aliento.

Ella lo miró con exasperación y las manos en las caderas.

–Llevo años oyendo hablar del talento de los O'Brien para la zalamería, pero nunca había sido la receptora de tanta adulación.

–No es zalamería, es la pura verdad –insistió.

–Bueno, ya sea verdad o ficción, eres de lo más inoportuno. ¿Es que no te das cuenta de que estamos rodeados por tu familia?

–¿Y?

–Que son famosos por ir contándolo todo –le recordó.

Thomas se rio.

–No hay nadie en la familia cuyas opiniones me importen. ¿Y tú?

Ella parecía sorprendida por su actitud.

–¿De verdad estás tan seguro de que no vayan a quedarse impactados cuando descubran que estamos saliendo?

–Que sepas que te considero una mujer perfectamente respetable –dijo disfrutando al ver cómo se le encendían las mejillas de nuevo.

–No es a mí a quien cuestionarán –le contestó indignada–. Eres tú el que tiene mala reputación.

–¿Mala?

–Dos esposas. Eso podría considerarse escandaloso en ciertos círculos. Es más, imagino que tu madre te habrá dicho algo al respecto.

–No las tuve al mismo tiempo, todo sucedió en una secuencia de eventos perfectamente respetable. Y en cuanto a mamá y yo, hemos hecho las paces. Hace años aprendió que era una pérdida de tiempo y de aliento intentar controlarme.

Ella apretó los labios y se le encendieron los ojos.

–¿Es que no te tomas nada en serio?

–Sí. Mi trabajo y, últimamente, a ti.

–¿Qué voy a hacer contigo?

–Mucho, espero. ¿Empezamos con una cena esta noche?

Vaciló tanto que él pensó que tal vez le había salido mal la jugada por arriesgar demasiado.

–No estoy segura de que esté preparada para tratar con un hombre como tú –le dijo, aunque con una expresión extrañamente nostálgica.

—Connie, amor mío, creo que puedes con todo lo que te depare la vida —contestó él con total sinceridad—. Puedes hacer conmigo lo que quieras.

—Lo dudo, aunque supongo que una cena no es un riesgo demasiado grande.

—Bien por ti. Y esta noche iremos a Brady's. Se acabó el escondernos en lugares alejados.

—¿Estás seguro? —preguntó dudosa.

—Nunca he estado más seguro de nada —la miró con intensidad—. ¿Y tú? ¿Te preocupa la opinión de Jake o de tu hija?

—Admito que se sorprenderán, pero se sorprenderían de todos modos de verme con cualquier otro hombre después de todos estos años.

—Entonces nada se interpone en nuestro camino, ¿no?

—Supongo que no.

—Bien —si había algo que sabía con total certeza era que si iban a darle una oportunidad a su relación, esta tenía que ser abierta y sincera desde el principio. No había nada malo en lo que estaban haciendo y las dudas que los demás pudieran tener sobre ellos, ya fuera su entrometida familia o el protector hermano de ella, sería mejor derribarlas cuanto antes.

Cuando Jess volvió al hotel el sábado por la tarde, la cocina estaba vacía a excepción de por un Ronnie aterrorizado.

—¡Menos mal! —exclamó el chico cuando ella entró—. Llevo una hora llamándola al móvil.

Jess metió la mano en el bolso y maldijo.

—Lo siento. Supongo que me lo he dejado en el despacho —olvidar el móvil rompía una de las reglas del fin de semana: nunca salgas estando incomunicada con el hotel. ¿Qué le pasaba? Esos eran la clase de despistes que la enfurecían.

–Tenemos un problema.

–¿Qué?

–Gail se ha puesto mala y ha tenido que marcharse. Me ha dicho que me ocupe, pero no sé qué tengo que hacer y hoy el restaurante estará abarrotado. He tomado unas cuantas reservas de mesas antes de saber que Gail tendría que irse. Tal vez deberíamos cerrar.

Jess se preguntó si el muchacho tendría razón, pero por otro lado, pensó que, aunque estuviera muriéndose, Gail no se habría ido del trabajo si no hubiera creído que el chico podía encargarse.

–Vamos a echarle un vistazo al menú –dijo intentando enfrentarse al problema metódicamente para no dejarse llevar por el pánico–. Dime qué platos puedes preparar.

Él miró los tres platos principales y se encogió de hombros.

–La he ayudado con todos, así que supongo que puedo con ellos siempre que tenga ayuda.

–Yo te conseguiré ayuda.

Levantó el teléfono y llamó a Kevin.

–Tengo una crisis.

Quince minutos después, su hermano llegó con Abby y la abuela. Jess, consternada, miró a la anciana.

–Abuela, no puedo pedirte que estés por aquí trabajando.

–¡Pues no sé por qué no! He cocinado para multitudes muchas veces y, a decir verdad, se me da mucho mejor que a tu hermana. Si Abby se queda, yo me quedo.

Jess reconoció el gesto de determinación de su barbilla alzada y asintió.

–De acuerdo. Pues gracias.

Se giró y vio a Ronnie y a Kevin ojeando los menús y las recetas plastificadas de Gail.

–Abby, tú te encargas de las ensaladas. Es difícil estropearlas. Ronnie dice que los postres están hechos, pero hay que cortarlos en porciones y emplatarlos. Dice que Gail suele añadir un poco de salsa de fresa o de chocolate para decorarlos, pero eso puedes saltártelo.

–No hay problema –dijo la abuela–. Sé decorar platos.

Jess los vio a los cuatro ponerse en acción.

–Gracias, chicos. Sois increíbles. Y tú también, Ronnie. No me extraña que Gail tenga tanta fe en ti.

Él le sonrió.

–Gracias. Supongo que esto será como mi adoctrinamiento a fuego, ¿no?

–Supongo que sí. Estaré fuera sentando a la gente, así que avisadme si necesitáis algo. Si necesitáis más ayuda, puedo meter a una de las camareras.

–Estaremos bien –le aseguró Kevin.

Salió de la cocina sintiéndose segura e hizo una llamada más. Esta vez, a su padre.

–Esta noche Ronnie se encarga de la cocina. ¿Crees que podrías traer a su padre para que vea lo bueno que es como chef? –sabía que era un riesgo, pero también sabía lo mucho que significaba para el chico la aprobación de su padre. Era algo que ella podía comprender y con lo que se identificaba.

–Lo llevaré –prometió Mick–. Aunque creo que evitaré mencionar a Ronnie por si algo sale mal. ¿Te parece?

–Perfecto. Gracias, papá.

Para asombro y alivio de Jess, la noche pasó sin incidentes. Nadie pareció notar que la cocina estaba siendo dirigida por un chico sin experiencia, un ex paramédico, una consejera en inversiones y una mujer octogenaria. Jess estaba maravillada con todos ellos.

Cuando se acercó para hablar con sus padres y los Forrest, miró al padre de Ronnie a los ojos.

–¿Qué tal la cena?

–Excelente. Tu chef mejora cada día.

Jess le sonrió.

–Pues debería decírselo a él.

–Creí que tu chef era una mujer.

–Y lo es, pero esta noche se ha ocupado su ayudante. Lo traeré.

Salió de la cocina un momento después con un reticente Ronnie detrás.

–Señor Forrest, me gustaría que conociera al joven que ha dirigido la cocina esta noche.

El hombre lo miró asombrado.

–¿Tú has hecho esta comida?

Ronnie asintió.

–Gail ha estado enseñándome y me he apuntado a unas clases.

–Gail cree que será un chef extraordinario –le dijo Jess.

–Bueno, está claro que ha tenido un comienzo extraordinario –apuntó Megan–. Ronnie, la cena ha estado excelente.

–Sí –dijo su padre mirándolo con respeto–. Supongo que debería haberte tomado en serio cuando dijiste que querías hacer esto.

–Bueno, por suerte, la señorita O'Brien y Gail sí que me tomaron en serio –dijo Ronnie–. Y para serte sincero, no puedo llevarme todo el mérito esta noche. He tenido mucha ayuda de los O'Brien en la cocina.

Ahora fue Mick el que se mostró asombrado. Jess le sonrió.

–Es una larga historia, pero Kevin, la abuela y Abby han hecho de pinches y han estado increíbles.

–Nell ha debido de estar en la gloria –dijo Megan con una carcajada–. Tendré que entrar en la cocina para felicitarla.

–Voy con usted –dijo Ronnie deseando escapar de allí.

El señor Forrest miró a Jess.

–Has sido muy buena con el chico.

Ella sacudió la cabeza.

–No, fue Gail la primera en ver su potencial.

–Bueno, te debo una por haberle dado una oportunidad en un principio.

–Me alegra que haya salido bien –dijo Jess antes de ir a hablar con el resto de comensales.

A las once, cuando el último de los clientes se había marchado, no solo estaba exhausta, sino que estaba entusiasmada. Levantó la mirada del libro de registros y allí vio a Will.

–Llegas demasiado tarde. La cocina ya ha cerrado.

–Esperaba que tuvieras tiempo para una copa antes de irte a dormir –dijo justo cuando la puerta de la cocina se abrió y su improvisada cuadrilla salió al comedor. Will los miró con la boca abierta–. ¿Qué está pasando aquí?

Kevin se rio.

–Hemos acudido a una llamada de emergencia.

–Y hemos hecho un trabajo fantástico –añadió la abuela con los ojos brillantes de emoción, a pesar del evidente cansancio en su rostro.

–Sí, es verdad –asintió Abby–. Pero tengo que irme a casa con mi marido y las niñas. Se estaban partiendo de risa cuando les he dicho adónde venía. Abuela, ¿vienes conmigo?

–Sí, claro –contestó Nell, aunque no parecía que tuviera muchas ganas de irse. Abrazó a Jess con fuerza–. Gracias por dejarme formar parte de esto. Me ha encantado hacer de pinche.

–¿Dejarte? No podríamos haberlo hecho sin ti. Soy yo la que está agradecida.

Kevin se sentó en una silla.

–¿Qué tiene que hacer un hombre para tomarse una copa en este sitio?

Will lo miró divertido.

–¿Te apetece un vino? Sé dónde están.

–Trae una botella de vino –le gritó Jess y miró a Ronnie–. ¿Te quedas un rato?

Él chico asintió con ganas.

–Si no os importa… Estoy demasiado nervioso como para irme a casa.

–Claro que no nos importa. Eres una parte vital de este equipo. Hoy lo has hecho muy bien –y le dijo a Will–: ¡Trae cuatro copas!

Kevin miró a Will.

–Se te ve muy cómodo por aquí.

Jess se encogió de hombros.

–Ha venido unas cuantas veces.

–¿Ah, sí?

–No vamos a hablar de esto –le dijo muy seria–. Que hayas ayudado a salvarme el trasero esta noche no significa que ahora puedas tener el privilegio de interrogarme.

–Pero ser el hermano mayor sí me da ese privilegio.

–Puedes preguntarle a Connor cómo le ha salido a él hoy la jugada –respondió aliviada al ver que Will regresaba. Al menos confiaba en que su hermano no diría nada que avergonzara a Will delante de Ronnie, una persona ajena a la dinámica de la familia.

Relajada tras la frenética noche, Jess vio que estaba feliz de que Will estuviera allí formando parte de lo sucedido. Era como en los viejos tiempos, cuando todos habían salido juntos. Por segunda vez ese día se preguntó si tal vez se había agobiado demasiado con el paso de amistad a pareja, ya que, tal vez, ese cambio solo significaría más noches agradables como esa.

Miró y vio cómo Will estaba mirándola con deseo. Se le aceleró el pulso y pensó. Daba un poco de miedo el impacto que él estaba provocando en todos sus sentidos, pero uno de esos días tendría que decidirse. Hasta entonces tal vez podía actuar como una adolescente y restringir las citas a cosas que pudieran hacer con mucha gente. Imaginar la reacción de Will ante su estrategia de autoprotección la hizo sonreír.

La demanda de los servicios de Almuerzo junto a la bahía superó todo lo que Will se había imaginado. Aunque hubiera querido tener una cita… ya fuera con Jess o con cualquier otra chica... habría estado demasiado ocupado para organizarla. Al menos esa era la excusa que se había dado para no salir con nadie tras la desastrosa cita con Anna Lofton unas semanas atrás.

Sí, de acuerdo, eso y el hecho de que las cosas parecieran haber dado un cambio para mejor con Jess. Sabía que no podía meterle prisa, y por eso estaba intentando esperarla, esperar a que ella llegara a la misma conclusión que había llegado él: que ambos merecían una oportunidad.

Ocasiones como el encuentro casual en el festival y la relajada noche que habían pasado ese mismo día en el hotel parecían estar derribando las defensas de Jess. Solo tenía que ser paciente. Sí, tenía experiencia, llevaba muchos años siéndolo, pero cada vez le resultaba más difícil.

Unos días después de la noche en el hotel, estaba trabajando con el ordenador en su consulta cuando la puerta se abrió y Jess entró. La miró sorprendido. Era la primera vez que había cruzado el umbral de su lugar de trabajo y, ahora que lo pensaba, era la primera vez que ella había hecho un acercamiento y había ido a buscarlo.

Jess miraba a su alrededor con curiosidad.

—No hay diván.

—No todos los psicólogos los tenemos —respondió mientras intentaba averiguar qué le había hecho adentrarse en territorio enemigo—. La mayoría de la gente prefiere sentarse en un sillón cómodo.

—¿Has probado con un sofá grande?

—Durante un tiempo lo tuve, pero luego renové el mobiliario —sonrió—. ¿Has venido para hablar de mi decoración y mis muebles?

—Sinceramente, no sé qué hago aquí.

—¿Querías una sesión? —le preguntó disfrutando de ese rubor que había despertado su pregunta.

—Eres la última persona que querría que husmeara en mi psique. Ya lo haces demasiado cada vez que nos encontramos.

–Jess, al contrario de lo que tú crees, tu psique es lo último en lo que pienso cuando me encuentro contigo.

–¡Oh!

Y ya que él no quería ponerle el corazón a sus pies para que se lo pisoteara, cambió de tema.

–¿Por qué estás aquí?

Ella se movió por el despacho, agarró una revista y vio alguna que otra escultura antes de mirar curiosamente una caracola.

–¿La has encontrado por aquí?

–En la playa junto a tu casa, precisamente –la miró a los ojos–. ¿Es que no te acuerdas?

–Seguro que hay miles de caracolas, Will. ¿Por qué iba a recordar esta?

–Te cortaste en el pie con ella cuando tenías catorce años. Estabas sangrando mucho e intentabas no llorar. Te llevé a casa para que Nell pudiera vendarte el pie.

–¿Y guardaste la caracola? –preguntó incrédula.

Él se encogió de hombros sintiéndose ridículo.

–En su momento pensé que me la llevaba para que nadie volviera a hacerse daño con ella, pero después, no sé por qué, se quedó conmigo.

–¿Para recordarte que jugabas a ser Sir Galahad? –preguntó ella.

–Algo parecido.

–¿Puedo preguntarte algo?

–Me encantaría.

–¿Alguna vez has pensado en besarme? Quiero decir, antes de aquella noche en Brady's.

Él sonrió ante su tono de solemnidad.

–Todo el tiempo.

–¿Y por qué no lo habías hecho nunca?

Will se rio.

–Porque tú no parecías querer que lo hiciera. Es más, siempre te has mostrado irritable a mi lado desde el día que nos conocimos. Y después de hacerme psicólogo, más todavía. Igual que antes, actúas como si te aterrorizara que viera algo dentro de ti que no quieres que nadie sepa.

–No tengo ningún secreto. Creo que todo el mundo del pueblo siempre ha sabido mis cosas.

–Entonces, yo no debería darte miedo, ¿no?

–Probablemente no –respondió y lo miró a los ojos–. Pero me das miedo.

Will sintió como si la tierra se hubiera movido bajo sus pies.

–¿Por qué?

–No lo sé.

Sintiéndose al borde de un precipicio que podría alterar para siempre su relación, le preguntó con naturalidad:

–¿Quieres que vayamos a cenar y así intentemos descubrir el porqué?

–Eso me suena fatal, como si fuéramos a tener una sesión de psicoanálisis.

–Yo no llevo a mis clientes a cenar. No es ético.

Jess le lanzó una penetrante mirada.

–Entonces, si me haces una pregunta, será simplemente porque quieres saber la respuesta. Pero serás tú, Will. No el psicólogo.

–Solo yo –respondió él muy serio.

–De acuerdo.

Mentalmente, Will gritó aleluya y después se levantó lentamente fingiendo indiferencia.

–Iré a por mi chaqueta.

Al salir, Jess lo miró de reojo.

–Entonces, cuando me conozcas bien, ¿me organizarás una cita con alguno de esos clientes de Almuerzo junto a la bahía?

Will se detuvo en seco y la miró con incredulidad.

–¿Y bien?

Él sonrió.

–No, si esta noche sale como quiero que salga.

Ella tragó saliva con dificultad.

–Entonces ese beso de hace unas semanas, ¿no fue de casualidad? –preguntó como si necesitara que le aclararan las cosas antes de arriesgar nada–. Eso es lo que quieres, ¿Will? ¿Que estemos juntos, como una pareja?

–No sé de cuántas formas tengo que decírtelo, pero para dejarlo perfectamente claro una vez más, sí. Creo que ya es hora de que lo intentemos. ¿No crees lo mismo? ¿No es esa la razón por la que has venido a mi despacho esta noche?

–Creo que es aterrador cambiar lo que ya tenemos –admitió–. ¿De verdad has pensado en lo que pasará si empezamos a acostarnos?

–Todo el tiempo.

–¿Y si no se nos da bien?

Él se rio.

–¡Oh, creo que se nos va a dar genial!

–¿Cómo puedes estar tan seguro? Tal vez deberíamos probar, ver qué tal sale, antes de implicarnos emocionalmente.

–Jess O'Brien, ¿estás sugiriendo que practiquemos sexo sin ataduras, sin complicaciones para ver qué tal se nos da y luego decidir qué hacemos?

–Creo que sí.

A pesar de verse prácticamente tentado a dejar que se saliera con la suya, Will se forzó a lanzarle una mirada de reprimenda.

–Yo no me voy a la cama en la primera cita –bromeó–. Además, ahora mismo estamos en un lugar público. Te garantizo que nuestra primera vez juntos no será en la hierba en mitad de un campo. ¿Qué clase de hombre sería si no hiciera que nuestra primera vez fuera romántica?

–Sinceramente, no lo sé. Pero creo que estoy dispuesta a descubrirlo.

Era la mejor noticia que Will había recibido en años. Sabía que cambiar su relación conllevaba sus riesgos, pero ya había llegado el momento. Sí, sin duda había llegado el momento, si hacía caso a cómo se le había acelerado el pulso.

–Entonces cenaremos según lo planeado. ¿En Brady's o en algún sitio más discreto?

Ella torció el gesto.

–Dado que mi familia parece tener espías por todas partes, podríamos ir a Brady's.

Will vio miedo en sus ojos.

–No pasará nada. Es una cita, Jess. Una simple cena y un poco de conversación. Nada que no hayamos hecho antes miles de veces.

A pesar de que intentó reconfortarla, los dos sabían que había mucho más. La cena de esa noche iría servida con esperanzas y expectativas y con la posibilidad de sexo como postre.

Capítulo 13

Jess estuvo nerviosa toda la cena. Y no es que se quedaran sin conversación ni un minuto, no. Además, Will se comportó como un perfecto caballero y ni siquiera intentó agarrarle la mano por encima de la mesa adornada con velas. Aun así, el grado de intimidad que se había creado entre los dos parecía haber subido un nivel... y al mismo tiempo no. Era confuso.

—Estás dándole demasiadas vueltas a esto, ¿verdad? —dijo mirándola divertido.

Jess suspiró. Debería haber sabido que él podría leerle la mente.

—¿No crees que es algo raro estar aquí así?

—¿Así cómo? ¿Dos viejos amigos cenando juntos?

—Pero no somos solo dos viejos amigos cenando, ¿verdad? Somos dos personas que han introducido la posibilidad de mantener sexo en su relación.

—Tal vez antes me he equivocado —murmuró.

—¿En qué te has equivocado?

—En lo de no tener sexo directamente. Parece ser lo único que tienes en la cabeza, como si tuvieras que quitarte ese peso de encima para poder relajarte.

—Por favor, no intentes decirme que tú no estás pensando en ello.

—Estoy satisfecho con vivir el momento —insistió.

No lo creyó ni por un minuto. Los hombres siempre estaban pensando en el sexo. ¿No era la fuerza que empujaba sus vidas?

—Lo siento, pero no me lo creo.

—¿Por qué no?

Le contó su teoría y Will se rio.

—¿No tienes muy buena opinión de los hombres, verdad?

Ella se encogió de hombros.

—Bueno, mi experiencia es algo limitada.

Will la miró sorprendido.

—¿Cómo de limitada?

Jess, al ver su cara de asombro, se puso a la defensiva.

—Bueno, no soy virgen, si eso es lo que estás pensando. No es que sea asunto tuyo, pero Kevin y Connor no siempre llegaron a tiempo a Moonlight Cove para rescatarme de mi actitud temeraria.

—Me alegra saberlo, pero para que tú lo sepas, de verdad no quiero conocer los detalles.

—¡Como si los fuera a compartir contigo! —dijo y suspiró—. Pero lo que de verdad intento explicar es que no estoy muy experimentada en el tema de las relaciones. Seguro que eso ya te lo habías imaginado hace mucho tiempo. ¿Cuándo he salido con alguien durante más de unas semanas o un par de meses? Tendrá que ver con mi problema.

—Ya estás otra vez culpando a tu déficit de atención por algo que tiene una explicación mucho más sencilla y que es que esos hombres no eran los adecuados para ti y que tú fuiste lo suficientemente sensata de descubrirlo pronto.

—De acuerdo, eso ya lo has dicho antes, pero ¿por qué estás tan seguro de ello? A lo mejor es que soy una persona muy voluble.

—¿Cuánto tiempo hace que eres amiga de Laila y de Connie?

—Son más mayores, así que nos hemos hecho amigas hace poco, pero las conozco de toda la vida.

–Pues esas podrían describirse como relaciones a largo plazo, en cierto sentido.

–Supongo.

–Y has estado trabajando con Gail desde que abriste el hotel, ¿verdad?

–Claro. ¿Qué tiene eso que ver?

–Que pareces ser buena manteniendo relaciones.

–Vamos, Will. No es lo mismo –protestó.

–Las mismas cualidades necesarias para mantener una amistad saludable o una relación fuerte entre empleada y jefa son las que se necesitan para tener una relación larga con un hombre.

Jess no lo creía del todo, pero él era el experto en dinámicas humanas.

–¿En serio?

–En serio. Todas esas relaciones implican lealtad, perdón, generosidad y, de vez en cuando, un poco de esfuerzo y trabajo.

Jess vio lo que estaba intentando decir.

–Pero Laila y Connie saben lo del déficit de atención, así que son muy tolerantes cuando fallo en algo. Y lo mismo pasa con Gail.

–¿Y no imaginas que alguien que te quiera haría lo mismo?

–Supongo que nunca lo había visto así –admitió.

–Pues volvamos a hablar de nosotros. ¿Te da miedo que nos metamos en la cama o que tengamos una relación? Porque llevo esperándote mucho tiempo, Jess, así que podemos ir al ritmo que te haga sentir más cómoda –la miró fijamente–. ¿O ya estás intentando poner obstáculos?

¿Era eso lo que estaba haciendo? Era posible. Había ido a la consulta de Will esa noche porque no había podido convencerse de mantenerse alejada. Había querido algo de él cuando había cruzado esa puerta... ¿tal vez sexo sin complicaciones? ¿O ya había sabido que nada sobre su relación con Will estaría carente de complicaciones? ¡Había tantos sentimientos sin explorar entre ellos! El hecho de que él estuviera allí sentado pacientemente mientras ella discutía sobre sí misma resultaba irritante, pero así era Will. Estaba claro que había construido su carrera a base de tener paciencia con sus pacientes.

–No lo sé –admitió finalmente–. Esto es mucho más complicado de lo que creía que sería. ¿Tú sabías que sería tan difícil?

Él sonrió.

–Lo sabía. Eres una mujer complicada, en ese aspecto no me he llevado ninguna sorpresa.

–Entonces, ¿por qué te molestas conmigo? –cuando Will se rio, lo miró muy seria–: No, lo digo en serio. De verdad quiero saberlo.

–Porque nunca he conocido a otra mujer que me haya desafiado como lo haces tú, que eres sexy y vulnerable y mucho más fuerte de lo que piensas. Supongo que una parte de mí quiere ser el hombre que está ahí cuando por fin te veas como la asombrosa mujer en la que te has convertido.

Los ojos de Jess se llenaron de lágrimas ante sus dulces palabras y la sinceridad oculta tras ellas.

–¿Así es como me ves? ¿Como una mujer asombrosa?

–Por supuesto.

–¿Por qué? Tienes que ser consciente de todos mis defectos. ¿Tengo que hacerte una lista?

–¿Estás pensando que puedes asustarme si lo haces?

–Tal vez.

–¿Cuánto tiempo hace que nos conocemos, Jess?

–De toda la vida, prácticamente.

–¿Crees que hay mucho sobre ti que yo no sepa? Te he visto en todas las circunstancias imaginables y lo que no he visto, ya me lo han contado otros.

Ella quería creer que había visto sus peores defectos, que había comprendido sus errores más desastrosos, y que le había gustado de todos modos, pero ¿cómo era posible?

–Tal vez solo estás diciendo eso para poder llevarme a la

cama –le acusó–. Algunos hombres lo hacen o dicen lo que haga falta para lograrlo.

Él se mostró algo dolido por el comentario.

–Yo no soy como la mayoría de los hombres. Además, tal vez solo veo tus fallos como una parte importante de quien eres –cuando ella se quedó en silencio, él suspiró y continuó–: De verdad desearía que pudieras verte a través de mis ojos. Ojalá supiera cómo hacerlo posible porque hasta que no lo hagas, siempre dudarás que eres una persona digna de amar.

Jess no podía negar lo que él estaba diciendo. Se había pasado toda la vida, desde que su madre los había abandonado, centrada en lo que tenía de malo, en lo problemática que resultaba. Fue un patrón que estableció a la tierna edad de los siete años y que se reforzó con los años.

No es que creyera que nadie pudiera amarla, porque estaba claro que sus padres y sus hermanos la querían, pero era un amor que siempre había visto vinculado a una alta dosis de tolerancia e incluso a un sentido de la obligación familiar. Si alguna vez tenía una relación seria con un hombre, querría más. Querría afecto sentido de verdad. Nada bueno saldría de una relación en la que sintiera una constante necesidad de estar poniendo a prueba el amor de ese hombre.

Will la miraba como si supiera exactamente en qué estaba pensando.

–¿Y bien? ¿Vas a salir corriendo antes de que hayamos empezado o vas a darnos la oportunidad que nos merecemos? Lo único que tienes que hacer es tener fe y dar el salto.

–Sería más fácil saltar por encima del monumento a Washington de un solo bote.

–Vamos. Tienes lo que hace falta, Jess. Lo creo, aunque tú no. Confía en mí solo por esta vez.

–Confío en ti –dijo sabiendo que eso sí que era verdad.

–Entonces, ¿volverás a salir conmigo? Iremos muy despacio, si hace falta. Almuerzo, una película... sin presiones.

—¿Puedo ir con carabina? —preguntó un poco en broma.

Él sonrió.

—Si tienes que hacerlo, sí. Pero, por favor, que no sea uno de tus hermanos. No creo que pudiera soportar la humillación.

Ella se rio y, de pronto, se sintió mil veces más relajada.

—Yo tampoco podría. Supongo que lo de las carabinas lo haremos de manera improvisada.

—¿Qué te parece si me paso por el hotel mañana por la tarde? Podemos ir a tomar un helado o un café o algo. ¿No será tan aterrador tomar un helado de chocolate o un capuchino conmigo, verdad?

—No, a menos que intentes llevarme a tomarlos a una cafetería de París.

—¿Es eso lo que quieres, Jess? —le preguntó a pesar de que ella había bromeado—. ¿Que te lleve a algún lugar romántico?

—¿No es eso lo que toda mujer desea en secreto? ¿Que la hagan sentirse como si estuviera caminando por las nubes?

Él asintió pensativo.

—Una buena lección. Tendré que tenerlo en mente.

«Sí, claro», pensó Jess. Ningún hombre sería menos dado a cometer un gesto tan extravagante. Aunque no tenía ni idea de cuánto ganaba con su consulta o con Almuerzo junto a la bahía, Will siempre había vivido de manera sencilla en un pequeño apartamento decorado con muebles y adornos usados. Su coche tenía, al menos, diez años de antigüedad, su ropa de trabajo, aunque cara y con estilo, no ocupaba probablemente ni la mitad del armario, y en sus días libres estaba segura de que seguía llevando los vaqueros desteñidos que tenía desde la adolescencia.

—Debería volver al hotel —dijo a pesar de no querer que la noche terminara.

–Te llevo.

–No pasa nada, he traído mi coche. Está aparcado junto a tu consulta.

–Entonces te acompaño hasta allí –dijo dejando dinero sobre la mesa y levantándose para apartarle la silla.

Fuera, le dio la mano. Durante un instante, Jess estaba tan asombrada que casi se apartó, pero entonces se dio cuenta de que le gustaba sentir sus dedos alrededor de los suyos. ¿Cómo había podido olvidar lo dulce y sexy que podía ser un gesto así?, pensó invadida por las nuevas sensaciones que estaba sintiendo al lado de ese hombre.

Una vez en el coche, abrió la puerta, esperó a que ella se sentara tras el volante y se agachó para darle un casto beso en la frente.

–Conduce con cuidado.

Jess lo miró a los ojos y en ellos vio el inconfundible deseo de un hombre que quería mucho más que un beso de buenas noches.

–¿Quieres seguir hasta el hotel?

–Más de lo que puedas imaginarte, pero no esta noche. No estás preparada.

–Creo que lo estoy.

–No lo suficiente. Tienes que estar segura –dijo guiñándole un ojo–. Y lo estarás.

–Eres muy arrogante –murmuró.

–Estoy seguro de mí mismo. He sido paciente mucho tiempo, así que no me hará ningún daño adquirir un poco más de experiencia con esa virtud.

–¿Es esta una de esas lecciones de vida que impartís los psicólogos?

–Sí –dijo y sonrió–. O podría ser solo una revancha. Nos vemos mañana por la tarde y podremos discutirlo más detenidamente.

Se apartó, cerró la puerta con cuidado y esperó a que arrancara el coche y se alejara. Jess miró por el espejo retrovisor y vio a Will de pie en mitad de la calle, mirándola.

Le gustó creer que él estaba lamentando esa actitud tan noble de no haber vuelto con ella al hotel.

Cuando Jess bajó de su suite en el hotel el sábado por la mañana, Abby y Bree estaban esperándola en el vestíbulo.

—Desayuno en el comedor —dijo Abby enganchándola de un brazo. Bree iba tras ellas con gesto divertido.

—¿De qué va esto? —preguntó Jess—. Sé que últimamente no he causado ningún problema por aquí. Ese contable que contrataste me llama la atención incluso cuando olvido darle el recibo de compra del boli que los clientes usan para registrarse.

—Bien por él. Para eso le pagan —dijo Abby.

—No has hecho nada malo. Aparte de, tal vez, haber perdido la cabeza.

—¿De qué estás hablando?

—De ti y de Will —apuntó Abby—. Primero, el beso del que tanto se ha hablado, y después me entero de que vais a cenar los dos en una agradable esquinita del Brady's hasta que llegue la hora de cerrar. ¿Cómo es posible que nos hayamos enterado por otros? ¿No deberías habernos llamado para confiarnos tu ardiente cita?

—La cena, que surgió en el último momento, no es de vuestra incumbencia.

—Somos tus hermanas —contestó Bree—. Deberías contarnos estas cosas.

—¿Es que tenéis alguna pega a que salga con Will?

A Abby se le iluminaron los ojos.

—¿Entonces estáis saliendo? ¿No fue algo repentino e improvisado?

—Lo de anoche fue algo repentino e improvisado, pero por norma general ese no es el estilo de Will. Podría ser un problema.

—No lo dirás en serio —protestó Abby—. Will es exactamente la clase de hombre que necesitas. Es tranquilo y de fiar –alzó una mano antes de que Jess pudiera responder–. Lo cual no significa que sea aburrido, si eso era lo que ibas a decir.

Jess pensó en su cena, que había sido de todo menos aburrida. Es más, había habido chispas, pero, por desgracia, la noche había terminado con ese casto beso en la frente y había resultado de lo más frustrante.

–¿Pero te gusta de verdad? –le preguntó Bree–. Para serte sincera, cuando Jake se enteró de esto, no se puso muy contento. Cree que le romperás el corazón a Will.

–No voy a romperle el corazón a Will –respondió poniéndose a la defensiva–. Al menos, no a propósito. ¡Pero si solo hemos tenido una semi cita y podría decirse que no ha sido oficial! Y no cuenta como una cita porque me presenté en su consulta a la hora de cenar y seguro que me dijo que saliéramos porque le parecía lo más correcto –esa era su historia y pretendía ceñirse a ella. Era mucho menos complicado que la verdad–. De todos modos, ¿por qué cree Jake que esto es asunto suyo? Dile de mi parte que su opinión no cuenta.

–Él no estará de acuerdo –dijo Bree–. Will y él son íntimos amigos. Y no estaba diciendo nada que Connor o Kevin no hubieran dicho cuando se enteraron, aunque al parecer, Connor ya lo veía venir desde hacía tiempo y Kevin había empezado a sospechar que pasaba algo cuando ayudó en el hotel la semana pasada.

–¿Es que todos tenéis una clase de reunión familiar en mitad de la noche y se os olvida decírmelo? –preguntó irritada. Había sido el objetivo de más de una intervención familiar en su vida y no le gustaba.

–Estamos hablando de los O'Brien –le recordó Abby–. Ya sabes que en esta familia las noticias vuelan y llevan semanas bullendo. Ahora ya han llegado a su punto máximo.

–Esta cena fue anoche y ni siquiera son las nueve de la mañana –dijo exasperada y mirando a su hermana mayor–. Y, por cierto, ¿por qué estáis agobiándome con esto? Creía que estabais de acuerdo.

–Y lo estoy, siempre que actúes con cautela. Por lo que oí anoche, las cosas parecen estar yendo muy deprisa. Esa podría haber sido la fuente.

–¿Qué fuente? ¿Cómo se ha corrido la voz?

–Había imágenes incluidas en los mensajes de texto –explicó Abby sonriendo.

Jess la miró con incredulidad.

–¿Quién nos vio, el FBI?

Abby se rio.

–Papá. Mamá y él estaban cenando en Brady's cuando llegasteis. Se quedaron un rato para ver qué pasaba y después nos pusieron a todos en alerta. Ya conoces a papá; se enorgullece de estar a la última en lo que respecta a los cotilleos de la familia. Si es el primero en descubrir algo, lo considera un triunfo de padre de lo más importante, y por supuesto, le encanta compartir lo que descubre.

–¡Oh, Dios! Eso significa que se van a presentar aquí…

–Y ya mismo –dijo Bree animadamente mientras Mick y Mega cruzaban el comedor y sacaban unas sillas para sentarse con ellas.

–¿Alguna novedad? –preguntó Mick.

Jess se levantó y los miró a todos enfadada.

–Ni una sola cosa, excepto que oficialmente renuncio a ser una O'Brien.

Su madre se rio.

–No creo que puedas hacer eso, cielo. Yo lo intenté y mírame ahora –le dio la mano a su marido.

–Todo el mundo tendría suerte de ser un O'Brien. Nos preocupamos los unos de los otros.

–Nos enfadamos los unos con los otros. Me voy a trabajar. Le diré a la camarera que os ponga el desayuno a mi cuenta. Divertíos diseccionando mi vida y contadme qué habéis concluido.

Salió del comedor, fue directa a su despacho y llamó a Will.

–Prepárate. Al parecer, somos la última noticia.

–¡Me lo temía! –dijo resignado–. Acabo de ver a Jake y Mack en Sally's y estoy seguro de que han olvidado que soy yo el acreditado para dar consejos.

–¿Quieres considerar la idea de mudarte a Háwai?

–¡Qué va! Me gusta estar aquí. Es más, acaba de empezar a ponerse interesante.

Jess se rio y fue relajándose.

–Sí, sin duda.

¡Y pensar que era Will el que había hecho que fuera así!

–Jess, supongo –dijo Jake cuando Will colgó.

Will se limitó a mirarlo y a no decir nada. Se había quedado sorprendido cuando habían llamado y habían insistido en que se vieran para desayunar, pero una vez que había llegado a Sally's había adivinado lo que pretendían. Tal vez sus amigos iban con buena intención, pero él estaba decidido a no animarlos.

–Claro que era Jess. Seguro que la están interrogando en el hotel, pero su familia tiene mucha más experiencia en esto que nosotros. Seguro que ellos sí que están obteniendo respuestas.

Will se rio.

–Lo cual sería un buen indicador de que ya es hora de que vosotros vayáis dejándolo.

Jake sacudió la cabeza.

–Vamos, hombre. ¿Jess y tú? No puedes hablar en serio. Sé que llevas siglos colado por ella, pero creía que solo la añorarías en la distancia y que saldrías con alguien más apropiado.

–Jess no tiene nada de inapropiado –respondió indignado.

–No ha tenido un novio formal en todos los años que la conozco –le recordó Jake–. Tú eres Mister Formalidad.

La expresión de Will ensombreció de inmediato.

–Ella dijo lo mismo. Al parecer, tampoco se le ocurrió que, tal vez, había estado eligiendo a los hombres equivocados.

–¿Y tú vas a triunfar donde otros han fracasado?

–Creo que sí. Ahora, tal vez deberíais dejar el tema antes de que me enfade. Eres parte de la familia O'Brien, Jake. Y Mack, tú acabarás siéndolo cualquier día de estos si Susie y tú alguna vez empezáis a ser sinceros el uno con el otro. Deberías estar del lado de Jess, no hundiéndola.

Jake parecía ofendido.

–No estoy hundiéndola, solo estoy siendo realista. Esa mujer tiene algunos problemas.

–Si estás refiriéndote al síndrome de déficit de atención, no es una enfermedad contagiosa, Jake. Empecemos a mostrar un poco de sensatez en todo esto.

–Lo siento. No pretendía ser así. Me cae bien Jess, me preocupo por ella. Tú eres un tipo serio y formal, de los que solo están con una mujer. Jess… bueno… siempre ha tendido a… jugar.

–¿Como Mack? Si él puede cambiar, y los dos sabemos que ha cambiado, ¿por qué no puede cambiar Jess?

Jake sacudió la cabeza, preocupado.

–No lo entiendo.

–Bueno, por suerte, no eres tú el que tiene que entenderlo. Nadie entiende la situación mejor que yo.

Mack suspiró.

–Está diciéndonos que no nos metamos y tal vez deberíamos escucharlo.

Will le sonrió.

–Exacto. Gracias. Ahora necesito trabajar un poco antes de ir a recoger a Jess para nuestra cita de esta tarde.

–Entonces, ¿no vas a echarte atrás? –le preguntó Jake.

–No.

–De acuerdo. Bueno, tengo que irme a hacer un trabajo de paisajismo. Mack, ¿qué haces tú hoy?

–Susie quiere que vayamos a ver unas tiendas. Dice que

nunca es demasiado pronto para hacer las compras de Navidad.

Will se rio.

—De eso nunca ha habido duda, pero llevar a Susie de compras es una clara señal de que estás cayendo, amigo mío. Venga, déjate de tonterías y pídele que se case contigo.

—Ni siquiera hemos tenido una cita. No le pides que se case contigo a una mujer con la que no has salido nunca. Se reiría de mí.

—¿Cuánto tiempo vas a seguir intentando hacerte creer esa historia? Porque ninguno nos la creemos y estoy seguro de que Susie tampoco. Si no haces algo, uno de estos días va a encontrar a un hombre que salga con ella oficialmente, se case con ella y tenga hijos con ella. ¿Es eso lo que quieres?

Mack pareció enfermar ante esas palabras.

—Claro que no, pero...

—No hay más excusas —dijo Will bruscamente—. No la pierdas. Te dolerá intentarlo y perder, pero si no lo intentas nunca y pierdes de todos modos, lo lamentarás el resto de tu vida.

—¿Por eso, por fin, tú vas a dar el paso con Jess? ¿Para no tener que lamentar nada?

—Algo parecido. Para serte sincero, he estado muy cerca de rendirme sin haberlo intentado, pero las circunstancias han cambiado.

—Está hablando del famoso beso en el Brady's —dijo Jake.

Will sonrió ante el recuerdo.

—Sí. De eso y de unas cuantas cosas que han pasado desde entonces. Me he sentido animado.

Mack parecía desconsolado.

—Ojalá Susie me diera alguna señal de que está lista para que cambien las cosas.

Will puso los ojos en blanco.

–A diferencia de Jess y de mí, Susie se pasa a tu lado cada segundo que tiene. ¿Necesitas una invitación grabada para meterte en su cama?

Jake se rio.

–¡Como que eso iba a pasar! Es una O'Brien. Les gusta que sus hombres las cortejen.

–A todas las mujeres les gusta –dijo Will–. Les gusta sentirse como si estuvieran caminando por las nubes, por lo que he oído últimamente. Y para eso hacen falta flores y dulces. Si descubro el modo, os pasaré el truco.

–Date prisa –le suplicó Mack–. Todo esto del celibato… No estoy hecho para ello. La única cosa que me ha impedido irme con otra mujer ha sido saber que Susie está esperando a que yo lo estropee. Dudo que crea nunca que he dejado de ser ese mujeriego que le pisaría el corazón. Por desgracia, esa reputación que tengo parece grabada en piedra… o en su corazón.

Will le apretó el hombro.

–Creo que te sorprenderías si tuvieras las agallas de dar el paso.

Mack seguía sin parecer muy convencido. Will no sabía lo que haría falta para unirlos, pero esperaba que no tardaran tanto como para que alguno de los dos acabara con el corazón roto antes de, siquiera, haber empezado.

Capítulo 14

Connie miró por la ventana de su despacho y vio el coche de Thomas entrando en el aparcamiento. Se le aceleró el corazón y no podía dejar de mirar mientras salía del coche y se dirigía hacia ella con lo que parecían dos cafés y una bolsa de Sally's.

Miró hacia el despacho de Jake lamentando que no se hubiera marchado ya a trabajar en un jardín. Que Thomas se presentara allí una vez ya había sido lo suficientemente incómodo y tenerlo de vuelta tan pronto despertaría las sospechas de Jake. No estaba preparada para enfrentarse a las preocupaciones de su hermano que, sin duda, surgirían una vez se enterara del motivo por el que Thomas pasaba por allí con tanta frecuencia.

Tal vez podría evitar que los dos se cruzaran, pensó mientras se levantaba y corría afuera. Alcanzó a Thomas a pocos metros de la puerta.

—Buenos días —dijo alegremente y en voz alta por si su hermano estaba escuchando—: No esperaba verte hoy.

—Aunque estoy un poco desentrenado, he pensado que a las mujeres les gustan las sorpresas. He comprado café y croissant. Se me ha ocurrido que podríamos desayunar juntos, si tienes tiempo.

—Desayuné hace horas, tengo esa costumbre —y al ver ese brillo de decepción en su mirada, Connie añadió—: Pero estoy lista para tomarme un descanso. ¿Vamos a dar un paseo?

–¿No estarás intentando tenerme alejado de Jake, verdad? –le preguntó divertido.

–Sí –admitió–. Tu última visita no pasó desapercibida.

–¿Tengo que hablar con él? ¿Explicarle mis intenciones?

Connie lo miró consternada.

–Por supuesto que no. Es mi hermano, no mi padre, y mi hermano pequeño, además. Soy una mujer adulta y perfectamente capaz de tomar mis decisiones.

–Bueno, claro que lo eres –dijo Thomas con la mirada brillante ante su indignación–. Pero está claro que Jake es muy protector contigo y puedo entender que le preocupe que estemos viéndonos. No tengo ningún problema en hablar con él para tranquilizarlo.

–¿En serio? Porque yo sí –respondió–. Puede que haya pasado mucho tiempo desde que no salgo con nadie, pero creo que ya hemos pasado la época en la que un hombre de la familia tenía que dar su aprobación para que una chica pudiera salir con alguien.

Thomas sonrió.

–No iba a otorgarle el poder del veto, Connie. Pero pensé que estaría bien tenerlo de nuestra parte antes de que se monte el follón con mi familia.

Ella suspiró. Tenía razón.

–Puede que tengas razón. Aun así, hay una mesa de picnic ahí detrás. ¿Por qué no salimos y discutimos esto? Podemos decidir cómo queremos manejar la situación y la más que probable interferencia familiar.

–Me parece muy bien.

Claro que, lo que Connie no había tenido en cuenta era que la mesa de picnic se veía desde el despacho de Jake. Apenas habían dado un sorbo de café cuando su hermano salió del edificio con gesto serio.

–Otra vez por aquí –le dijo a Thomas con tono hostil.

–¡Jake! –le advirtió Connie.

–Solo estoy preguntándome por qué viene tanto por aquí –añadió Jake sin dejar de mirarlo.

–Ya sabes que trabajamos juntos para la fundación –apuntó ella decidida a guardar la apariencia de que sus encuentros eran puramente inocentes.

–Y he estado saliendo con tu hermana –dijo Thomas, ignorándola.

–¡Thomas!

Jake se sentó, asombrado.

–¿Habla en serio? –le preguntó a su hermana–. ¿Estáis saliendo?

–Hemos salido un par de veces.

–Pero es el hermano de Mick –dijo como si eso fuera un crimen.

Thomas se rio.

–Entiendo que puedas ver eso como algo preocupante.

–¿Ah, sí? –preguntó Jake sarcásticamente–. Pues precisamente eso te convierte en una persona demasiado mayor para mi hermana.

–¿Y exactamente qué es para ti demasiado mayor? ¿Dos años de diferencia? ¿Diez? ¿Veinte? ¿Acaso sabes cuántos años tiene Thomas? ¿Te importa que después de Sam, que tenía la madurez de un mosquito, pueda querer un hombre en mi vida que sepa quién es y lo que quiere?

–Solo me preocupo por ti, hermanita. Sé que llevas mucho tiempo sola y más todavía desde que Jenny se ha ido a la universidad, pero no quiero que nadie se aproveche de tu vulnerabilidad.

Ella se acercó y lo abrazó.

–Nadie en el mundo podría haber sido mejor hermano que tú, pero es hora de que empiece a vivir mi vida, Jake. Puedo tomar mis propias decisiones sobre lo que me conviene.

–¿Y crees que Thomas te conviene? –le preguntó con escepticismo.

–Aún no lo sé –miró a los azules ojos de Thomas–. Pero quiero descubrirlo.

–Y te aseguro, Jake, que no estoy jugando a nada. No sé adónde llegará esto, pero tu hermana es la primera mujer en mucho tiempo que me ha hecho querer algo más en mi vida. Créeme, me lo he pensado mucho antes de pedirle una cita. Nadie comprende las complicaciones familiares mejor que yo. Tendremos a algunas personas de nuestro lado y a muchas otras escépticas como tú, pero creo que nos merecemos intentarlo, ¿no crees?

Jake parecía dudoso.

–Te aseguro que mis intenciones para con tu hermana son de lo más honorables. Haré todo lo que pueda para no hacer nada que pueda hacerle daño.

–¿Quieres esto? –le preguntó Jake a su hermana.

–Lo quiero.

–De acuerdo –dijo aunque no muy contento–. Me reservaré mi opinión –y miró a Thomas–. Pero si le haces daño…

Thomas asintió.

–Entendido. Tendré que vigilarme las espaldas.

–No las espaldas. Me verás venir.

Connie vio la mirada de entendimiento que se lanzaron los dos hombres más importantes de su vida y en cierto modo quiso sacudir la cabeza con exasperación, aunque por otro lado se sintió feliz. Esa posible confrontación había salido mejor de lo que se había esperado, así que si podían pasar el filtro de los O'Brien la mitad de bien, tal vez podrían lograr que lo que tenían durara.

Will llegó al hotel alrededor de las dos y se encontró a Jess caminando de un lado a otro, furiosa.

–¿Llego en mal momento?

–Llegas tarde.

–¿Cómo puedo haber llegado tarde? Ni siquiera fijamos

una hora –le recordó–. Te dije que me pasaría y que tomaríamos un helado o un café –una probablemente inapropiada sonrisa se dibujó en sus labios–. ¿Me has echado de menos?

–No. Creía que me habías dejado plantada porque Mack y Jack te habían convencido de que soy una mala apuesta.

–Nadie podría convencerme de eso –le aseguró.

–Pero lo han intentado, ¿verdad?

–¿De verdad quieres que diga algo que despertará mal rollo entre los tres?

Ella suspiró resignada.

–Lo sabía. Querían que te echaras atrás.

–¿No era ese el mensaje que Abby y tu familia estaban enviando también?

–Es distinto cuando viene de Jake y de Mack. No sé cómo, pero lo es.

Will contuvo las ganas de reír.

–¿Tan importante es la opinión de la gente? Estoy aquí. A menos que hayas cambiado de idea, vamos a salir –la miró fijamente–. ¿O es que tu familia te ha convencido de que es mala idea salir conmigo? ¿Te estás arrepintiendo?

Ella le lanzó una mirada cargada de exasperación.

–Oh, no les preocupo yo. Eres tú el que les preocupa. ¿No te parece irónico? Creo que todo el mundo está aliado y me resulta bastante irritante.

–Entiendo que te molestes, pero vamos a demostrarles que todos se equivocan.

–Hasta que nos hayamos fugado, nos hayamos casado y hayamos celebrado nuestro quince aniversario, creo que será imposible.

–Pues eso es lo que haremos.

Ella sonrió.

–¿Cómo puedes tener tanta fe en esto cuando yo estoy muerta de miedo?

–He tenido más tiempo que tú para acostumbrarme a la idea –le recordó–. Tenía catorce años cuando me enamoré de ti, pero ya me alcanzarás. Ahora, voto porque vayamos a tomar un helado, aunque la decisión es tuya si prefieres café o una copa.

–¿Mi voto cuenta más?

–En esta cita, sí –sonrió y le advirtió–: Pero no siempre será así. Se nos va a dar muy bien el tira y afloja.

–Nunca me ha gustado hacer concesiones.

–Aprenderás –le dijo tomándole la mano–. Es la base de toda relación con éxito.

–Soy una O'Brien. Nos gusta ganar.

–Pero las concesiones pueden ir acompañadas de buenas recompensas.

–¿Como por ejemplo?

–La primera vez que transijas, te lo demostraré –dijo guiñando un ojo.

–Estoy deseándolo.

Jess no se quedó muy convencida con el tema de las concesiones, pero tuvo que admitir que pasar la tarde con Will había sido mucho más divertido de lo esperado y en ningún momento le preocupó que él pudiera estar analizando cada palabra que le dijera.

Al final, cuando dijo que tenía que volver al hotel, Will la sorprendió preguntándole si necesitaba ayuda.

–¿Para hacer qué?

Él se encogió de hombros.

–Lo que necesites. No se me da mal la cocina, si necesitan ayuda ahí, o podría servir mesas o sentar a la gente.

Ella lo miró atónita.

–¿Por qué ibas a hacer eso?

–¿De verdad tienes que preguntarlo? Quiero pasar más tiempo contigo. El hotel te importa, así que tiene sentido que quiera comprender cómo funciona. Y me gusta asaltar esa gran nevera contigo. Pensé que podríamos hacerlo otra vez cuando el restaurante cierre esta noche.

–¿Andas detrás de una comida gratis? –bromeó–. ¿Es por eso? Creía que estabas haciéndote rico con tu trabajo en Almuerzo junto a la bahía.

–Incluso sin la promesa de más de esa increíble comida de Gail, querría estar a tu lado. Tú eres lo que me atrae, Jess. Solo tú.

Ella se quedó asombrada ante la sinceridad de su voz.

–Entonces, sin duda, ven conmigo y quédate todo el tiempo que quieras. Encontraré alguna tarea que darte.

Pero lo que más le gustaba a Jess era la inesperada imagen que tenía de lo que podía deparar el resto de la noche.

Mick no estaba satisfecho del todo con el modo en que habían dejado las cosas con Jess esa mañana. Se había molestado solo porque la familia había mostrado un poco de interés en su relación con Will; tendrían que haberse imaginado que no le habría hecho gracia, pero solo lo habían hecho porque se preocupaban. ¿Por qué no era su hija capaz de verlo?

Después de la cena, le dijo a Megan:

–Estoy un poco nervioso. Creo que iré a dar un paseo. No tardaré mucho.

Megan levantó la mirada de su libro.

–¿No estarás pensando en ir al hotel, verdad?

–¿Y qué tiene de malo pasar a ver a mi hija para asegurarme de que todo marcha bien por allí?

Su mujer se rio.

–¡Como si a ti te importara la eficiencia de la gerencia del hotel! ¿No te das cuenta de que enfadarás a Jess si entras ahí con más preguntas sobre Will? Creo que ya ha tenido bastante por hoy.

–Sé cómo tratar a Jess –dijo, sabiendo que no era cierto. Ella era la más sensible y susceptible de todos sus hijos. Si había tenido problemas para comprender la timidez de Bree, más le había costado asimilar las dificultades de Jess.

Había perdido la paciencia demasiadas veces cuando debería haber sido compasivo y haberla apoyado. Durante un tiempo había pensado que el diagnóstico de déficit de atención no eran más que tonterías, un intento de justificar que era una pésima estudiante. Le había llevado demasiado tiempo aceptar que era un desorden real que podría afectarla durante el resto de su vida. Se odiaba por toda la presión a la que había sometido a su hija ante una cosa sobre la que ella no había tenido control.

Ahora tenía la oportunidad de compensarla por todo ello y quería que supiera que tenía su apoyo en todo lo que hiciera. Si eso suponía entrometerse y asegurarse de que las cosas con Will salían bien, tal y como ella quería, pues lo haría, aunque dudaba que su hija se lo agradeciera.

Vio que Megan estaba mirándolo exasperada.

—Irás te diga lo que te diga, ¿verdad?

—Sí. La única pregunta es si quieres venir conmigo.

—Bueno, alguien tiene que impedir que empeores las cosas —dijo con un suspiro y soltando el libro—. Vamos.

Él sonrió.

—Puedes quedarte en segundo plano, si quieres. No tienes que decir nada.

—Lo haré —respondió y sonrió—. Al menos, hasta que tenga que salvarte de ti mismo.

La admiración de Will hacia Jess había aumentado mil veces durante el curso de la noche. Pareció crecerse ante las minicrisis que surgieron en la cocina y a la hora de tratar con las exigencias de ciertos clientes. Parecía estar en todas partes al mismo tiempo, charlando con un huésped, llenando un vaso de agua, incluso limpiando alguna que otra mesa. Él había estado ayudando siempre que ella se lo había pedido e incluso había recibido órdenes de Ronnie en la cocina, el mismo chico que hacía unas semanas había estado a punto de ser despedido. Conocía la historia del joven

y se preguntó si él también sería un caso de déficit de atención no diagnosticado. Al igual que Jess, ahora que había
encontrado su lugar en la cocina, parecía estar creciendo y
realizándose. En alguna ocasión había oído que varios
chefs tenían síndrome de déficit de atención, pero que tra-
bajaban muy bien metidos en el caos de la cocina de un
restaurante.

Ahora que el último cliente estaba tomando su postre,
Gail y Ronnie estaban limpiando la cocina, se estaban reco-
giendo las mesas del comedor y Jess estaba en recepción
contando las ganancias de la noche. Will se acercó.

–Se te da muy bien esto.

Ella lo miró y sonrió.

–Lo sé. Es bastante increíble cuando las cosas salen
bien y no hay contratiempos.

–¿De qué estás hablando? Esta noche ha habido varios
contratiempos, como esa mujer que protestaba con cada
plato que le servían. Le habría tirado el último a la cara. No
sé qué le has dicho, pero ha salido de aquí sonriendo.

–Oh, es la señora Timmons. Es una viuda que vive de
una pequeña pensión. No puede permitirse salir a cenar
mucho. No sé si te has fijado, pero antes de quejarse le
daba varios bocados a la comida que le llevábamos. Después, yo he ido y me he ofrecido a no cobrarle la cena, ya
que no se había quedado satisfecha con ella, y le he dado
un postre gratis además. Las dos sabemos lo que pasa,
pero ella consigue mantener intacto su orgullo y salir una
noche.

Will la miró asombrado.

–¿No sería más barato darle un vale por una cena gratis,
para que no esté pidiendo platos y luego devolviéndolos?

–Eso sería caridad y jamás lo aceptaría. Tiene que creer
que es algo que hacemos para enmendar las cosas porque
lo hemos hecho mal. No es para tanto. Me siento mal por
ella, sobre todo desde que su marido murió. Antes de eso,
él siempre era muy generoso con las propinas, así que en

cierto modo es como si estuviera devolviéndole su amabilidad con los empleados. Y sé lo mucho que a ella le gusta venir aquí. Los camareros conocen la situación e intentan ser amables con ella.

–Espero que no corra la voz sobre el truco que tiene porque todo el mundo querrá probarlo.

–Creo que todos los que tenemos restaurantes por aquí comprendemos su situación y todos hemos encontrado modos de manejar las circunstancias sin avergonzarla.

Will estaba a punto de decir algo más sobre su amabilidad cuando miró hacia la puerta y vio a Megan y a Mick.

–Oh, oh –murmuró.

Jess gruñó.

–Corre. Aún estás a tiempo de huir.

–¿Y dejarte aquí indefensa? De eso nada –se levantó y le tendió la mano a Mick–. Buenas noches, señor. ¿Cómo está? ¿Megan? –le dio un beso en la mejilla.

Megan se rio.

–¡Qué sorpresa encontrarte aquí! –dijo con inocencia.

–Seguro que sí –contestó Jess con ironía–. La verdadera sorpresa es veros a los dos por aquí a estas horas un sábado por la noche. Creía que los recién casados tendrían cosas mejores que hacer.

–Solo hemos salido a dar un paseo –dijo Mick–. Y hemos pensado que, tal vez, podríamos tomarnos una copa de vino contigo.

–¿Por qué no os doy una botella para que os la llevéis a casa? –propuso.

Pero a Mick no le hizo mucha gracia la idea.

–Will, ¿qué te parece? ¿Te quedas con nosotros a tomar algo?

–Eso tenía pensado. Jess, ¿por qué no voy a buscar un vino? Nos vemos en el salón. La última vez que he mirado, estaba vacío.

–Parece que te sientes como en casa por aquí. ¿Vienes mucho?

–Últimamente, sí –respondió Will–. Iré a por el vino. Disculpadme.

Mick lo siguió.

–Necesitarás ayuda con las copas, seguro.

Will sabía que si se lo discutía estaría malgastando saliva.

–Claro. Un par de manos extra siempre viene bien. ¿Tinto o blanco?

–Blanco está bien. Bueno… Megan y yo estábamos en Brady's la otra noche cuando Jess y tú estabais allí.

–¿Ah, sí? –dijo Will como si fuera una noticia.

–Parecía que estuvierais teniendo una cita.

–No exactamente.

–¿Qué significa eso de… no exactamente? ¿No sabes si era una cita? A mí me parece que algo así siempre está claro.

–Jess se pasó por mi consulta, estuvimos hablando un rato y decidimos salir a cenar. ¿Eso es una cita?

–Para mí, sí. ¿Cuáles son tus intenciones para con mi hija exactamente?

Will se rio.

–No ha tardado en ir al grano. Creía que intentaría engañarme para que le dijera lo que quería.

–Megan es la sutil y la discreta. Yo, si quiero saber algo, creo que lo mejor es preguntar directamente. Bueno, ¿qué está pasando entre mi hija y tú?

Will conocía las tácticas de Mick lo suficiente como para no sentirse ofendido por su actitud.

–Con el debido respeto, creo que eso es algo entre Jess y yo. Sin embargo, diré que llevo enamorado de su hija casi toda mi vida y que quiero un futuro con ella. Todo esto es un poco nuevo para Jess, así que no se sabe cómo saldrá todo. Les agradecería que nos dejaran a los dos llevar la situación a nuestra manera.

Mick se quedó sorprendido con la franqueza de Will, pero después sonrió.

–Serás bueno para ella, hijo. Solo espero que no te deje hecho polvo por el camino. Jess es impredecible.

–Es uno de sus mayores encantos.

–Ahora que sé que eres un hombre enamorado –dijo riéndose–, si necesitas ayuda para acelerar un poco las cosas, dímelo. Ella me escuchará.

–¿En serio, señor?

De nuevo, Mick se quedó sorprendido, pero sonrió.

–Parece que conoces bien a toda la familia.

–Llevo años viéndolos a todos en acción y, por si no lo he mencionado, doy las gracias por ello. Siempre me han hecho sentir bien recibido.

–Bueno, puedes contar con que eso siga así, siempre que no le hagas daño a mi niña.

–Eso es imposible, señor, al menos no intencionadamente.

–A veces las cosas que más duelen son las que no pretendíamos hacer –le recordó–. Y te lo dice un hombre que ha cometido muchos errores a lo largo de los años y que perdió a la mujer que amaba por ello. He tenido la suerte de tener una segunda oportunidad, y esta vez no la echaré a perder.

La puerta de la cocina se abrió y Megan entró con gesto de preocupación.

–Habéis tardado mucho. ¿Va todo bien?

Mick le dio una palmadita en el hombro a Will.

–Todo va genial, ¿verdad?

–Perfectamente –respondió Will–. Hemos llegado a un entendimiento.

–¿No es Jess con la que deberías llegar a un entendimiento?

–Eso es exactamente en lo que los dos nos hemos puesto de acuerdo.

–Eres un chico inteligente –dijo Megan–. No vas a dejar que este te intimide –añadió tomando del brazo a su marido.

–¿Desde cuándo intimido yo a la gente? –preguntó él indignado.

–Se te conoce por eso desde hace tiempo y se debe a tu fuerte personalidad y a tu determinación por conseguir lo que te propones. Ahora, venga, vamos a tomarnos una copa de vino con estos jovencitos y vamos a dejarlos para que puedan disfrutar del resto de la noche.

Mick se agachó y la besó antes de quitarle la botella a Will.

–Creo que me ha gustado la idea de Jess. ¿Por qué no nos llevamos esta botella y nos acurrucamos delante de la chimenea? Aún estamos de luna de miel.

Megan se sonrojó.

–Mick, nuestra luna de miel en París terminó hace meses.

–Pero eso no significa que la luna de miel haya terminado. Estoy pensando que podríamos prolongarla unos meses más, al menos. Tengo unas cuantas ideas, ya hablaremos de ellas en casa.

A Will le conmovió ver lo enamorados que estaban. Sí, habían pasado unos años malos y habían estado divorciados, pero ahora estaban juntos de nuevo y, al parecer, más felices que nunca.

–Disfruten de la noche –les gritó él, aunque dudó que lo hubieran oído.

Cuando entró en el salón, sin el vino y sin sus padres, Jess lo miró extrañada y divertida.

–¿Has perdido algo?

–A nuestra compañía. Y también se han llevado nuestro vino.

–Me parece genial. Ahora mismo un vino me dejaría dormida. ¿Qué les has dicho para librarte de ellos?

–Solo le he dicho a tu padre lo que quería oír.

–¿Quiero escuchar esto? ¿Es muy embarazoso?

–Solo estaba actuando como un buen padre. Le he dicho cuáles eran mis intenciones y que eran honorables –le guiñó un ojo–. Y que no estaba muy seguro de las tuyas.

–¡Oh, genial! –exclamó ella con indignación fingida–. ¿Así que ahora soy yo la que está intentando arrastrarte hasta una vida de pecado?

–¿Y no estás haciéndolo?

–Tal vez sí. ¿Todavía estás dispuesto?

La tentación lo recorrió ante su seria expresión y el fuego de su mirada. Se acercó, le colocó un mechón de pelo detrás de la oreja y le acarició la mejilla. Podía sentir su cálida piel, oír el latido de su corazón. Sería muy sencillo acercarse más, besarla y tomar lo que él quería... y ella deseaba.

Pero no era el momento. Aún no. Quería más que sexo. Quería una vida a su lado, pero Jess aún no estaba ahí... y no sabía si lo estaría algún día. Cuando la besó, fue en la mejilla y pudo ver decepción en su mirada, algo que le dio esperanza.

–Buenas noches, Jess.

–¿De verdad vas a marcharte a pesar de que, prácticamente, me he echado encima de ti?

–Sí. Pero para que lo sepas, hacerlo me va a matar.

Le pareció ver una sonrisa de sorpresa iluminando el rostro de Jess cuando se marchó.

Capítulo 15

El domingo, Jess estaba que echaba humo por la repentina marcha de Will la noche anterior, pero más todavía al ver que no se presentó a la comida familiar. Y no es que lo hubiera invitado específicamente, pero había dado por hecho que estaría allí. Claro que, cabía la posibilidad de que a pesar de lo que le había dicho, estuviera evitando a Mick. Buscando a alguien a quien culpar por la ausencia de Will, encontró a su padre en el despacho después de la comida y se enfrentó a él.

–¿Le dijiste a Will algo anoche para ahuyentarlo?

–¿Te dijo que lo hice? –preguntó él furioso.

–No, la verdad es que me dijo que las cosas habían ido bien, pero no ha venido, así que ha debido de pasar algo.

–Los dos os quedasteis cuando tu madre y yo nos fuimos, así que tal vez deberías pensar si tú le dijiste algo.

Frustrada, Jess se sentó frente a su padre.

–No dije nada. No discutimos. Creía que estábamos bien.

–Pues entonces todo estará bien. ¿Te dijo que fuera a venir hoy?

–No se lo pregunté.

–Pues ahí lo tienes.

–Pero casi siempre viene –protestó–. Y nunca he tenido que preguntárselo. Todo ha empezado a cambiar ahora. ¿Qué pasa?

–Mira, cariño, cuando los hombres y las mujeres empiezan a verse de un modo distinto, las cosas cambian. No puedes dar nada por sentado.

Una vez más, Jess se sintió culpable. Eso era exactamente lo que había hecho.

–Bueno, pues no debería ser así.

Mick se rio.

–Estoy de acuerdo, pero así son las cosas. De aquí en adelante, si quieres que Will esté con nosotros, probablemente tendrás que invitarlo. A menos que quieras que lo haga yo.

–Rotundamente no. Algo me dice que cuanto menos tiempo pases con Will, mejor.

–No lo presioné, si eso es lo que estás pensando –dijo indignado–. Solo le pregunté qué pasaba entre los dos y me contestó. Eso fue todo.

Jess dudaba que hubiera sido así de sencillo, por mucho que los dos lo dijeran.

–Entonces asegúrate de que sigue así, papá. Esto es entre Will y yo.

–¿Y qué haces aquí hablando conmigo de ello? Ve a hablar con él.

–Puede que lo haga –contestó Jess levantándose.

Pero cuando salió de la casa, la idea de intentar ir a ver a Will para preguntarle por qué no había ido a comer le resultó patética. No debería importar que no hubiera ido, ya se había perdido otras comidas y a ella le había dado igual. ¿Por qué ahora? ¿Por qué se estaba tomando esa ausencia de un modo tan personal?

Tal y como su padre había dicho, cuando dos personas empezaban a salir todo cambiaba y la madurez salía volando por la ventana. Era ridículo.

En lugar de ir a buscar a Will, llamó a Laila.

–¿Qué estás haciendo?

–Intentando inventarme una excusa para dejar a mi familia antes de que empiecen a interrogarme sobre por qué estoy saliendo con un hombre distinto cada pocos días en lugar de sentar cabeza.

—Queda conmigo, a mí puedes explicármelo. Voy a llamar a Connie también, hoy no ha venido a comer. Ni ella ni mi tío Thomas. O están evitándose el uno al otro o están juntos en alguna parte. Quiero saber cuál de las dos opciones es la correcta.

Laila se rio.

—Oh, genial, posibles cotilleos. ¿Dónde quedamos? Es demasiado pronto para ir a Brady's.

—¿Y el hotel? Podemos ir a pasear por la playa y pedir una pizza más tarde.

—Perfecto. Estoy allí en veinte minutos. Es lo que tardaré en escapar del proceso de inquisición que está teniendo lugar aquí.

Jess colgó y marcó el número de Connie.

—Hoy no has venido a comer. ¿Dónde estás?

—En casa.

—¿Sola?

—¿Por qué me preguntas eso? —preguntó Connie a la defensiva.

—Porque hoy el tío Thomas ha estado desaparecido en combate también. ¿Está contigo?

Connie se rio, aunque fue una risa un poco forzada.

—No, tenía un almuerzo con un comité en Annapolis.

—Qué bonito que estés al tanto de su agenda. ¿Qué vas a hacer para cenar?

Un silencio lo dijo todo.

—Oh, Dios mío, va a ir a tu casa, ¿verdad? Por eso te has quedado en casa, para prepararlo todo para su visita. ¿Esta noche es la noche?

—¿La noche de qué?

—Ya sabes, cuando los dos vais a hacer cosas feas.

—¡Qué bonita descripción! Va a venir a cenar. Ese es el plan.

—¿Y además de eso?

Connie soltó una risita nerviosa.

—Ojalá lo supiera. Estoy aterrada por lo que podría pasar después.

Parecía asustada de verdad y Jess sintió lástima por ella.

—No tiene que pasar nada más si tú no quieres.

—Lo sé. No es que esté presionándome, pero es que sé que tarde o temprano acostarme con él será el paso siguiente. ¿Y si se me ha olvidado hacerlo?

—Estoy segura de que a uno no se le olvida cómo se practica el sexo. Solo estás desentrenada, pero he oído que mi tío es muy bueno.

—¿Habláis de esas cosas en tu familia? —suspiró Connie—. Bueno, ¡cómo no! Los O'Brien no tenéis límite y esa es una de las razones por las que no sé si salir con él es buena idea.

—No te preocupes. Nunca hemos hablado abiertamente de algo tan íntimo, pero el tío Thomas tiene un largo historial de citas, así que tiene que haber alguna razón para que tantas mujeres hayan revoloteado a su alrededor.

—Oh, Dios —murmuró Connie abatida—. No necesitaba que me recordaras que voy a competir con la mitad de las mujeres solteras de Annapolis, que seguramente son mucho más sofisticadas que yo.

—¡Para ya! Todo saldrá bien. Le gustas y a ti te gusta él. Después de eso, todo fluye de manera natural, o eso me dicen.

—Espero que tengas razón —dijo Connie, pero no sonó muy convencida.

—Mira, Laila va a venir al hotel. Iba a invitarte, pero está claro que no puedes. Llama si nos necesitas e iremos allí si hace falta, ¿de acuerdo?

—Gracias. Me gustaría quedar con vosotras.

—No, claro que no. Si vienes, es que estás loca. Relájate y disfruta. Mi tío es un buen tipo y sería muy, muy, afortunado de tenerte en su vida.

Estaba sonriendo cuando colgó. Parecía que el amor estaba en el aire, al menos para una de ellas. En su caso, aún estaba por ver...

Thomas llegó a casa de Connie con flores, dulces y un libro nuevo sobre la bahía. Estaba más nervioso que antes, cuando había tenido que hablar ante un comité. A pesar de estar acostumbrado a hablar en público y de que le salía de manera natural, siempre se ponía nervioso cuando tenía que explicarles a los más importantes mecenas de la fundación por qué no habían logrado avanzar más. Lo último que la fundación podía permitirse era que sus mecenas pensaran que estaban malgastando su dinero, pero ahora mismo eso no le parecía nada comparado con tener que ver a Connie y cenar en su casa. Se sentía como un niño de nuevo... y no en el buen sentido porque él no era uno de esos hombres interesados en revivir su juventud.

Cuando sonó el timbre a la hora señalada, Connie abrió la puerta con las mejillas sonrojadas.

–¡Tengo que sacar el pollo antes de que se me queme! –anunció y salió corriendo.

Thomas la siguió hasta la cocina.

–¿Puedo ayudarte en algo? –le preguntó cuando ella se echó atrás y se chocó contra él, con la bandeja de pollo en las manos. Thomas estaba a punto de sujetarla cuando le gritó:

–¡No! Está caliente –prácticamente la dejó caer sobre la encimera y suspiró aliviada antes de girarse hacia él–. Lo siento. La idea era tenerlo todo más preparado para cuando llegaras.

Él soltó los regalos que le había llevado y la agarró por los hombros.

–No pasa nada, estamos bien. No tenemos que estar nerviosos por nada –era increíble, pero el obvio ataque de nervios de Connie lo había calmado a él.

–Pero casi he echado a perder el pollo –protestó–. Debo

de haberlo cocinado cientos de veces y jamás lo había tostado ni un poco más de la cuenta.

–El pollo no está quemado.

–Tal vez no, pero estará más seco que una piedra.

–Pues lo ablandaremos con jugo de carne –dijo y vio una expresión de pánico.

–¡He olvidado el jugo de carne! ¿Pero qué me pasa? Nadie sirve puré de patatas sin jugo de carne.

Thomas contuvo las ganas de reír, pero la miró y la besó lentamente. La sintió suspirar contra sus labios y relajarse en sus brazos. Cuando se apartó, ella parecía asombrada, pero mucho más feliz y tan dulcemente vulnerable que se le encogió el corazón.

–¿Mejor?

–Mucho, gracias.

–Besarte ha sido un placer. Es más, creo que voy a volver a hacerlo.

Ella esbozó una amplia sonrisa.

–Ojalá lo hagas.

Y eso hizo él.

Un par de horas más tarde, sin que hubieran podido salvar ni un poco de la cena, pidieron pizza. Thomas le aseguró que era la mejor cena que recordaba porque el aperitivo había sido absolutamente increíble…

Animada por la conversación con Laila y calmada por el largo paseo por la playa y un par de copas de vino, Jess levantó el teléfono y llamó a Will el domingo por la noche.

–Hoy te he echado de menos en la comida.

–¿Ah, sí?

Casi podía ver la sonrisa en su rostro.

–Sí. ¿Dónde estabas?

–Intentando ponerme al día con papeleo de Almuerzo junto a la bahía. Está abrumándome.

–Tal vez deberías contratar a alguien para que te ayude.

–Yo puedo con ello.

–No, si para ello tienes que saltarte comidas y no, si quieres cortejarme como me merezco.

Su comentario, al parecer, lo dejó sin palabras.

–¿Will?

–Estoy aquí.

–Pues tal vez deberías estar aquí.

–Jess, ¿qué te ha pasado?

–Nada. Bueno, un par de copas de vino, pero eso no es lo que me hace estar tan atrevida.

–¿Entonces qué?

–Que he decidido ir detrás de lo que quiero.

–¿Y me quieres a mí? ¿Estás segura?

–Esta noche sí.

–¿Y mañana? ¿O pasado mañana?

–Lo siento. Ahora mismo no puedo mirar tan al futuro.

–Y yo no puedo vivir solo el momento. Lo quiero todo, Jess. No un par de horas a la noche.

–Sabía que sería un riesgo. Eres muy difícil de seducir.

–No. Solo tienes que descubrir las palabras mágicas.

Jess pensó en ello. Sabía cuáles eran las palabras que quería oír, las mismas palabras que querían oír la mayoría de las mujeres, un simple «te quiero». Pero ella no había llegado a ese punto todavía y no sabía si llegaría nunca. ¿Cómo podía garantizarle un «para siempre» cuando ni siquiera podía garantizarle dos horas?

–Sé qué palabras son, pero no puedo decirlas.

–Lo sé, cielo. Las dirás cuando llegue el momento.

–Pero, ¿y si no llega nunca?

–Ahí estás, infravalorándote como siempre.

–Estoy siendo realista. No se me da bien mantener las cosas.

–Pues tienes un negocio que dice lo contrario –le recordó–. Deja de presionarte, Jess. Soy un hombre paciente y me gusta lo que está pasando entre los dos.

–Pero va demasiado lento.

Will se rio.

–Deberías verlo desde mi punto de vista: va lentísimo. Pero merecerá la pena, cuento con ello.

–O eres el hombre más asombroso que he conocido nunca o eres el que está más loco.

–Dejémoslo en «asombroso». Dulces sueños. Hasta mañana.

–¿Cuándo?

–Creo que te sorprenderé.

Ella maldijo entre murmullos y él se rio.

–Creo que añadiré «irritante» a la lista –apuntó exasperada.

–¿Qué lista?

–La que tengo sobre ti.

–Al menos, por fin, has descubierto que estoy vivo. Lo consideraré un avance.

Colgó antes de que ella pudiera maldecir de nuevo y después pensó en la conversación y comenzó a reír. Ese hombre sí que sabía mantenerla en su sitio y tal vez eso era lo que había necesitado toda su vida.

El lunes fue un mal día para Will. Una paciente suya tenía una crisis y todo lo demás tuvo que quedar en segundo plano. Canceló las citas de la tarde y se dirigió al hospital, donde la mujer había ingresado por voluntad propia, pero del que ahora quería salir. Estaba armando tal escándalo que los empleados le suplicaron que intentara calmarla. De camino allí llamó a Bree.

–Necesito que me saques de un apuro. Jess espera que pase por el hotel y, si no lo hago, se va a pensar que me he echado atrás –le dijo después de explicarle lo sucedido durante el día.

–¿Por qué me llamas a mí y no a ella?

–Porque tú tienes flores. Muchas flores. Y quiero algo que la deje sin aliento.

—Ah, entonces quieres la disculpa especial. No hay problema.

—¿Recibes esta clase de llamadas muchas veces? —le preguntó sorprendido.

—Más de lo que te imaginas. Tengo algo para cada ocasión cuando una docena de rosas no funciona.

—Tal vez eso sería excesivo dadas las circunstancias. ¿Qué te parece algo clásico y romántico?

—Puedo hacerlo, sin duda.

—¿Algo único para Jess?

—Así que lo vuestro va en serio…

—Eso espero. ¿Alguna objeción?

—Por mi parte, ninguna. Adoro a mi hermana, aunque Jake está un poco preocupado.

—Eso me ha dicho. Ya le he dicho que no se meta.

—Al parecer, eso se lo han dicho mucho últimamente.

—¿Quién, además de yo, le ha dicho que no se meta en sus asuntos?

—Connie. Parece que está saliendo con Thomas y a Jake casi le dio un infarto cuando se enteró.

—Me lo imagino. Thomas es… ¿diez años mayor?

—Algo así.

—No me extraña que ella haya dejado de aceptar las citas que estaba enviándole —murmuró imaginándose a Connie y a Thomas juntos. Ya había visto señales en el festival—. Podría funcionar. Connie necesita un hombre que sepa quién es, que sea formal y que pueda ofrecerle todo lo que se merece.

—Así lo veo yo también, pero me preocupa lo que pasará cuando mi padre se entere. Por ser la hermana de Jake, a pesar de que ella es más mayor, seguro que acusa a Thomas de asaltacunas y dejan de hablarse otra vez.

—Les encanta discutir, yo no me preocuparía demasiado.

—Pero no quiero que mi padre haga que Thomas o Connie se sientan incómodos.

—Ahora mismo creo que está ocupado intentando manejarnos a Jess y a mí.

–Oh, créeme, puede con todos a la vez. Antes ha estado aquí discutiéndome que el parque del bebé debería estar delante, donde le da más luz. Y me ha dicho que tenía que ponerle a la niña un jersey más grueso y que tendría que empezar a tomar sólidos porque cree que está demasiado delgada.

Will se rio.

–Puede resultar exasperante, pero al menos Mick es un padre y un abuelo implicado. Recuerdo una época en la que todos os quejabais del tiempo que pasaba fuera y de lo poco que sabía de vuestras vidas.

Bree suspiró.

–Sí, creo que esto entra en la categoría del «ten cuidado con lo que deseas».

–Mira, tengo que correr para llegar al hospital antes de que mi paciente logre darse de alta. ¿Te ocuparás de las flores?

–Hecho. Y también escribiré una nota cursilona.

–Tal vez las notas cursilonas deberías dejármelas a mí. Tú limítate al «con cariño, Will».

–Confía en mí. Vas a necesitar más que eso para que Jess deje de enfadarse porque faltes a una cita.

–No teníamos una cita, solo planes provisionales –aunque recordó cómo Jess había convertido eso mismo en un auténtico compromiso unos días antes–. No importa. Ponte cursilona. Gracias, Bree.

–De nada.

Will esperaba que no tuvieran que sacarlo de un apuro muchas veces más, pero dada la impredecible naturaleza de su trabajo, era lo más probable. Se preguntó si Jess sería capaz de aceptarlo y, si no podía, ¿qué pasaría con el futuro que quería compartir con ella?

Cansada de esperar a un hombre que, claramente, había olvidado que había prometido ir a verla, Jess subió al ático para seguir con la limpieza. Laila había prometido encargarse del papeleo del préstamo a finales de semana y, después de eso, Mick podría empezar con la reforma.

Furiosa con Will, aunque sabía que probablemente estaba siendo ridícula, metió cosas en bolsas de basura sin fijarse en que algunas podían conservarse.

Cuando finalmente oyó pisadas por las escaleras, miró hacia la puerta esperando encontrarse allí a Will. Pero era su hermana con un pequeño ramo de lirios en un elegante y caro jarrón de cristal.

–¿Por qué estás armando tanto escándalo aquí arriba? –le preguntó Bree y sonrió–. ¿Es que estás disgustada porque Will no ha venido?

–¿Qué te hace pensar eso? –preguntó irritada–. Me importa un bledo Will.

–¿En serio? Entonces, ¿por qué estás enfadada?

–Por la vida. Por los hombres. No sé… –dijo con un suspiro. Vio las flores. Siempre le habían encantado los lirios. Su madre había tenido en el jardín y, cuando se marchó, Jess había esperado a que florecieran cada primavera esperando que trajeran consigo a su madre de vuelta–. ¿De dónde los has sacado? Es difícil conseguir lirios en esta época del año.

–Pero son tus favoritos y resulta que yo tengo una floristería, así que cuando un cliente llama y pide algo especial para mi hermana pequeña, sé qué le gustaría.

Jess contuvo el aliento.

–¿Quién ha llamado?

–Will, por supuesto. Al parecer, tiene una paciente con una crisis y ha tenido que ir al hospital. No quería que pensaras que se había olvidado de ti, pero claro, eso es exactamente lo que has pensado, ¿verdad?

Jess asintió, agarrando las flores y oliéndolas. Cuando alzó la mirada, tenía lágrimas en los ojos.

–¿Ey, estás bien? –preguntó Bree preocupada–. ¿De pronto odias los lirios por alguna razón?

-No, es solo que siempre me recuerdan a mamá. Solía recogerlos en primavera y los metía en casa por si ella volvía.

-Oh, cielo, no me he dado cuenta de que te entristecerían tanto. Lo siento.

-No, no siempre me ponen triste. También me alegran y me hacen sentirme unida a ella porque sabía lo mucho que le gustaban. Has sido muy dulce al pensar en ellos y Will ha sido muy dulce al pensar en enviarme flores. ¿Hay tarjeta?

Bree se sacó una del bolsillo y se la dio. En el interior había una simple poesía que la hizo reír.

-¿Lo has escrito tú, verdad? Will jamás escribiría algo tan pésimo.

-¿Cómo lo sabes? -preguntó Bree indignada-. A lo mejor sí lo haría.

Jess se levantó y abrazó a su hermana.

-Gracias por intentar hacerme sentir mejor. ¿Por qué no me ha llamado y me ha dicho que no podía venir?

-Creo que pensaba que un gesto como el de enviar flores diría más. Está claro que ese chico está loco por ti y, lo más importante, creo que sabe cómo piensas. Estabas aquí arriba pensando que te había dejado plantada, ¿verdad?

Jess asintió tímidamente.

-Es una locura, lo sé. No teníamos ningún plan específico.

-¿No crees que esa reacción por tu parte puede tener que ver con el hecho de que mamá nos abandonara? Si nuestra propia madre pudo hacerlo, ¿por qué no lo iba a hacer cualquier otro?

-Exacto. Y durante mucho tiempo me he culpado a mí misma, creía que se fue porque yo le suponía demasiados problemas.

-No lo sabía. Debería haberme dado cuenta.

-¿Por qué? No eres mucho mayor que yo, también eras una niña. Abby y la abuela sí lo sabían.

–¿Y papá?

Jess negó con la cabeza.

–No, a menos que se lo dijera la abuela. Estaba tan hundido que seguro que no era consciente de lo dolidos que estábamos los demás.

Bree se sentó en el suelo.

–Sabes que no todo el mundo se va, ¿verdad? Confío en Jake con todo mi corazón, y lo mismo opino de Trace. Abby estará con él el resto de su vida –miró a Jess–. Y creo que Will entra en esa misma categoría. Es uno de esos hombres que están con su pareja para siempre.

Jess sonrió.

–Yo también lo creo –admitió–. Pero, ¿y si yo no soy una de esas mujeres? Sé que a Jake, a Mack y a la mitad de la gente que nos conoce les preocupa eso. Incluso Connor y Kevin, que me conocen mejor, tienen sus dudas.

–Todos se preocupan por nada –le aseguró Bree–. Te tomarás tu tiempo, pero una vez que te decidas, ya sea con Will o con cualquier otro hombre, te quedarás a su lado. Personalmente, creo que será Will. Vi algo en tus ojos cuando hablabas de él el otro día y es la misma mirada que tiene Abby cuando habla de Trace, o Kevin cuando habla de Shanna, o de Connor cuando mira a Heather, o incluso de mamá y papá cuando se ven. Will es tu hombre, cielo. Pero espera a estar segura y no te alejes porque tengas miedo.

Jess suspiró.

–Es demasiado tarde. No creo que pudiera, aunque quisiera.

Capítulo 16

Después de que Bree se hubiera marchado, Jess puso las flores de Will en la mesilla de noche junto a su cama para que fueran lo primero que viera en cuanto abriera los ojos por la mañana. El adorable aroma llenaba la habitación y removía sus sentidos, además de remover una especie de reacción sentimental que nunca antes había experimentado.

Mientras había estado trabajando en el ático, la tarde se había vuelto fría y lluviosa y, aunque no sabía a qué hora llegaría Will a casa después de ocuparse de su paciente, sintió una inesperada necesidad de estar allí esperándolo. Movida por un impulso, agarró el bolso y el chubasquero, y bajó a la cocina.

–Gail, ¿queda algo de sopa? –le preguntó, ya con la nevera abierta.

–He congelado un poco de la sopa de verduras que hice. ¿Quieres que la descongele?

Jess negó con la cabeza. Un día como ese pedía la sopa de patata de la abuela y tal vez una barra de pan crujiente.

–Pero sí que hay pan, ¿verdad?

–Recién sacado del horno. He hecho unas barras de más por si te apetecía para esta noche y lo que quede vendrá bien para las tostadas del desayuno.

–Eres fabulosa. Gracias. ¿Puedes envolverme una barra? –y después llamó a su abuela–. Hola, abuela.

–Hola. Supongo que tienes antojo de sopa.

De nuevo, Jess se quedó asombrada por la intuición de su abuela.

–¿Cómo lo sabías? ¿Es que ahora lees la mente?

Su abuela se rio.

–No, aunque algunos dicen que mi madre tenía el don de la clarividencia. En mi caso, solo se trata de lo mucho que conozco a mis nietos. Siempre que los días se ponían así, tú eras la primera olfateando por la cocina y preguntando si había hecho sopa de patata.

–¿Y la has hecho?

–Por supuesto. No podía defraudarte, ¿verdad? Pásate por aquí y nos la tomaremos juntas. Me encantaría tener tu compañía.

Jess se sonrojó por lo culpable que se sentía.

–¿Te importaría mucho si me la llevara? Había pensado llevarla a casa de Will, pero me quedaré contigo mientras tú te tomas la tuya.

–De acuerdo –dijo la abuela sin un ápice de resentimiento en la voz. Se conformaba con ver a sus nietos y nunca los juzgaba por el mucho o poco rato que iban a visitarla–. Ahora nos vemos. Conduce con cuidado.

–Sí. Hasta ahora –dijo y agarró otra barra de pan y unas cuantas galletas de Gail para su abuela antes de salir.

–No soy tu chef personal, ¿sabes? –le gritó Gail fingiendo exasperación.

–Eres más que eso –le respondió Jess riendo–. Gracias. Eres un ángel. ¡No me extraña que a nuestros clientes les encantes!

Cuando llegó a la casa de su abuela, se puso la capucha del chubasquero y corrió hacia la puerta. Estaba abierta y Nell la esperaba con una toalla.

–Toma, sécate y siéntate frente al fuego. Voy a comer aquí. Es mucho más agradable que la cocina.

–He traído pan y galletas hechos por Gail.

–Maravilloso. Su pan es perfecto para acompañar la

sopa. ¿Seguro que no quieres comer un poco antes de ir a casa de Will?

—No, esperaré —dijo y se sentó en el sofá cubriéndose las piernas con una manta—. Qué a gusto se está. La noche se está poniendo cada vez peor.

—He oído que podría nevar durante la noche, así que ten cuidado con la carretera.

—Tendré cuidado —le prometió Jess mirándola fijamente. Desde que Megan y Mick se habían vuelto a casar y la abuela había vuelto a su casita, tenía mejor aspecto. Su vida social había mejorado mucho y ahora que estaba libre del cuidado de una casa enorme y de sus nietos, parecía más llena de vitalidad.

—¿Cómo te encuentras?

—Perfecta ahora que no os tengo a los cinco dándome problemas. Ya les he pasado esas preocupaciones a tus padres.

Jess sonrió.

—No puedes romper un viejo hábito tan rápidamente, abuela. Siempre te preocuparás por nosotros.

—Oh, supongo que pienso en vosotros de vez en cuando —admitió—. ¡Ah! Gané cincuenta dólares en el bingo la otra noche. Estuve a punto de llevarme el premio gordo, solo me faltaba un número, pero la madre de Heather me lo arrebató.

—Había olvidado que Bridget había venido desde Ohio de visita.

—Echaba de menos a su nieto. Se unió mucho a él cuando estuvo viviendo con Heather. Tengo la sensación de que cuando su marido se jubile, se mudarán aquí.

Jess se quedó sorprendida.

—Por lo que me había contado Heather, creía que iban a divorciarse.

—Es lo curioso de las bodas. Hacen que la gente se fije en lo que tiene en su vida y lo que les importa. Creo que cuando Heather y Connor se casaron, eso les pasó a los Donovan. Bridget parece mucho más feliz ahora. Bueno, y ahora háblame de Will y de ti. Imagino que ya os habéis decidido a daros una oportunidad.

–No hay mucho que contar –respondió Jess encogiéndose de hombros y no del todo cómoda hablando de ese tema con su abuela, a pesar de que le había pedido consejo hacía unas semanas–. Estamos pasando más tiempo juntos, pero yo todavía estoy un poco predispuesta a juzgarlo y a sacar conclusiones demasiado rápido.

–Una vieja costumbre –dijo la abuela–. Aprendiste a proteger tus sentimientos siendo muy pequeña.

–Y aún me cuesta creer en la gente, incluido Will.

–Pero, aun así, esta noche vas a ir a su casa con una sopa. Eso lo hace una mujer que se está permitiendo empezar a creer.

–Sí. Siento algo por él, pero no sé cuánto. Creo que mucho, pero no me fío de mí misma tampoco. He estado con otros hombres antes y los he dejado en cuanto he perdido interés. Con la mayoría no me importó mucho hacerlo, pero en el caso de Will no quiero hacerle daño.

–Es un hombre adulto que se conoce a sí mismo y, lo más importante, que te conoce a ti.

–Creo que me hago una idea de las ventajas que tiene eso –dijo Jess mirando el reloj.

–Vete –le contestó la abuela sonriendo ante su impaciencia–. Ya te he puesto la sopa en un recipiente. Está en una bolsita encima de la mesa de la cocina. Dale recuerdos de mi parte a Will.

–No sé si llamar primero para ver si ya está en casa, aunque quería darle una sorpresa.

–Una sorpresa sería un gesto muy agradable. Seguro que te lo agradecería. Arriésgate. De eso se trata la vida, de correr riesgos.

Jess sonrió mientras abrazaba a su abuela.

–Eres una vieja romántica, ¿eh?

–He tenido mis momentos –le respondió Nell guiñándole un ojo–. ¿Quién sabe? Puede que alguno de estos días tenga más. Sigo amenazando con echarme novio y tu padre se pone como loco cuando lo menciono.

—¡Pobre papá!

La abuela se rio.

—Pero merecería la pena solo por ver cómo llevaría que yo saliera con hombres, ¿verdad?

—Y tanto. Tal vez si lo haces pronto, así tendrá alguien más en quien centrarse y nos dejará tranquilos a Will y a mí.

—Eres una soñadora, niña.

—Sí, seguramente. Te quiero. Nos vemos el domingo, si no antes.

—Yo también te quiero, cariño. Pásalo bien.

—Eso espero —dijo. Y, en efecto, tenía las expectativas muy altas, más que nunca.

Will no estaba seguro de qué era peor, si intentar convencer a su paciente de que se quedara en el hospital para que la evaluaran y la trataran o el camino de vuelta a Chesapeake Shores bajo una incesante lluvia. Lo único que sabía era que se sintió de lo más aliviado cuando por fin entró en el aparcamiento de su edificio, abrió la puerta y entró al calor del vestíbulo, donde recogió el correo y subió las escaleras a su apartamento.

Al girarse hacia el rellano, vio a Jess sentada con una bolsa. Estaba apoyada contra la pared y parecía medio dormida, lo cual no era de extrañar, ya que eran más de las once.

—Vaya, ¡qué agradable visión!

Ella parpadeó y una lenta sonrisa se dibujó en su cara.

—Ya era hora de que llegaras a casa. Estaba a punto de perder la esperanza, pensé que pasarías la noche en el hospital.

—Ha sido un día horrible y muy largo. Vamos. ¿Qué llevas en la bolsa?

–La sopa de patata de la abuela y una barra del pan que ha hecho hoy Gail.

–¡Eres una diosa!

–Creo que son la abuela y Gail las que merecen llevarse el mérito, pero gracias. Habrá que calentar la sopa porque llevo aquí un buen rato. Quería darte una sorpresa.

–Pues lo has conseguido. Vamos dentro. Si has estado esperándome para comer, debes de estar hambrienta.

–¿Seguro que no estás demasiado cansado para tener compañía?

–Nunca estaré demasiado cansado para estar contigo –soltó el maletín y la chaqueta sobre una silla y tomó el abrigo de Jess–. ¿Te importaría mucho si me diera una ducha?

–Adelante. Iré calentando la sopa y el pan.

Él le dio un beso en la mejilla.

–Como te he dicho, ¡una diosa! Te veo en unos minutos.

–Tómate el tiempo que necesites.

Mientras se encontraba bajo el chorro del agua pensó en lo que había supuesto encontrarse a Jess en su puerta al final de un largo y duro día. No sabía qué la había llevado hasta allí, pero la inesperada visita lo había cargado de energía, como si lo hubiera rejuvenecido, y la ducha remató el trabajo. Cuando entró en la cocina con unos vaqueros y un jersey limpios, el aroma a sopa y a pan lo hicieron detenerse en seco y olfatear el aire. Al abrir los ojos, Jess estaba sonriendo.

–Ten cuidado o voy a pensar que estás más interesado en esta comida que en mí.

La rodeó por la cintura mientras ella removía la sopa.

–Ahora mismo he de decir que tendría que echarlo a cara o cruz.

–Muy bonito decir eso cuando estás intentando ganarte mi corazón –lo acusó, pero con un intenso brillo en la mirada–. Entonces, ¿no te ha importado que te diera esta sorpresa?

–Claro que no. Ha sido la mejor parte del día por ahora.

–¿Por ahora?

–Bueno, haberte encontrado en mi puerta a estas horas de la noche ha despertado unas interesantes posibilidades, sobre todo teniendo en cuenta que no pienso dejarte marchar con este tiempo. Estaba empezando a granizar.

–Ya. ¿Es muy cómodo ese sofá?

–Yo jamás permitiría que un invitado durmiera en el sofá –protestó sonriéndole.

–Lo preguntaba por ti. No me gustaría que te levantaras con un tirón en el cuello.

Will se rio.

–Supongo que aún nos quedan unas duras negociaciones que hacer antes de que termine la noche, así que será mejor que primero me des de comer.

Encontró una botella de vino y sirvió dos copas, mientras Jess ponía dos cuencos de humeante sopa sobre la mesa de la cocina junto con unas rebanadas de pan crujiente y mucha mantequilla. Él le retiró la silla y se sentó frente a ella. Alzó su copa.

–Por ti. Gracias por ser justo lo que necesitaba esta noche.

Jess sonrió con las mejillas sonrojadas.

–Y por ti. Los lirios que me has enviado son perfectos.

–Supongo que nos conocemos muy bien el uno al otro, ¿no? Claro que, no puedo echarme el mérito por la elección de las flores. Ha sido Bree.

–Pero tú sabías qué pensaría y que por eso necesitabas enviarme algo para recordarme que no te habías olvidado de mí. Ha sido un gesto muy dulce, Will. No sabes cuánto ha supuesto para mí.

Will la miró a los ojos.

–Dime en qué estabas pensando antes de recibirlas.

–Exactamente lo que creías, que me habías dejado plantada.

–¿Cómo puedo demostrarte que eso nunca pasará?

—Supongo que llevará tiempo y práctica. Durante toda mi vida, la gente que me rodeaba se ha ido. Mi madre se fue y también mi padre. Incluso Abby, Bree, Kevin y Connor, todos me dejaron sola.

—¿Alguna vez has pensado que, al menos en el caso de tus hermanos, no es que ellos se fueran dejándote atrás, sino que tú fuiste la que eligió quedarse?

—¿No es lo mismo? Se fueron y yo me quedé aquí.

—Por elección, Jess. Si hubieras querido marcharte de Chesapeake Shores podrías haberlo hecho, pero elegiste ir a la universidad local y quisiste regentar el hotel incluso desde antes de comprarlo. Este pueblo siempre ha sido parte de ti. Me pregunto si no querrías construir aquí la casa que habías deseado de niña. También creo que te quedaste por tu padre. Sabías lo mucho que significaba para él construir este lugar y creo que pensaste que quedándote le demostrarías lo mucho que lo quieres.

Lo miró pensativa.

—Jamás se me había ocurrido, pero podrías tener razón. Por cierto, ¿cómo sabías que había querido tener el hotel desde hacía tanto tiempo?

—No me hizo falta investigar mucho para saberlo. Pasaba mucho tiempo contigo, ¿lo recuerdas? Connor, tú y yo paseábamos por la playa y tú mirabas el hotel siempre con esa expresión en la cara y decías que algún día sería tuyo.

La asombró que lo recordara y él sonrió ante su reacción.

—No hay mucho de lo que decías o hacías que no pueda recordar.

—¿Cómo he sido tan poco consciente de tus sentimientos durante todos estos años? Lo siento.

—No lo sientas. Por entonces no te habría dicho nada. Sabía que tenías muchas cosas por hacer antes de estar preparada para mí, aunque me aterrorizaba que todo eso pasara antes de que yo volviera de estudiar.

–Entonces supongo que es bueno que me haya llevado mi tiempo madurar –dijo con una sonrisa–. Ahora ya lo tengo todo claro, Will. O eso creo.

–¿Qué significa?

–Quiero que me hagas el amor esta noche –le dijo en voz baja–. No se trata solo de sexo, sino de que quiero dar ese paso. Creo que lo necesitamos. Quiero decir, sería una locura enamorarnos y después ver que en la cama somos totalmente incompatibles, ¿no?

Will se rio.

–¿Así que sería un test práctico?

–Algo parecido –no dejaba de mirarlo–. Por favor.

Will tenía muchas objeciones, pero también tenía el mismo deseo de tomarla en sus brazos, un deseo con el que llevaba años conviviendo. No creía que pudiera negarlo otra vez más, no teniéndola ahí mirándolo de ese modo.

–¿Estás segura, Jess? ¿Segura del todo? No quiero que esto sea más que un experimento.

–No lo será –le aseguró con solemnidad–. Estoy cien por cien segura.

–Sabes que, después de esto, no habrá forma de que te deje escapar.

–Me lo imaginaba –respondió ella sorprendentemente contenta.

Él alargó la mano y le acarició la boca con un dedo.

–No estoy de broma, Jess. Para mí después de esto no habría vuelta atrás. Te daré todo el tiempo que necesites, pero serás mía.

Por un instante, ella pareció dudar un poco por su vehemencia, pero después suspiró.

–De acuerdo. Estoy lista. Más que lista, de hecho. Últimamente es lo único en lo que he podido pensar, en estar los dos juntos, en cómo sería.

Will se levantó lentamente, la tomó en sus brazos y se dirigió a su dormitorio, agradecido de haber tenido la precaución de estirar la cama antes de irse y de haber recogido la ropa sucia. Había dejado encendida una suave luz en su cómoda.

Jess se acurrucó contra su pecho como si lo hubieran hecho miles de veces y él sintió su sonrisa contra la curva de su cuello cuando ella vio la enorme cama.

–Debería habérmelo imaginado.

–Estaba pensando por adelantado. Pero, para que lo sepas, esta cama resulta horriblemente grande y solitaria cuando no hay nadie con quien compartirla.

Sin embargo, esa noche tenía intención de utilizar cada centímetro de esa cama.

En cierto modo, Jess había sabido cuando había ido a casa de Will esa noche que existía una posibilidad de que acabaran ahí, en su cama. Por supuesto, él se había opuesto rotundamente en el pasado, tanto que no había estado segura de poder persuadirlo de que había llegado el momento. Ese hombre tenía una habilidad asombrosa para resistir a la tentación.

Apartó las sábanas, la posó sobre las sábanas color crema y suaves como la seda, y se tendió a su lado. Le rozó la mejilla al apartarle un mechón de la cara.

–¿Te he dicho ya lo preciosa que eres? –le preguntó casi sin aliento.

Ella sonrió.

–La verdad es que no.

–Pues permite que cambie eso ahora mismo –le respondió con una sonrisa–. Tienes la cara más asombrosamente expresiva que he visto nunca, los ojos tan azules como la bahía en un día de verano y una melena que parece iluminada por el sol.

–No está mal para ser un tipo que escribe una poesía espantosa –murmuró.

–¿Poesía?

–Venía con las flores.

Él se rio.

–Ah, el poema romántico y cursilón que Bree insistió en que era necesario. No estaba muy bien, ¿no? ¡Menuda escritora está hecha!

–Lo intentó. No es Elizabeth Barrett Browning pero fue muy dulce que la dejaras probar.

–Lo que hiciera falta con tal de hacerte sonreír.

La invadió un agradable escalofrío junto con un deseo que la asombró por su intensidad.

–Em, Will, ¿vamos a empezar? Es que estoy poniéndome un poco nerviosa.

Él se rio.

–Estaba tomándome mi tiempo cortejándote.

–Ahora mismo no necesito que me cortejes. Lo que necesito es sentir tus labios y tu cuerpo sobre los míos.

Suspiró de placer cuando él cubrió su boca con la suya y coló una mano bajo su camisa para acariciar sus pechos.

–Mejor –murmuró ella contra sus labios antes de gemir cuando sus manos se deslizaron por sus caderas y sus muslos, le bajaron la cremallera de los vaqueros y se colaron dentro–. ¡Oh, madre mía!

Él la trató con máximo cuidado y atención, como si estuviera tocando con delicadeza las cuerdas de una adorada guitarra.

–No tenía ni idea –susurró ella contra su cuello cuando Will acarició la zona más íntima de su cuerpo. Tal vez era cierto que no era virgen, pero estaba claro que nunca la habían tratado con tanta delicadeza y ternura.

Ella hizo intención de tocarlo, pero él le apartó las manos.

–Ahora nos centramos en ti –le dijo buscando modos de complacerla hasta que ella gimió y perdió el control aferrándose a sus hombros y dejándose llevar por las sensaciones.

Will estaba sonriendo cuando, finalmente, abrió los ojos y respiró hondo.

–Ahora vamos a ver qué pasa cuando hagamos este via-
jecito los dos juntos –bromeó Will quitándose el jersey y
dejando que Jess le quitara el cinturón y le bajara la cremallera de los vaqueros.

Se quitó los zapatos y los pantalones y, con cuidado, la
tendió bajo él. No dejó de mirarla mientras se adentraba en
ella y la llevaba a un lugar donde ella nunca antes había estado y con alguien con quien jamás se habría imaginado
que pudiera encontrar esa magia.

Fue otra cosa más en la que Will había tenido razón,
otro ejemplo de cuánto la conocía, más que ella a sí misma:
esa noche la había hecho suya.

La mañana llegó demasiado pronto para Will. De haber
sido por él, no habría salido de la cama en una semana, o
tal vez un mes, aunque dado el estado de su nevera de soltero dudaba que Jess o él hubieran aguantado tanto tiempo
allí metidos.

Se giró y observó a la mujer que tenía a su lado. Estaba
durmiendo boca arriba con los brazos extendidos y las sábanas por la cintura. Resistirse al deseo de acariciarla y
despertarla para tomarla de nuevo con la luz del sol colán-
dose por la ventana fue más duro que nada que hubiera hecho nunca.

Se conformó con darle un beso en la frente y salió de la
cama para darse una ducha. Se había vestido y había puesto
una cafetera de descafeinado cuando la oyó moverse. Sirvió
dos tazas y las llevó a la habitación.

–Me preguntaba adónde te habrías ido. Es café –sacudió
los dedos–. Dame, por favor.

Will se rio.

–Me gusta saber cuáles son tus prioridades por las mañanas. He hecho descafeinado especialmente para ti, pero
si quieres comer algo, me temo que tendremos que ir a
Sally's.

Jess lo miró por encima de la taza.

–¿Por qué eso me suena a desafío?

Will se encogió de hombros.

–Seguramente lo haya sido. Supongo que me pregunto cuánto estás dispuesta a dejar que la gente hable de nosotros. ¿Estás preparada para despertar especulaciones?

–¿Tú estás preparado de verdad para enfrentarte a los cotilleos?

–No me molestarán.

–Pero, ¿qué le decimos a la gente?

–No creo que tengamos que decir nada. Sacarán sus propias conclusiones al vernos juntos, pero no tenemos ni que confirmar ni que negar nada.

–Supongo que los que me preocupan son mi familia, además de Jake y Mack. Ninguno sabe guardarse sus opiniones y ya han sido bastante expresivos con las dudas que tienen sobre nosotros. Al menos, algunos lo han hecho.

–Entonces, no quieres ir a Sally's –dijo intentando ocultar lo desmoralizado que se había quedado–. Vale, depende de ti.

Jess le agarró la mano.

–Por favor, no te pongas así. No me avergüenza lo que ha pasado aquí anoche y espero que sea el comienzo de algo, Will, de verdad que sí. Pero hasta que estemos seguros, tal vez lo mejor sería…

–Mantenerlo en secreto. Lo entiendo.

Y lo entendía. Pero eso no significaba que no le doliera.

Capítulo 17

Will no sabía por qué le había sorprendido tanto la reticencia de Jess para ir a Sally's. Aunque ella había iniciado lo que había sucedido entre ellos la noche antes, era evidente que aún tenía reservas sobre verlos como pareja. Debería haber dormido en el sofá; no quería una noche increíble a su lado en su cama, quería todo un futuro. Se lo había dejado bien claro, y aun así, ella no parecía asumirlo.

—Se te ve desolado —dijo Connor cuando se sentó frente a él—. ¿Problemas?

—Nada sobre lo que quiera hablar —de toda la gente que podía presentarse allí esa mañana, ¿por qué tenía que ser el hermano de Jess? No pensaba hablar del tema con Connor.

—¿Qué ha hecho mi hermana ahora?

—¿Quién ha dicho que tenga algo que ver con tu hermana?

—Según la abuela, Jess fue a tu casa anoche para darte una sorpresa con la cena. Llevo toda la noche llamándola para ver si había llegado bien a casa, pero no me ha contestado, así que supongo que se quedó a dormir contigo.

—¿Es que en este pueblo no se pueden tener secretos? —no le extrañaba que Jess no hubiera querido ir con él esa mañana y darle al pueblo más cotilleos de los que hablar.

Connor se rio.

—En mi familia, no, eso seguro. ¿Habéis discutido? —le preguntó ahora más serio y atento.

-No.

-No me digas que anoche fue un desastre. Ya me entiendes…

-Te entiendo -dijo Will indignado-, y no fue un desastre. Ni mucho menos. Y es lo último que voy a comentar sobre el tema.

-Me parece bien. No estoy tan ansioso por conocer la vida sexual de mi hermana, si quieres que te diga la verdad.

-Entonces, ¿por qué preguntas?

Connor se encogió de hombros.

-Sentía que tenía que hacerlo. Así que si todo va bien en ese apartado, ¿por qué tienes cara de haber perdido a tu mejor amiga?

Will estaba perdiendo la paciencia y la conversación estaba resultándole totalmente incómoda.

-¿Podemos dejarlo, por favor?

Pero su súplica cayó en oídos sordos.

-Deja que adivine… Los dos pasasteis la noche juntos y Jess salió corriendo esta mañana.

Will evitó mirarlo.

-De verdad que no quiero hablar de esto contigo, Connor. ¿Cómo tengo que decirlo para que lo entiendas?

-¿Con quién mejor que conmigo para hablar de ello? Nadie comprende a Jess como yo. Ella es así, colega. Mete un dedo en la piscina y sale corriendo antes de arriesgarse a ahogarse.

-Bonita metáfora. ¿Y alguna idea sobre cómo puedo solucionar eso?

-Se paciente con ella. Sigue viéndola. Deja que sepa que no vas a ir a ninguna parte. Tendrás que seguir haciéndolo hasta que te crea, pero será un hueso duro de roer.

-Sí, está obsesionada con eso de que la gente se vaya y la abandone, pero lo entiendo. Sin embargo, no estoy seguro de que haya tiempo suficiente o paciencia para convencerla de que no voy a abandonarla.

-Espero que te equivoques con eso. Quiero que Jess

sea feliz, pero eres mi amigo y quiero que tú también seas feliz. Admitiré que fui un escéptico cuando supe que te gustaba, aunque supongo que si hay alguien que puede tratar con Jess, ese eres tú. Tienes mucha más perspicacia de la que el resto de los hombres mortales podemos imaginar.

–Ojalá me dejara acercarme –dijo dejando ver su desaliento–. No sé, Connor, pero tal vez no sé cómo actuar con ella, después de todo.

–Si vas a rendirte después de solo una noche…

–No ha sido solo una noche. Llevo años enamorado de ella.

–Pero te has acostado con ella anoche por primera vez, si no me equivoco. Vamos, tienes que saber que esto solo está empezando y solo terminará si te alejas.

Will suspiró.

–Y si lo hago, solo estaré dándole la razón a ella.

–Eso creo yo. Mándale flores.

–Ya lo he hecho –y le había supuesto una noche con Jess en su cama–. Pero entiendo lo que me dices.

–Entonces, ¿vas a seguir con esto?

Will sonrió, resignado.

–Claro. Tu trabajo aquí ha terminado.

Connor se rio.

–¿Qué clase de tarifa estableces para esta clase de asesoramiento? ¿Debería enviarte una factura?

–Te invito a desayunar. Si el consejo funciona, puede que incluso acabe invitándote a champán.

–Me conformo.

Cuando se hubo ido, Will miró el reloj. Tenía menos de una hora antes de recibir al primer paciente del día. Era suficiente para ir a Ethel's Emporium. A la mayoría de las mujeres se las podía cautivar con los mejores bombones, pero sabía que a Jess lo que le gustaba eran los caramelos antiguos, los que le habían negado de niña por temor a que contribuyera a su hiperactividad. Como resultado, los había deseado aún más y se había escapado a Ethel's cada vez que le habían dado la paga.

Eligió un colorido cubo de playa de metal y le pidió a Ethel que lo rellenara con una variedad de caramelos, que le pusiera un gran lazo y que se lo entregara en el hotel, si era posible. Ethel enarcó las cejas.

—¿Jess y tú?

Will asintió.

—Jess y yo.

—Bien, lo haré.

—No se lo cuentes a nadie, ¿de acuerdo?

—¿El mejor cotilleo que tengo en semanas y me pides que no lo cuente?

—Sí.

—Bueno, tratándose de ti, lo haré. ¿Quieres que le ponga una nota?

Will sacó una tarjeta y garabateó algo por detrás.

—Esta vez nada de poemas cursis, solo amor.

Por supuesto, Ethel la leyó y se rio.

—Funcionará.

—Me alegra mucho que me des tu aprobación —dijo él secamente.

—Alguien tiene que daros la bendición. Seguro que habrá muchos que estén dudando sobre vuestra relación.

Will suspiró. Sí que los había, incluyendo a la mujer en cuestión.

Jess estaba sentada en la cocina del hotel con una taza de descafeinado delante junto con una porción de queso danés que había logrado hacer migajas. Aún seguía enfadada consigo misma por haber dejado así a Will; había estado a punto de presentarse en Sally's, pero en el último momento había visto el coche de Connor aparcado en la calle y se había acobardado. Desde entonces, no había parado de reprenderse por su cobardía.

Gail entró, se quitó el abrigo y lo colgó en la percha.

–¿Qué te pasa?

–Nada.

Gail se sirvió una taza de café e hizo una mueca de disgusto al dar un sorbo.

–Si vas a hacer café en mi cocina, ¿podrías intentar no echarlo a perder? ¿Y si un huésped lo prueba?

–Aún no hay ninguno levantado –señaló la gran cafetera que utilizaban para los clientes–. Tu juguetito está intacto, así que, úsalo. Y si tanto odias mi café, no lo bebas.

–Estoy falta de cafeína y me he arriesgado pensando que podrías haberte despistado y haber hecho café de verdad.

Aunque ya estaba preparándolo todo para el menú del desayuno y no dejaba de moverse por la cocina, miraba continuamente en dirección a Jess. Al rato, con la máquina de café despidiendo un delicioso aroma, una montaña de huevos listos junto al fuego, y beicon y salchichas en la parrilla, se preparó una segunda taza de café y se sentó delante de Jess.

–De acuerdo, van a abordarme con un montón de desayunos de un momento a otro, así que date prisa. ¿Qué pasó entre Will y tú anoche para que tengas esa cara? ¿Te tuviste que ir de su casa sin que te diera lo que habías ido a buscar?

–Qué bien sabes elegir las palabras, es encantador.

–Me gusta ir al grano, es una de las cualidades que aprecias en mí –dijo Gail con una sonrisa.

–Esta mañana no tanto.

–Estás perdiendo tiempo, preciosa. El beicon está crepitando. Tengo que volver ahí, así que habla.

–De acuerdo. Lo de anoche fue genial, pero esta mañana lo he estropeado todo.

–¿Cómo?

–No yendo con Will a Sally's.

Gail se rio.

–¿Y quién podría culparte?

–Seguro que Will sí. Parecía muy decepcionado conmigo, Gail, y me he sentido fatal. Prácticamente le he dicho que me avergonzaba demasiado de nuestra relación como para dejar que nadie se enterara de ella. ¿Y sabes lo que es peor? Que he ido hasta allí con la intención de entrar y arreglar las cosas, pero me he asustado porque he visto el coche de mi hermano.

En esa ocasión, Gail no se rio ni sonrió.

–Tengo que preguntarte esto: ¿De verdad te preocupa tanto lo que la gente, o más específicamente tu familia, piense? ¿O es algo que haces siempre? ¿Empiezas a salir con alguien, te asustas cuando las emociones son demasiadas, y después te inventas una excusa para poder salir corriendo o para invitar a la otra persona a abandonarte?

Jess odió la recreación que hizo de la situación, pero tuvo que admitir que Gail había dado en el clavo. ¿Era eso lo que había hecho esa mañana? ¿Había evitado intencionadamente ir a Sally's sabiendo que heriría los sentimientos de Will y, por lo tanto, que estaría retándolo a abandonar la relación?

Gimió y hundió la cara en las manos.

–Soy un desastre con estas cosas. Parece que tengo quince años en lugar de treinta, es patético.

–Sí que lo es –dijo Gail con delicadeza–. Tal vez esta vez hayas empezado a pensar seriamente en hacer un cambio.

–Es irónico que la persona mejor cualificada para decirme cómo hacerlo sea Will. ¿No sería el colmo? «Ey, Will, ¿puedes ayudarme a encontrar un modo de dejar de estropear mi vida?».

Gail no se rio.

–Sé que estás de broma, pero tal vez no sea una idea tan terrible.

–No pienso acudir a Will para que me asesore. ¿No crees que sería poco ético que después saliera conmigo?

–Es interesante que perder a Will como cita sea lo primero que se te haya ocurrido, pero tienes que hacer algo antes de seguir cometiendo el mismo error una y otra vez.

–Sé que tienes razón, de verdad que sí.

Justo en ese momento, Ronnie asomó la cabeza.

–¿Ha terminado la charla de chicas? Hay gente en el comedor esperando el desayuno.

Gail miró a Jess.

–¿Estarás bien?

–Claro –respondió inyectando un tono alegre en su voz–. Estaré bien.

Ronnie entró.

–Esto ha llegado hace unos minutos. Puede que la anime –dijo sacando el cubo de caramelos.

Ella comenzó a sonreír antes de mirar la tarjeta. Solo una persona podía haber elegido un regalo tan perfecto para ella.

–¿Will? –preguntó Gail.

Jess asintió y se rio al leer la tarjeta.

–Parece que esta mañana no lo has estropeado todo tanto, después de todo –comentó Gail–. Las segundas oportunidades no se tienen todos los días, preciosa. Aprovéchala.

Y eso era exactamente lo que pretendía hacer, por muy difícil que le resultara.

Thomas había logrado superar veinticuatro horas enteras sin hablar con Connie, pero tenía que admitir que no le había gustado. Lo había convertido en una especie de prueba para él, para ver si sus sentimientos hacia ella se enfriarían al poner un poco de distancia entre los dos. Sin embargo, había sido un ejercicio en vano porque no había podido dejar de pensar en ella.

No sabía por qué lo atraía tanto, no se parecía a ninguna de sus esposas. Era una madre soltera fuerte e independiente que se alejaba mucho de las sofisticadas mujeres con las que había tenido relaciones en el pasado.

Aunque no había tenido hijos, sí que había sido un gran observador de las familias de sus hermanos y sabía el trabajo que suponía ser un padre fuerte y luchador, aunque nunca lo hubiera experimentado por sí mismo. Admiraba la dedicación de Connie y cómo había criado a su hija sola. Por supuesto, había tenido a Jake a su lado, pero no había duda de que ella era la única responsable de la estupenda jovencita en que se había convertido Jenny.

Connie era una madraza y su casa así lo atestiguaba. Era la casa en la que ella había crecido y estaba llena de toques cálidos que la convertían en un verdadero hogar. Probablemente nunca había pedido comida para llevar, al menos no más allá de una pizza. Era algo que se preguntaba, ya que el otro día le había costado mucho encontrar el número de teléfono de la pizzería en Chesapeake Shores. Él, por ejemplo, tenía el número de la más cercana a su casa grabado en el teléfono.

—Odio interrumpir tu ensoñación —le dijo su secretaria cuando entró en su despacho—, pero tu hermano está aquí. ¿Le digo que pase? Tienes media hora antes de tu próxima cita.

—¿Mick está aquí? —preguntó sorprendido.

—Ha dicho que tenía algo importante que hablar contigo.

—Pues dile que pase —contestó Thomas recostándose en su silla. Mick solo había ido a verlo al despacho en una ocasión, para pedirle consejo sobre Megan, y eso ya le había sorprendido bastante. Estaba deseando oír lo que su hermano tenía que decirle ahora.

Mick entró con el ceño fruncido y Thomas se incorporó.

—¿Hay algún problema? ¿Está bien mamá?

—Mamá está genial, aunque creo que quiere que me dé a la bebida, porque no deja de hacer comentarios sobre echarse novio.

—¿Mamá quiere salir con alguien?

—Eso dice. Sinceramente, creo que lo hace para que me suba la tensión.

–Seguro que le vendría bien –dijo Thomas pensativo una vez superó el impacto inicial–. Estaba acostumbrada a que sus días se vieran ocupados con tu familia, y seguro que ahora se aburre mucho.

–No he venido aquí para hablar de mamá y sus citas, tengo algo que decirte sobre las tuyas.

–Ve con cuidado, hermano. Estás entrando en territorio peligroso. Mi vida social no es de tu incumbencia.

–Lo es cuando he oído que estás a punto de quedar como un idiota con una chica que es lo suficientemente joven como para ser tu hija, una chica que es parte de la familia.

Thomas suspiró.

–Así que te has enterado de lo que tengo con Connie.

–Sí. ¿Qué tienes que decir al respecto?

–No pienso defenderme ante ti, si eso es lo que esperas. Connie no es tan joven como para poder haber sido mi hija, ni siquiera aunque hubiera sido un chico precoz. Y es lo suficientemente mayor como para saber lo que quiere. Los dos nos hemos metido en esto con los ojos bien abiertos.

–¿Esto? ¿Qué es «esto» exactamente?

–Una relación.

–Entonces es verdad. ¿Estáis teniendo un romance? –preguntó incrédulo–. ¿En qué demonios estás pensando?

–En que me hace feliz. Y, gracias a Dios, parece que yo también la hago feliz a ella.

–¿Y qué pasa con Jake? ¿Cómo le sentará que estés aprovechándote de su hermana mayor?

–Nadie se está aprovechando de nadie. Eso puedo asegurártelo. Y en cuanto a Jake, nos hemos mirado a los ojos y hemos llegado a un entendimiento, así que supongo que el problema eres tú y no él.

–¿Y qué si lo es? Me parece que esto está mal. ¿Es que no puedes verlo?

–Lo que veo es que esto no es asunto tuyo. Connie y yo estamos siendo discretos.

–¿Y por qué? Te diré por qué. Porque incluso tú sabes que deberías estar avergonzado de ti mismo. Te da miedo que mamá se entere de esto y que le dé un ataque.

Thomas se levantó y dio un puñetazo a la mesa.

–¡Ya es suficiente, Mick! Puede que seas mi hermano mayor, pero no dejaré que nadie convierta esto en una relación escandalosa y sórdida. Nadie respeta y admira a esa mujer tanto como yo y no dejaré que insultes a Connie ni que me insultes a mí sugiriendo que lo que hemos encontrado juntos es sórdido. Y deja a mamá fuera de esto. Lo único que ha querido siempre para todos es que fuéramos felices.

–Si tan seguro estás de que no hay nada malo en lo que estás haciendo, entonces ¿por qué no lo habéis contado? No has llevado a Connie a la comida del domingo, ¿verdad?

–Porque esta es exactamente la clase de reacción que intentaba evitar. No dejaré que avergoncéis a Connie, Mick, y al parecer ese es el único comportamiento que puedo esperar de ti.

Por un momento, Mick pareció atónito por su vehemencia.

–¿De verdad te importa? ¿En serio?

–Cada vez más –dijo Thomas sorprendiéndose a sí mismo.

Mick asintió lentamente, como si estuviera absorbiendo la información.

–Entiendo.

–¿Sí? Eso espero porque creía que por fin tú y yo estábamos haciendo progresos a la hora de arreglar nuestra situación. Odiaría ver que volvemos a perderla, aunque solo sea por el bien de mamá. Por cierto, ¿cómo te has enterado de todo esto? Creo que está claro que Jake no te lo ha contado.

–Oí a Connor y a Kevin hablando –admitió–. No podía creer lo que estaba oyendo, así que decidí que tenía que venir a oírlo directamente de ti.

–Bueno, supongo que debería estar agradecido de que hayas venido directamente a mí en lugar de hablar de ello con toda la familia. Una vez que los O'Brien al completo empiecen a diseccionar noticias, Connie podría asustarse y salir corriendo.

–No imagino que saliera corriendo si le pusieras un anillo en el dedo.

–¿Un anillo de compromiso? –esa idea tan inesperada no lo inquietó tanto como debería haberlo hecho.

–O podrías pasar directamente a un anillo de boda. No es que seáis muy jóvenes. Los dos podríais tener un hijo, si os dais prisa y os ponéis manos a la obra.

–Gracias por la sugerencia –le dijo con el gesto torcido.

–Solo digo que…

–Sé lo que dices –dijo impaciente–, pero creo que Connie y yo tendremos que decidir el camino que ha de seguir esta relación.

–Como quieras. La traerás a comer el domingo –dijo como si hubieran llegado a esa conclusión–. Cuenta esto. Connie se merece esa franqueza, sobre todo cuando se trata de tu familia.

Thomas no podía negárselo, pero tenía miedo de que ella rechazara la invitación y saliera corriendo, aunque no podría culparla por ello. A él tampoco le apetecía mucho.

–Tal vez.

–Este domingo, o hablaré con mamá. Imagino que te echará una buena bronca sobre cómo mostrarle respeto a una mujer que a todos nos importa mucho.

Eso era lo último que Thomas quería.

–Allí estaremos.

O eso o tendrían que mudarse a Tahití unos cuantos meses donde no hubiera O'Brien a la vista.

–Tienes que estar de broma –dijo Connie cuando Thomas la llamó para decirle que tenían una cita obligada el domingo.

–Iba a decírtelo el viernes cuando fuera a verte, pero tenía la sensación de que necesitarías tiempo para hacerte a la idea. O para huir del país.

–No, lo que pasa es que no querías decírmelo cuando yo tuviera a mano una sartén de hierro fundido.

Él se rio.

–Eso también.

–Thomas, ¿es esto lo que quieres de verdad? ¿Estamos listos para hacerlo público?

–Creo que no tenemos elección. La mitad de la familia ya lo sabe y ahora que Mick lo sabe, los demás no tardarán mucho en enterarse. No quiero que nadie piense que nos avergonzamos de lo que tenemos. Adoro lo que nos está pasando.

–Yo también, pero no hemos definido lo que es. Tal vez no es más que una aventura pasajera –dijo conteniendo el aliento y deseando que él lo negara.

–Connie Collins, ¿es eso lo que crees de verdad? –le preguntó indignado–. No eres la clase de mujer que tiene aventuras y seguro que sabes que te respeto demasiado como para eso.

Aliviada por su vehemencia, se permitió sonreír.

–Esperaba que te sintieras así, pero una nunca sabe…

–¿Por mi reputación?

–Llevas tiempo siendo soltero y tal vez ese es el estilo de vida que te gusta. Por lo que sé, yo podría ser solo un coqueteo para no aburrirte.

–Rotundamente no. Además, soy penoso como soltero. Me gustaba estar casado, aunque tampoco se me daba muy bien.

–Las mujeres equivocadas.

–Tal vez. O podría haber sido yo. El jurado aún está deliberándolo.

–Yo lo sé. Solo llevamos juntos, oficialmente juntos, un par de semanas, y ya he visto la clase de hombre que eres. Has estado tratándome como cualquier mujer quiere que la traten.

–¿Como una reina?

–No, como una pareja de verdad. No me gusta acostarme contigo únicamente, Thomas. Me gusta el modo en que me hablas, en que compartes conmigo lo que pasa en tu vida, el modo en que me pides opinión y parece importarte lo que digo. Eso supone un cambio de lo más refrescante para mí. Quiero decir, Jake me escucha de vez en cuando, pero mi ex marido nunca lo hizo y Jenny es una adolescente. Apenas escucha a nadie.

–Bueno, yo siempre te escucharé porque eres inteligente y valoro mucho tus opiniones. Creo que formamos un buen equipo.

Connie suspiró.

–Yo también.

–Entonces, ¿te armarás de valor y vendrás a la comida del domingo conmigo?

–Podríamos quedar allí directamente –sugirió no muy segura de por qué la idea de cruzar la puerta con él delante de todas las miradas expectantes de la familia la aterrorizaba–. O podría ir con Jake, Bree y la bebé. Así, si las cosas salen bien, podría marcharme contigo.

–De ninguna manera. Lo haremos juntos, mano a mano. De lo contrario, me entrará el miedo.

Ella se rio.

–Como si eso fuera a pasar. Creo que estás ansioso por restregarles esto por la cara.

–En absoluto. Estoy ansioso por mostrarles que soy el hombre más afortunado de la zona.

Connie contuvo las lágrimas.

–A veces dices cosas muy dulces.

–¿Te he hecho llorar? –preguntó preocupado.

–Solo por la mejor razón posible. Me haces sentir la mujer más afortunada, no solo del pueblo, sino de toda la costa Este.

Y eso nunca, nunca, lo había hecho nadie antes. Se olvidaría de los entrometidos O'Brien. Sería capaz de enfrentarse a todo un batallón por ese hombre.

Capítulo 18

Cuando Will salió de su consulta después de haber visto a su último paciente, vio a Jess apoyada contra su coche en el aparcamiento. Alzó la mano en un tímido saludo y la dejó caer. Se acercó lentamente, intentando no sacar ninguna conclusión precipitada sobre su presencia allí.

—¿Qué te trae por aquí?

—He venido a darte las gracias y a hacer las paces.

Él no fingió no entenderla.

—¿Te apetece ir a cenar? Así tendrás tiempo para arrastrarte.

Ella sonrió.

—¿Quién está hablando de arrastrarse?

—Creo que es lo único que se puede hacer dadas las circunstancias —respondió con solemnidad.

—Supongo que eso lo discutiremos en la cena. No se me da bien eso de arrastrarme. Decir lo siento ya me cuesta bastante, va contra mi naturaleza admitir que me he equivocado.

—¿Tienes idea de por qué lo sientes? —le preguntó con curiosidad.

—Absolutamente.

–De acuerdo, entonces, eso también puedes decírmelo. ¿Adónde te apetece ir? ¿A Brady's?

–Creo que deberíamos reservar Brady's para las celebraciones. Ya que se trata de una penitencia, vayamos al café francés en Shore Road.

–¿En serio? –dijo Will sorprendido–. ¿Por qué allí?

–¿Alguna vez te has sentado en esas sillas? Una hora allí es suficiente castigo para cualquier crimen, excepto el asesinato. Deberías oír lo que dice mi padre, es bastante explícito. Aunque ahora es el restaurante favorito de mi madre desde que pasaron la luna de miel en París. El hecho de que vaya allí porque a ella le gusta me dice mucho sobre lo feliz que es ahora.

Will se rio.

–Estás loca.

–Por favor, no digas eso. Eres un experto y tendría que tomármelo en serio.

Él le echó un brazo sobre los hombros y la llevó hasta el asiento del copiloto. Antes de cerrar la puerta, la miró.

–Me alegra que hayas venido, Jess.

–Yo también.

–Me gustaría besarte, pero podría no ser lo más sensato teniendo en cuenta que aún no hemos llegado a lo de arrastrarse. Podría darte un mensaje equivocado.

–¿Ahora quién es el loco? –preguntó riéndose.

Diez minutos más tarde, los habían sentado en las incómodas sillas de madera y metal de la cafetería que eran demasiado pequeñas para seres humanos normales, y mucho menos para un hombre de más de un metro ochenta. Will había pedido dos copas de vino y le había echado un vistazo al menú. Al no reconocer la mitad de los platos, se decantó por una ensalada y una quiche ante la mirada divertida de Jess.

–Ey, soy un hombre de verdad. Comer quiche no me asusta.

–Me alegra saberlo –dijo y pidió lo mismo.

Él estiró la pierna en un intento fútil de ponerse cómodo y miró a Jess.

–De acuerdo, cuando estés lista.

–No me lo vas a poner fácil, ¿verdad?

–¿Hay alguna razón por la que debería hacerlo?

–No, pero si estás tan enfadado conmigo, ¿por qué me has enviado caramelos?

–Para hacerte sonreír, y tal vez para que te sientas más culpable.

Ella lo miró asombrada.

–¿En serio?

–Sabía que probablemente empezarías a sentirte mal por haberte ido cinco minutos después de haberlo hecho.

–Y así fue. Y lo siento de verdad. Las mañanas de después son nuevas para mí y me entró el pánico.

–Claro que sí. El paso que dimos anoche fue uno bien grande y probablemente no ayudó mucho que te hubiera dicho que no habría vuelta atrás. Pedirte que hicieras un anuncio público yendo a Sally's fue, probablemente, nada sensato por mi parte.

–Lo que dijiste sí que me impactó durante un momento, pero esta mañana ya me había convencido de que no lo decías en serio. Los hombres decís muchas cosas en el calor del momento.

–Yo no –la miró a los ojos–. Lo decía en serio, Jess. Estoy aquí para mucho tiempo. Claro que, si me haces sentarme en estas sillas muy a menudo, puede que no sea capaz de moverme bien para volver a hacerte el amor.

–Supongo que eso es porque merecía que me torturaras por haberte tratado como lo hice, no debería haberte sometido a eso –dijo con lo que sonó como auténtico arrepentimiento. El brillo de sus ojos, sin embargo, decía lo contrario. Tal vez se había visto forzada a arrastrarse y pedir perdón, pero estaba haciéndoselo pagar a su modo. Vaciló y dijo–: No sé si me he arrastrado lo suficiente o no, pero tengo que darte las gracias por los caramelos. No solo me hicieron sonreír, sino que los caramelos de Ethel son los mejores. Me hacen sentirme como una niña, cuando tenía que esconder todas mis chucherías para que no las viera la abuela. Por lo menos ahora no tengo que comerlas a escondidas –abrió su bolso y sacó un puñado de caramelos envueltos–. Lo ves, me he traído un alijo. Si eres bueno, puede que te deje comer uno de postre.

Will se rio.

–Ni se me ocurriría quitarte uno.

Su comida llegó y, por un momento, se quedaron en silencio. Después, Will se vio obligado a preguntar:

–¿Ya te sientes mejor con la situación en la que nos encontramos?

Ella se detuvo con el tenedor a mitad de la boca.

–Aún estoy aterrada, si eso es a lo que te refieres. Nunca me he involucrado tanto con un chico.

–¿Solo los has amado y los has abandonado?

Ella asintió.

–Pero no quiero hacer eso contigo, Will. No quiero hacerte daño.

–Solo me harás daño si no eres sincera conmigo o si sales corriendo sin darnos una oportunidad real. No pasa nada por estar asustada. Esto también es territorio nuevo para mí.

Ella parecía sorprendida.

–¿En serio?

–He salido con mucha gente estos años, incluso he tenido un par de relaciones que podrían haber llegado a alguna parte, pero siempre han terminado.

–¿Por qué?

–Porque sabía que mi corazón te pertenecía –respondió sinceramente. Ella tenía que oír la verdad, y no un cuento inventado para proteger su ego–. Hasta hace unas semanas he seguido intentado encontrar a alguien que pudiera hacerme olvidarte, pero no sirvió de nada. Ahora voy tras la mujer que quiero y no voy a detenerme.

–Pero, ¿y si no puedo estar a la altura de tus expectativas?

–La única expectativa que tengo es que le des una oportunidad a algo que podría durar. Se acabó lo de huir o esconderse porque tienes miedo.

Ella asintió lentamente.

–Me parece bien –lo miró–. He ido detrás de ti esta mañana, pero solo he llegado hasta Sally's.

–¿Por qué no has entrado?

–Connor.

–¿Has visto a tu hermano conmigo?

–He visto su coche y con eso me ha bastado. No estaba preparada para enfrentarme a él, para ver cómo empezaba a encajar lo que había pasado.

–Lo sabe –dijo Will y se apresuró a añadir–: Pero no se lo he dicho yo. Se lo ha imaginado solo.

–¿Pero tú lo has confirmado?

–Sí. Es el único que me ha dicho que no me rinda.

Ella lo miró consternada.

–¿Ibas a darte por vencido solo porque no he ido contigo esta mañana? ¿Por qué?

–Por una cuestión de ego o tal vez por miedo a que nunca estés lista para una relación. Después Connor me ha hecho ver que darte la espalda ahora solo demostraría lo que tú has creído todo este tiempo, que nada dura, que todo el mundo se va y que las promesas no significan nada.

–Entiendo. Supongo que le debo una a mi hermano, después de todo. ¿Quién iba a pensar que sería Connor el que apareciera dando el consejo más útil?

–Yo habría llegado a la misma conclusión solo –le aseguró–. Ha sido un lapsus momentáneo de fe –le agarró la mano–. Después me he recordado que hay que luchar para conseguir las cosas que merecen la pena, Jess. ¿Un futuro contigo? Merece la pena hacer lo que sea por conseguirlo.

–¿Por muy problemática que sea?

Él se llevó su mano a sus labios.

–Tú jamás podrías ser demasiado problemática. No para mí.

–Eso tendré que ponerlo a prueba –le advirtió–. Probablemente una y otra vez.

Will sonrió.

–Estoy listo.

Y lo estaba. Ese día era el último que dejaría que las dudas rigieran su corazón.

Aunque Jess se sentía aliviada por haberlo aclarado todo con Will, sabía que cada día presentaría un desafío. Había pasado demasiados años dudando de sí misma como para de pronto creer que era una persona digna de amar. Además reconocía que tendría que seguir demostrándole a Will, y a sí misma, que de verdad estaba preparada para lo que fuera que el futuro podía depararles.

Aunque no veía a Will desde principios de semana, había hablado con él varias veces. Sabía que había estado mucho tiempo en el hospital con una paciente y trabajando en la Web de citas. Ella le había sugerido que contratara a alguien para que hiciera parte del trabajo, pero él insistía en que tenía que estar presente en el proceso de emparejamiento, al menos hasta que quedara satisfecho con el funcionamiento del programa.

El sábado, frustrada por no haber podido estar ni unos minutos con él, lo llamó.

–¿Dónde estás?

–En mi consulta.

–Está claro que no con un paciente, ¿verdad?

–No, estoy ocupado jugando a los casamenteros.

–Tal vez deberías estar preocupándote más de tu vida amorosa –bromeó.

–Para tratarse de una mujer que no estaba segura de querer salir conmigo, te has vuelto muy exigente –le respondió con humor.

–Nunca antes había tenido novio de verdad, al menos no de los que se declaran, ni uno que pudiera llevar a casa de mis padres. Estoy pensando que tal vez sea hora de que hagamos esto oficial delante de todos los O'Brien.

Will se quedó callado ante la sugerencia.

—¿Oficial?

Jess se rio ante el tono de asombro de su voz.

—No estoy diciendo que los sorprendamos con el anuncio de nuestro compromiso, Will, solo que vayamos juntos a comer mañana. La mayoría ya se lo imagina de todos modos, así que hagámoslo público de una vez.

—¿Sabes que eso desencadenará más presión todavía?

—He pensado en ello; se meten en todo, pero puedo soportarlo. Lo único que me importa es cómo nos sintamos los dos, ¿verdad?

—Verdad. Y si te sientes tan cómoda con como están las cosas, entonces lo de mañana me parece bien.

—¿De verdad? —ahora fue ella la sorprendida. Se había esperado que se resistiera más.

—Claro. Si estás lista para el interrogatorio, yo también lo estoy.

Ella se rio.

—La verdad es que hay una razón por la que he elegido mañana como día de nuestro debut. Habrá menos preguntas.

—¿Por qué?

—Connie y Thomas harán su primera aparición como pareja y supongo que nosotros solo estaremos de fondo.

—Eres mucho más retorcida de lo que había imaginado. Me gusta tu plan. ¿Te recojo al mediodía?

—¿Qué te parece a las once y media? No quiero perderme su llegada, por si alguien se desmaya.

—¿De verdad crees que alguien se asombrará tanto? Yo ya había oído algo. ¿Quién crees que lo sabe ya?

—Bueno, por lo que he oído, mi padre lo sabe, lo que significa que mamá también. Shanna y Heather lo han sabido casi desde el principio, incluso antes de que Thomas y Connie tuvieran que admitírselo el uno al otro. No sé con seguridad si Abby y Trace lo saben, pero lo dudo. Y seguramente tampoco lo sabe la familia del tío Jeff, a menos que Mack se lo haya contado a Susie. Supongo que la gran interrogación es la abuela.

–Me parece que se ha acostumbrado a que le den sorpresas.

–Pero siempre ha tenido malas palabras hacia el divorcio. No solo Thomas se ha divorciado dos veces, sino que Connie también es divorciada. La abuela es capaz de irse directa a la iglesia a rezar por sus almas.

–Tal vez debería advertirla, para que no la pillen desprevenida.

–Cielo, no es un secreto que te corresponda contar a ti –le recordó Will–. He visto a tu abuela llevarse muchos golpes durante los años y siempre resurge. Creo que nos sorprenderá a todos dándoles su bendición.

–¿Qué te hace decir eso?

–Tu abuela ha vivido mucho tiempo y lo ha visto casi todo y es mucho más tolerante que juiciosa, incluso cuando se trata de cosas en las que cree intensamente, como su religión.

–Podrías tener razón, pero trae unas sales aromáticas por si acaso.

Will se rio.

–Funcionará. Y si puedo quitarme de encima todas las solicitudes para el programa de citas, te llamaré después o me pasaré por el hotel. Si no, nos vemos mañana a las once y media.

–Cuento con ello.

Y cuando colgó, se dio cuenta de que era una de las pocas veces en las que había hecho algo sin ocultar una parte de sí misma por miedo a implicarse demasiado con la gente y luego ver cómo esa gente le daba la espalda.

Mick puso cara de extrañeza al ver a Will recorriendo el camino de entrada con Jess de la mano.

–Los dos os estáis volviendo muy valientes.

–Estamos trabajando en algunas cosas, así que no te metas.

Mick se rio.

–La otra noche recibí ese mensaje y, por si no me había quedado claro, tu madre ha estado repitiéndomelo a diario.

–Supongo que mamá es una buena influencia para ti. Tendré que darle las gracias.

Mick extendió la mano hacia Will.

–Me alegro de volver a verte.

Will se rio

–Yo también, señor. Ya que están sentados aquí en el porche, imagino que la atracción principal no habrá llegado aún.

–Si estás hablando de mi hermano, tienes razón –dijo Mick–. No me extrañaría que se hubiera hecho el cobarde e intentara entrar por la cocina sin verme.

–Vendrá, papá, y con Connie. Y no creo que vayan a estar escondiéndose. Espero que no les crees problemas.

–Ey, soy yo el que lo animé a ser abierto con su relación y a compartirla con todos. No hay razón para hacer sentir a esa chica como si tuvieran que ocultarla.

–¿Sabe la abuela lo que está pasando? –preguntó Jess preocupada.

Mick sacudió la cabeza.

–Estaba pensando en decírselo, pero tu madre me ha dicho que me mantenga al margen. Esa mujer no me deja meterme en nada, al menos ni la mitad de lo que me gustaría.

A Jess se le iluminó la cara.

–Pues ahora sí que tengo que darle las gracias. ¿Dónde está?

–En la cocina intentando ayudar a tu abuela. Aunque, como siempre, mamá tiene su modo de hacer las cosas. No sé lo que ha pasado con ese plan que tenían para que todos fuerais ayudando y trayendo comida los domingos, pero creo que la abuela ha vuelto a tomar las riendas. El otro día dije algo al respecto y casi me arrancó la cabeza.

–Me lo puedo imaginar. La abuela necesitaba un descanso, pero no estaba tan preparada para soltar las riendas del matriarcado de esta familia. O eso, o tal vez se ha dado cuenta de que la mayoría somos unos desastres en la cocina. Iré a ver si me deja hacer algo.

–Tú misma. Will, ¿quieres quedarte aquí conmigo en el porche? Parece que hoy estamos teniendo un día de verano indio. Quién sabe durante cuánto más podremos disfrutar del aire libre antes de que el invierno llegue para no marcharse en una buena temporada.

Se fijó en que Jess le lanzó a Will una mirada de preocupación y que estaba a punto de ir a rescatarlo, pero Will sacudió la cabeza ligeramente indicándole que no era necesario.

–Me quedaré aquí con tu padre. Ya que ha prometido que no se entrometerá, puede que le convenza para que me ayude ejerciendo de casamentero para Almuerzo junto a la bahía.

–¿Qué demonios es eso?

–Es mi servicio informático de citas –le explicó Will–. Se lo contaré, puede que tenga alguna idea sobre qué cosas añadir al test de compatibilidad.

Jess se rio al oírlo, pero Mick tuvo que admitir que estaba intrigado.

–Vete, quiero oír esto. Soy el experto en esta familia. Seguro que Will puede beneficiarse de lo que he aprendido a lo largo de los años.

–Papá, eres un metomentodo, no un experto –le corrigió Jess.

–Mira a tu alrededor, jovencita. Tus hermanos y tus hermanas están felizmente casados, ¿verdad?

–¿Y tú quieres llevarte el mérito de esos matrimonios?

–¡Por supuesto! –dijo indignado.

Jess sacudió la cabeza, pero con gesto totalmente divertido. Después, se puso de puntillas y besó a Will en la mejilla.

–Llama si necesitas que venga a rescatarte.

–No hará falta –le aseguró.

Después de que se hubiera ido, Mick se sentó en su mecedora favorita.

–Las cosas parecen ir bien entre vosotros –comentó sin ni siquiera molestarse en ocultar lo mucho que eso le complacía. Llevaba mucho tiempo preocupado por Jess, pero Will era la clase de hombre que habría elegido para su hija.

–Como dice Jess, estamos trabajando en ello. Tiene muchas cosas que superar.

–Como la marcha de su madre –dijo Mick–. Y el hecho de que yo estuviera fuera tanto tiempo.

–Eso es, exacto –respondió Will sorprendido.

–Lamento no haber estado más unido a ella por aquel entonces, ni a ninguno de mis hijos. Empeoré más su situación. Créeme, sé que es una absoluta bendición que todos me hayan perdonado.

–Pero ha avanzado mucho con Jess. Veo que está mucho más relajada con usted ahora que antes. Ya no está que salta a cada segundo ni espera que la juzgue.

–Tienes razón, pero eso no ha pasado con Megan. Pensé que cuando su madre y yo le regalamos aquella magnífica cocina para el hotel antes de que lo abriera, empezaría a hacer las paces con Megan, pero va muy despacio. Primero están bien y, al segundo, Jess se enfada con ella por lo más mínimo.

–Eso cambiará, sobre todo ahora que Megan está intentando que usted no se meta en todo. Jess se lo agradecerá.

Mick se rio.

–¿Por qué crees que se lo he dicho? Necesita ver que su madre está de su lado, que siempre lo ha estado, incluso cuando se marchó. A Megan la mató dejar a sus hijos, pero sobre todo le dolió dejar a Jess. Tenía muchos problemas entonces y ninguno sabíamos por qué. Nos llevó demasiado tiempo dar con el diagnóstico correcto, en parte porque no quería oír que a mis hijos les pasara nada. Me hacía sentir un fracaso mayor aún como padre.

–Eso pertenece al pasado, Mick, y nada de lo que usted hizo provocó ese problema. Deje de torturarse por ello. Al final, le encontró ayuda y Jess ha aprendido a manejar su síndrome sin tener que recurrir a la medicación. Personalmente, creo que fue muy sensato al probar primero otras cosas. Su caso era leve y en ocasiones los médicos se adelantan demasiado y les dan píldoras a los niños en lugar de probar con terapias alternativas. Siempre tendrá algún que otro descuido, seguro, pero fíjese en todo lo que ha conseguido. Y es incluso más impresionante por todo lo que ha tenido que superar para llegar a donde ha llegado.

–No podría estar más orgulloso y, antes de que lo preguntes, se lo he dicho. Se lo digo todo el tiempo. Rezo por que uno de estos días empiece a creerme.

–Yo espero lo mismo en lo que respecta a mis sentimientos hacia ella. No confía en mí todavía, pero no pienso moverme de su lado hasta que lo haga.

A Mick le gustó la franqueza del chico.

–Si necesitas ayuda, ¿me lo dirás?

–Será el primero.

Mick se quedó en silencio un minuto y se giró hacia Will.

–Ya basta de hablar de Jess. Háblame de eso de las citas. ¿De verdad tienes la forma de ver si la gente es compatible mediante un ordenador?

–Creo que sí. Solo llevo ofreciendo el servicio un par de meses, pero ya hemos tenido una boda, que en mi opinión creo que ha sido demasiado precipitada, pero sí que se han formado muchas otras parejas.

–¿Has apuntado a Susie? Creo que es hora de que se olvide de Mack. Ese hombre ya debería haber dado el paso.

–Susie no me ha pedido ayuda y, en cuanto a Mack, sé que está loco por ella.

–Pues tiene una forma muy extraña de demostrarlo –dijo y alzó la mirada a tiempo de ver a Connie y a Thomas caminando hacia ellos. Su hermano le susurró algo a ella que borró de su cara esa expresión de pánico que tenía. Connie sonrió y sus ojos resplandecieron.

–¿Has visto eso? Tenía mis dudas, pero parece que sí que hay algo especial entre los dos.

–A mí también me lo parece, señor.

Mick se levantó, le estrechó la mano a su hermano y besó la mejilla de Connie.

–Me alegro de que hayas venido.

–Tenía la impresión de que ha sido casi obligatorio.

Mick se rio.

–Supongo que, en cierto modo, sí. Pensé que el hecho de que vinieras con mi hermano nos demostraría que vais en serio. Pasa. Habéis llegado antes que la mayoría, así que solo tenéis que pasar el trago de decírselo a mamá.

–Creo que lo haré solo y sin que me oiga la familia, en especial tú.

Connie lo miró y vio su gesto de determinación y cómo estaba apretando la mandíbula.

–Espera, Thomas. Creía que estábamos juntos en esto.

–Y lo estamos, pero pensé que te sería más fácil si yo allanaba el camino.

–El día que me enamoré de ti, renuncié a lo fácil.

Mick la miró maravillado y le dio una palmada a su hermano en la espalda.

–Estoy empezando a darme cuenta de por qué esto funciona. Has encontrado una mujer que no se muerde la lengua.

–No, no lo hace –respondió Thomas sonriendo–. Vamos.

–He traído sales aromáticas –dijo Will y se encogió de hombros ante la expresión de asombro de Thomas–. Ha sido idea de Jess. Está en la cocina. Decidle que venga a por ellas si las necesitáis.

–Justo lo que esta familia necesita, otro listillo y metomentodo. Creía que Mick era el único que ocupaba ese territorio.

Mick se rio con ganas.

–Puede que antes sí, pero parece que la siguiente generación me está pisando los talones.

Capítulo 19

A pesar de haberse hecho la valiente ante Mick, a Connie le temblaban las rodillas según se acercaban a la cocina de Nell.

—¿Estás lista?

—Más que nunca —le respondió a Thomas con una temblorosa sonrisa.

Estaba a punto de empujar la puerta entreabierta cuando él la detuvo.

—Puede que tenga que dejar algo claro antes de que entremos.

—¿Qué es?

—Diga lo que diga mi madre, independientemente de cuál sea su reacción o sus objeciones, nada cambiará entre nosotros.

—No digas eso, Thomas. Estamos hablando de tu madre. Puede que seas un hombre adulto que lleva años viviendo su propia vida, pero sé que la opinión de Nell sigue importándote. No serías la persona que eres si no te importara.

—Puede ser, pero tú también importas.

—Lo que nosotros tenemos es nuevo y aún tenemos cosas que solucionar, pero no es una aventura pasajera. No voy a salir corriendo si existe la más mínima señal de desaprobación. Solo quiero que lo sepas.

Le acarició la mejilla y apartó la mano.

–Quiero que lo sepas –forzó una sonrisa–. Ahora, hagámoslo, antes de que me acobarde y salga corriendo.

Thomas se rio.

–Nunca has huido de un desafío en toda tu vida. Me apuesto mi cuenta bancaria.

–No estés tan seguro de que no pudiera pasar ahora. Nunca me he enfrentado a algo así. Nell es una mujer formidable.

Él sonrió.

–Estamos hablando de mamá. Apenas te llega al hombro. Puedes con ella.

–¡Como si fuera a intentarlo! –le respondió Connie horrorizada.

Thomas se rio.

–Solo digo que no hay nada que temer.

Y así, antes de que pudiera respirar hondo, él empujó la puerta y entró llevándola fuertemente de la mano. Al otro lado de la cocina, Jess les dirigía una sonrisa de apoyo.

–Hola a todos –dijo Thomas con su tono más alegre. Fue directo a su madre y la besó en la mejilla–. Mamá, tienes buen aspecto.

Nell lo miró con cierto recelo y después vio a Connie tras él.

–Imagino que habéis venido a decirme que estáis saliendo en serio.

–Sí –respondió Thomas acercando a Connie a sí–. Aunque no sé cómo lo has sabido.

–Hace mucho tiempo aprendí a ver lo que piensan y sienten mis hijos y esto llevo tiempo viéndolo claro –se giró hacia Megan–. Y de no ser así, a Megan y a Mick se les habría escapado cuando pensaban que yo no estaba prestando atención.

Megan los miró con gesto de disculpa.

–Lo siento. Por una vez pensamos que estábamos siendo discretos.

Thomas se rio.

–Mick debería haberlo sabido. Jeff, él y yo sabíamos que mamá tenía un oído y una vista sobrenaturales. Cuando éramos pequeños, nunca nos salíamos con la nuestra. Bueno, ¿y qué te parece? –dijo preguntándole a su madre–. Sé que podría parecer complicado o inapropiado porque soy unos años mayor y ya he estado casado dos veces, pero a Connie eso no parece importarle.

–Yo también tengo mi pasado –dijo brevemente antes de esperar el veredicto de Nell.

–Ya sabes lo que pienso del divorcio. Dicho eso, nunca he pensado que pudiera imponerte mi forma de pensar, Thomas. Os he criado para que penséis por vosotros mismos y para que sigáis vuestros corazones. Connie es una gran mujer. Si te hace feliz y tú haces lo mismo con ella, no tengo por qué objetar nada.

Le dio un abrazo a Connie y la besó en la mejilla.

–Llevas mucho tiempo siendo como una hija en esta casa. Espero que mi hijo legalice esa situación algún día –le apretó la mano de un modo reconfortante–. Si te da el más mínimo problema, dímelo. Puede que sea demasiado grande para enfrentarme a él, pero tengo mis formas de ponerlo firme.

Connie sintió alivio y los ojos se le llenaron de lágrimas. Estaba recibiendo mucho más apoyo del esperado.

–Muchas gracias, señora O'Brien. Lo haré.

–Ahora puedes llamarme Nell.

–No estarás aliándote con mi madre para ir contra mí, ¿verdad?

Ella se rio.

–No, siempre que no me des razones para hacerlo.

Todos se rieron y la tensión se desvaneció de la habitación.

–Sabía que eras una hermana maravillosa y una madre muy fuerte, pero parece que además eres más que capaz de manejar a un hombre como ni hijo.

–Sí que lo es –confirmó Thomas con una cálida mirada–. Ahora, si no os importa, tengo que ir a reírme un rato de Mick. Creía que esto no iba a salir muy bien.

–No irás a empezar otra de esas guerras con tu hermano, ¿verdad? –le preguntó Nell muy seria.

–No, solo voy a regodearme un poco, lo prometo –le dijo dándole un abrazo que la levantó del suelo–. Connie, ¿vienes conmigo?

–Creo que me quedaré aquí –dijo sintiéndose de nuevo en casa en esa cocina y con esas mujeres que siempre habían sido como una familia para ella y que ahora, tal vez, lo serían. Al menos, así sería si las cosas con Thomas seguían avanzando como hasta ahora.

Ver la agradable conversación entre Connie, Thomas y su abuela hizo que, de pronto, Jess deseara recibir la misma aprobación de su madre en lo que respectaba a su relación con Will y eso era algo que nunca había pensado que pudiera desear. Después de todo, había vivido sin la aprobación de Megan durante muchos años y desde el regreso de su madre, se había enorgullecido de mantener las distancias con ella. ¿Por qué iba a querer cambiar eso ahora?

Cuando Nell acogió a Connie bajo su ala y comenzó a hablarle de los ingredientes de uno de los platos favoritos de Thomas, Jess se giró impulsivamente hacia Megan.

–¿Podemos hablar?

Su madre se quedó sorprendida.

–Claro que sí. Vamos a dar un paseo, hace un día maravilloso. Nell, ¿puedes prescindir de nosotras un momento?

–Claro. Connie puede ayudarme si necesito algo, y los demás llegarán enseguida.

Una vez habían salido por la puerta de la cocina y caminaban hacia la bahía, Jess señaló la casa.

–¿Esperabas que las cosas salieran así?

–La verdad es que no, pero Nell siempre está llena de sorpresas.

–Se alegra de que últimamente haya estado viendo tanto a Will –dijo Jess sacando el tema sutilmente.

Megan sonrió.

–Todos nos alegramos. Es bueno para ti, creo. ¿Y tú qué crees?

–Durante mucho tiempo pensé que era muy irritante que me conociera y entendiera tan bien, y lo acusé de intentar analizarme todo el tiempo.

–¿Y ahora?

–Me resulta agradable estar con un hombre que de verdad me comprende.

–Sí, ¿verdad?

–¿Así es papá contigo?

Su madre se rio.

–Oh, cielo, nos ha costado años llegar hasta ese punto porque está claro que no conectábamos cuando vosotros erais pequeños. Sabes que esa es la principal razón por la que me marché, así que créeme, sé exactamente lo importante que es poder comunicarte con tu pareja y que te entienda.

–¿Y papá te entiende ahora?

–Lo intenta y no puedo pedirle más. He aprendido a decir lo que quiero y lo que pienso y eso nunca lo hacía antes. Creo que los dos hemos aprendido mucho mientras estuve fuera. Creo que maduramos de un modo que no habría sido posible si me hubiera quedado aquí y hubiéramos sido unos infelices.

Miró a Jess, le colocó un mechón de pelo detrás de la oreja en un gesto tan maternal que casi la hizo llorar, porque ese gesto de madre era algo que había anhelado terriblemente siendo niña, a pesar de los intentos bien intencionados de Abby y Nell por suplir sus carencias emocionales.

–¿Por qué estás tan pensativa hoy? ¿Van las cosas demasiado rápido con Will?

Jess la sorprendió asintiendo.

–Estamos juntos, físicamente, y es genial, pero emocionalmente me siento como si estuviera intentando ponerme a su altura. Me ha dejado claro que está enamorado de mí y que lleva años estándolo, pero yo no sé cómo actuar.

–No tienes que hacer nada para lo que no estés preparada. ¿Está presionándote de algún modo?

–No. Está siendo increíblemente paciente, pero me siento culpable de no poder confiar en él todavía. Tengo un montón de nuevos e inesperados sentimientos y no sé cómo manejarlos.

–Estás asustada… ¿de qué? ¿De que te hagan daño? ¿De que te abandonen?

Jess asintió.

–No es que no me haya pasado antes –dijo con un tono cargado inevitablemente de amargura.

–Como lo hice yo. Oh, cielo, tienes que saber lo mucho que lamento lo que pasó y el impacto que supuso para ti. Hay muchas cosas que habría deseado hacer de otra forma. Ojalá os hubiera llevado conmigo el día que me marché en lugar de esperar, porque para cuando estuve preparada para llevaros a todos a Nueva York, ni siquiera queríais hablar conmigo por teléfono. Dejé que tu padre me convenciera de que estabais mejor aquí, en un sitio familiar.

–Supongo que entiendo por qué lo hiciste, pero por entonces te odiaba. Me sentía traicionada. Solo tenía siete años y ni siquiera te despediste de mí. Dejaste que Abby nos comunicara a todos que te habías ido.

–Fue injusto para ella y para ti –admitió Megan–. He hecho todo lo que se me ha ocurrido para compensaros por ello y os diré eternamente lo mucho que lo siento si hace falta –la miró a los ojos–. ¿Será suficiente?

–No lo sé. Quiero que lo sea. Quiero dejarlo atrás para poder seguir adelante, no solo con Will, sino con todo el mundo. No estoy segura de que sea posible que una niña cierre y selle su corazón, pero creo que eso es exactamente lo que hice. Me aterroriza volver a sentirme así.

—Entonces, no confías en nadie —le dijo Menga rota de dolor.

—Al cien por cien, no. Incluso he sido algo desconfiada con mis hermanos porque ellos también se marcharon. Sí, las circunstancias no eran obviamente las mismas, pero me sentí abandonada. Les tuve rencor un tiempo, pero luego comprendí que no se lo merecían. Tenían que vivir sus vidas, igual que hiciste tú.

—Oh, cielo, no tienes ni idea de lo mal que me siento —le dijo con lágrimas en los ojos.

Jess creía que había salido ahí fuera para obtener la aprobación de su madre de su relación con Will, pero ahora veía que lo había hecho más bien para soltar todo su dolor y amargura. Desde que Megan había regresado a Chesapeake Shores, entre ellas había habido paz, pero no una reconciliación y ahora había llegado el momento de dejar atrás el pasado o aceptar que jamás compartirían un vínculo de madre-hija. Lo deseaba desesperadamente y el único modo de conseguirlo era mediante el perdón. Miró a su madre a los ojos, vio verdadero dolor en ellos y su corazón soltó la rabia que había contenido durante tantos años.

—Quiero que las cosas mejoren entre nosotras —le susurró—. Quiero recuperar a mi madre.

Megan abrió los brazos y Jess se dejó envolver por ellos.

—Estoy aquí, cielo. Estoy aquí.

Estaban llorando cuando Mick las encontró para avisarlas de que la comida del domingo ya estaba en la mesa.

—¿Va todo bien por aquí? —preguntó preocupado.

—Todo va bien —le aseguró Megan con la voz entrecortada.

Miró a Jess, pero su hija no fue capaz de articular palabra y se limitó a asentir. Mick las dejó allí y fue hacia la casa.

Jess sabía que la reconciliación sería lenta, pero había tenido un buen comienzo.

—Vaya día, ¿eh?

Megan sonrió aún con las mejillas empapadas.

–El mejor posible. Por fin siento que mi familia está completa otra vez.

Desde que se habían sentado a comer, Will había estado observando a Jess, preocupado. Ella había intentado sonreír para reconfortarlo, pero él no se había tragado esas sonrisas. En cuanto recogieron la mesa después de la comida, le agarró la mano.

–¿Qué tal si volvemos al hotel? Así puedes enseñarme los avances que ha hecho tu padre en el ático.

–Te vas a quedar asombrado –le dijo ansiosa por estar a solas con él, tanto como él por estar con ella–. Ya están hechas las ventanas y las vistas son fantásticas. Vamos.

–¿Os marcháis a hurtadillas? –les preguntó Abby al verlos salir por la puerta de la cocina.

–No. Todos están ocupados, así que nadie se dará cuenta de que nos hemos ido.

–La única razón por la que sé que os vais sin despediros es para no darles la oportunidad de preguntaros adónde vais y qué vais a hacer –bromeó Abby–. Pero como hermana mayor, es mi deber preguntar.

–Y como tu hermana independiente, te diré que no es asunto tuyo. Tienes otros hermanos a los que vigilar como la mamá gallina que siempre has sido. Ve a meterte en sus vidas.

Abby se rio.

–¿Qué voy a hacer ahora que hasta tú eres lo suficientemente mayor como para que esté diciéndote lo que tienes que hacer?

–Créeme, Caitlyn y Carrie pronto serán adolescentes, así que estarás muy ocupada con ellas.

–Ni me lo recuerdes. Menos mal que a Trace sí que lo escuchan. Ya nos consideran sus enemigos.

–Tal vez es hora de que empieces a pensar en ampliar la

familia. Sé que a Trace le encantaría tener un hijo propio, ¿no lo habéis pensado?

Abby se quedó helada.

—Ahora me toca el turno a mí de decirte que no te metas en mis asuntos.

La inesperada brusquedad de su respuesta le dijo a Jess que se había adentrado en terreno delicado.

—Will, ¿puedes esperarme fuera?

Cuando él salió sin decir nada, Jess miró a su hermana.

—¿Qué pasa?

—¿No acabo de decirte que dejes el tema?

—Sabes que nunca hago lo que me dices. Siéntate y habla conmigo. ¿Hay algún problema?

Abby se sentó, pero evitó mirar a Jess.

—No tengo problemas para quedarme embarazada, si eso es a lo que te refieres. No lo hemos intentado.

—¿Y por qué no?

—Ya sabes lo que pasó cuando tuve a las gemelas. Wes quiso que dejara el trabajo inmediatamente y que me quedara en casa.

—¿Y te asusta que Trace quiera lo mismo?

Abby asintió.

—Da igual cuántas veces me jure que eso no pasará, me aterra que una vez tengamos un bebé vaya a discutir conmigo cada día porque tengo que irme a Baltimore a trabajar. ¿Y entonces qué? ¿Empezamos a discutir todo el tiempo? ¿Acabamos divorciándonos como hicimos Wes y yo? Adoro mi trabajo y he trabajado muy duro para llegar a donde he llegado.

Jess apretó la mano de su hermana.

—Sí que lo has hecho. Pero creo que a Trace le gusta estar ejerciendo de padre de las niñas en casa. Él puede hacer su trabajo desde casa y no hay razón para que insista en que tú estés ahí también. No es Wes y las situaciones no son las mismas.

Abby sacó unos pañuelos de papel de su bolsillo y se sonó la nariz.

–Eso dice él.

–Oh, cielo, sé que yo tengo muchos problemas para confiar en la gente, pero tengo claro que Trace nunca te ha dado ni una sola razón para dudar de él.

–Yo también lo sé.

–Pues seguid hablando. No alarguéis esto hasta que sea demasiado tarde y hayáis perdido las opciones.

–Sí, mi reloj biológico está sonando con fuerza últimamente –la miró a los ojos–. Pero no puedo evitar preguntarme si tiene algo más que ver que con Wes.

–¿Como por ejemplo?

–Solo tenía diecisiete años cuando mamá se marchó y me encargué de todos vosotros. En cierto modo me siento como si no solo hubiera tenido a las gemelas, sino cuatro hijos más. Tal vez con eso ya sea suficiente.

Jess nunca se había parado a pensar en lo que habría supuesto para Abby el fuerte sentido de la responsabilidad que había tenido para con ella y sus hermanos.

–Pues tienes que hablar con Trace. Eres una madraza y Trace es un padrastro estupendo, pero los dos deberíais tener al menos un hijo juntos. Pero, oye, mi opinión no es la que cuenta.

–La verdad es que tu punto de vista me es de mucha ayuda. Trace y yo hemos hablado tanto de esto que siento que estamos dando vueltas sin llegar nunca a nada.

–Pues en ese caso añadiré una cosa más. Tal vez una vez tengáis un bebé y veáis lo bien que va todo, incluso tengáis un par más. Esa casa enorme que te compró debería estar llena de niños –acarició la mejilla de su hermana–. Y sé por experiencia la suerte que tendrían de tenerte como madre.

Abby sonrió.

–Gracias por la charla. Eres muy inteligente.

–Seguro que no estoy diciéndote nada que tu marido no te haya dicho ya. Escúchame, hermana. Trace te quiere y nunca haría nada que te alejara de tu trabajo. Sabe que forma parte de quien eres y, además, estará a tu lado cambiando pañales y demás labores paternales. Será tu compañero de equipo.

–Sé que tienes razón, es un hombre genial, pero a veces pienso en lo de Wes y...

–Créeme, te entiendo.

Abby suspiró.

–Bueno, ya has terminado tu trabajo aquí. Ve con Will y haced lo que sea que fuerais a hacer.

–No es que necesitáramos tu permiso, ¿eh? Pero gracias.

Jess encontró a Will esperando pacientemente al otro lado de la puerta de la cocina.

–¿Cuánto has oído?

Él no se molestó en intentar negar que había oído gran parte de la conversación.

–Es una situación complicada, pero le has dado un buen consejo.

–¿El mismo que le habrías dado tú?

Él sonrió.

–Muy parecido, pero a mí no me ha preguntado. Sabes aconsejar a la gente, Jess, y deberías empezar a escuchar algunos de los consejos que das, sobre todo en lo que respecta a elegir a la gente en la que puedes confiar.

–Sé que puedo confiar en ti, Will.

–Y hoy has hecho progresos con tu madre, ¿verdad? Lo he visto en vuestra cara cuando habéis entrado en casa. A ti se te veía más relajada y cada vez que Megan te miraba, parecía más feliz que nunca.

–Tuve una dura charla conmigo misma y decidí que había estado castigándola no solo a ella, sino también a mí, al contener mis emociones y no perdonarla.

–Y por eso has dejado que fluyeran.

–Sí. Y la verdad es que ha sido increíble. He tomado la decisión y todo se ha desvanecido. Seguro que no va a ser tan fácil, que aún queda camino por recorrer, pero ha sido un comienzo.

—Un gran comienzo. Uno de estos días espero que puedas hacer eso conmigo, decidir que soy un buen tipo y abrirme tu corazón.

—Tal vez intentaré tener otra de esas charlas conmigo misma y veré qué pasa. Mientras tanto, me gusta como estamos.

—¿Y cómo es eso?

—¿No lo sabes?

—Quiero oír tu interpretación.

—Juntos. Como pareja. Como amigos que encuentran el camino hacia algo más. No sé de qué otra forma expresarlo.

Él se acercó y la besó.

—Eso me sirve para empezar.

El beso, por muy casto que fue, removió algo en su interior, algo que iba más allá de la amistad.

Según se acercaban al hotel, ella lo miró de soslayo.

—Esto de la amistad… estoy pensando que tiene que tener beneficios.

—¿Ah, sí?

—¿Tú qué crees?

—Ya que me has traído hasta aquí y no he objetado, creo que el paquete de beneficio está abierto a discusión.

—Entonces, ¿no es una suerte que mi habitación esté incluso más cerca que el ático? ¿Y que tenga una cama muy cómoda?

—Una pregunta: ¿la cama es una antigüedad?

—No, ¿por qué?

—Por los muelles que chirrían.

Jess se rio.

—No importa. El último de los huéspedes se marchó hace unas horas. Si cambiamos de opinión y decidimos hacer el amor en las escaleras, nadie se escandalizará por nuestro comportamiento.

–¿La escalera, eh? ¿Y el vestíbulo? ¿Y qué me dices de la cocina?

–Lo tenemos todo para nosotros –dijo riéndose y lo miró a los ojos–. ¿Qué tienes en mente?

–Ya lo verás –le prometió con un pícaro brillo en la mirada.

–Va a ser una buena tarde, ¿eh? –le preguntó con la respiración algo entrecortada.

–Eso espero –respondió él agarrándole la mano y llevándola dentro antes de cerrar la puerta con llave–. Mejor no correr riesgos por si llegan huéspedes inesperados.

Jess se rio.

–¿Quién sabe? Podríamos atraer a una clientela totalmente distinta.

–La puerta se queda cerrada –dijo él con firmeza.

Pero esa fue la última muestra de cautela que ofreció porque desde ese momento mostró un desenfreno y una imprudencia que eran todo a lo que Jess había aspirado y que le demostraba una vez más que hacían una pareja increíble, incluso sin el programa de citas respaldando su unión.

Capítulo 20

Jess estaba en su despacho el lunes por la mañana pensando en la increíble noche que había pasado con Will cuando Gail entró muy tensa, y eso que era una mujer que no se dejaba afectar por nada.

–Algo va mal. ¿Qué pasa?

–Al parecer el pedido de esta semana no quedó registrado. ¿Qué ha pasado? –preguntó furiosa.

–¿De qué estás hablando? Sé que lo hice. Siempre llamo los viernes.

–Bueno, pues la semana pasada no lo hiciste. Al ver que el camión no aparecía a primera hora de la mañana, he llamado al distribuidor y no tenían ningún pedido registrado el viernes. Sé que te lo pasé antes de irme a casa el jueves y que lo dejé aquí en tu mesa. Tenías que llamar el viernes a primera hora.

–Y lo hice –insistió mientras intentaba encontrarlo entre los papeles de su mesa–. Llamé y llevé el papel a la cocina, como siempre. Estoy segura de que lo hice.

–No está allí. Sigue buscando. Seguro que lo tienes enterrado por alguna parte.

Justo en ese momento, Jess encontró el pedido sin sus habituales cruces e iniciales que indicaban que esa tarea había quedado hecha. Maldijo.

–¡Lo siento mucho, Gail! Llamaré ahora mismo. Tal vez puedan venir esta tarde.

–Pueden y lo harán. Siempre me guardo una copia, así que les he hecho el pedido al llamar a preguntar –se sentó frente a ella–. Siento haberme puesto tan furiosa, pero me he puesto nerviosa cuando he tenido que pensar qué hacer para el menú del almuerzo de hoy tirando de lo que nos queda en la despensa.

–Es culpa mía, Gail. No volverá a pasar.

–Sí, sí que volverá a pasar. Mira, Jess, sé que decidimos hace tiempo que era mejor que tú hicieras los pedidos, pero tal vez ya no sea tan buena idea y deberíamos volver a como estábamos al principio. Yo lo organizo y te doy un informe semanal para el contable.

Jess odiaba tener que volver al sistema que Abby había establecido, pero ¿cómo podía negarse?

–Será lo mejor. Creía que había desarrollado mi propio sistema para llevar la cuenta de las cosas que hago, y que estaba funcionando.

–Ha funcionado hasta hace poco. No sé si es que estás distraída por lo de Will o si es que estás aburriéndote de todo esto, pero no es el primer despiste que has tenido.

–Es la primera vez que olvido hacer el pedido –protestó.

–Es verdad, pero la camarera se las vio y deseó hace unas semanas porque no se había notificado al servicio de lavandería que necesitábamos más sábanas y Ronnie tuvo que calmar a un cliente que había pedido una habitación en el primer piso y luego descubrió que estaba arriba. Habías hecho la reserva, pero no la habías anotado. ¿Recuerdas esos incidentes?

Años oyendo una letanía de sus errores no hicieron que ahora le resultara más fácil.

–Lo siento –repitió.

–Lo sé y todos hemos intentando pasarlo por alto…

–Por mi problema de déficit de atención. No quiero que nadie me justifique, Gail. Debería haber podido con todo esto, no es que sea Ingeniería Aeroespacial, ¡por el amor de Dios!

Inmediatamente, Gail se mostró alarmada por el modo en que se lo había tomado.

—No estamos juzgándote.

—Claro que no, nadie juzga nunca a la pobre Jess. Solo tapan lo que hace o cumplen con su trabajo por ella.

—Nadie está juzgándote ni tapándote. Y no creas que Abby ha estado llamando para ver si lo estás haciendo bien. Confía en ti, igual que nosotros.

Aunque Gail parecía sincera, sus palabras no le hicieron sentir mejor.

—Te juro que solo te he dicho esto porque no parecías consciente de ello. Pensé que podrías intentar ponerle remedio antes de que te suceda con algo más serio.

Jess suspiró.

—Lo siento. Una vez más. No debería estar pagando mi frustración contigo, tú solo eres el mensajero. Me ocuparé de esto, Gail, y sí, ocúpate de los pedidos otra vez. No tengo ni idea de por qué estoy tan olvidadiza últimamente. No es por Will, de eso estoy segura.

—¿Puedo preguntarte una cosa?

—Claro.

—¿Todavía te hace feliz dirigir el hotel? ¿Crees que has perdido atención porque ya no ves ninguna clase de desafío en lo que haces?

—¿Qué te hace preguntarme eso? —le preguntó sorprendida.

—Cuando empecé a trabajar aquí y Abby y tú me contasteis lo del síndrome por déficit de atención, busqué información en Internet. A veces cuando las cosas se vuelven demasiado rutinarias y el aburrimiento se instala, dejáis de prestar atención. ¿Es lo que te ha pasado?

En lugar de ofenderse, Jess se detuvo a pensar en ello. ¿Era verdad? ¿Estaba más distraída últimamente porque estaba cansada de la misma rutina ahora que las cosas marchaban bien? Estaba claro que ya no se topaba con los desafíos a los que había tenido que enfrentarse cuando intentaba levantar el negocio.

–Podrías tener razón –admitió–. Decidí reformar el ático por esa misma razón, pero mi padre ha hecho casi todo el trabajo, así que no he tenido que ocupar mi tiempo con esa tarea.

–¿Quieres vender el hotel? ¿Quieres hacer algo nuevo?

–Claro que no –respondió absolutamente segura–. Este siempre ha sido mi sueño y Will me lo recordó hace poco. Adoro este lugar. Gail, nunca he sido más feliz con nada.

–Entonces, ¿cómo vas a hacer para que siga resultándote algo nuevo y emocionante?

Jess suspiró.

–No tengo ni idea.

–Pues yo sí, si no te importa que me entrometa.

Jess tuvo que tragarse su orgullo, pero dijo:

–Claro que no. Dime.

–Podríamos sentarnos de vez en cuando y pensar en nuevas promociones, algún que otro evento como catas de vino y ese tipo de cosas. Llevo un tiempo anotando ideas.

Oír tanta emoción en la voz de Gail hizo que aumentara su entusiasmo.

–¡Hagámoslo! ¿Empezamos mañana a primera hora?

–Nos vemos en la cocina a las seis y haremos un barrido de ideas mientras nos tomamos un café y unos bollitos. ¿Te parece? Creo que puedo hacer esos que tanto te gustan de naranja y arándanos y que me quedan casi tan ricos como los de tu abuela.

–No dejes que te oiga, pero me parece perfecto. Y gracias por ser tan comprensiva con todo esto.

–Amo este sitio tanto como si fuera mío. Es el trabajo perfecto en el lugar perfecto y adoro trabajar contigo.

–Eso cuando no hago que tu trabajo sea cien veces más difícil.

–Ey, vivo para los desafíos, igual que tú. Por cierto, el almuerzo será increíble. Al parecer trabajo mejor cuando tengo que ser ingeniosa.

–Entonces llamaré a la familia para que venga a comer.

Sé que un comedor lleno de gente alabando tu comida compensará mucho lo que te he hecho.

Gail se rio.

—Pues sí. Necesito un público agradecido.

Jess logró seguir sonriendo hasta que Gail se marchó, pero después bajó la cabeza sobre la mesa y dejó correr las lágrimas. Se había convencido de que el hotel sería su salvación, lo que haría que tuviera bajo control sus lapsus, pero no había sido así.

Se dio cinco minutos de dolor y de autorecriminaciones y se incorporó en la silla. Aunque la idea de Gail sonaba genial, se temía que iba a necesitar mucho más que eso para volver a estar como antes. Necesitaba un desafío más absorbente; tal vez lo que necesitaba era ampliar el negocio, encontrar otro pequeño hotel que tuviera que ser reformado y devuelto a la vida.

Se giró hacia el ordenador e, ignorando la montaña de papeles que tenía delante, comenzó a buscar propiedades en zonas cercanas aptas para la ubicación de un pequeño hotel.

Cuando finalmente miró el reloj y vio que había pasado la mañana y que no había llamado a su familia para que fuera a comer, volvió a arremeter contra sí misma. Si no lo remediaba, Gail tendría un motivo más para estar furiosa con ella.

—¿Qué me pasa? —murmuró mientras marcaba el número de la galería de su madre—. Mamá, Gail acaba de decirme que el menú del almuerzo de hoy será espectacular. Sé que llamo tarde, pero ¿podéis venir?

Megan pareció sorprendida por la invitación, pero respondió encantada:

—Dame veinte minutos, ¿de acuerdo?

—Perfecto. Mira a ver si Heather puede venir también. A lo mejor podéis venir juntas.

—De acuerdo.

Llamó a Bree y a Shanna; Shanna le dijo que no podía

salir de la librería avisando con tan poca antelación, pero Bree pareció encantada de tener una excusa para salir de la floristería.

—Esto ha sido una locura esta mañana. Al parecer, la mitad de la ciudad está enferma y la otra mitad está enviando flores. Necesitaba una excusa para escapar. Mi nueva empleada lleva poco tiempo, pero podrá apañarse sola una hora. Aunque tendré que llevar a la niña.

—No hay problema —le aseguró Jess. Achuchar a su nueva sobrina sería justo lo que necesitaba.

Con un poco de suerte, con tanto jaleo podría olvidarse de lo desastrosa que había sido la mañana.

Will sabía que a Jess le pasaba algo porque llevaba toda la noche muy callada. El simple hecho de que se hubiera presentado en su consulta con la cena era una prueba de que no era ella misma, porque tras aquella primera visita hacía unas semanas, no había querido volver por allí.

Una vez se terminaron el excelente estofado de carne y las galletas acompañados por una botella de vino tinto, él dejó la copa en una esquina de su mesa y la miró a los ojos.

—¿Qué te pasa, Jess?

—No sé a qué te refieres.

—Has venido a mi consulta.

—Supuse que tendrías que trabajar hasta tarde y te he traído la cena. ¿Qué pasa por eso?

Esa actitud tan a la defensiva no hizo más que confirmar sus dudas. Pero si quería saber más, tendría que ser muy cauto con sus palabras porque, de lo contrario, ella pensaría que estaba analizándola. Y eso era algo que Jess detestaba.

—Hoy ha pasado algo y estás aguantándote para no contármelo.

—Es verdad, y aún no estoy del todo segura de querer hablar de ello contigo.

—¿Por qué?

–Porque no estoy segura de que puedas distinguir entre ser mi novio y un psicólogo.

–¿Te preocupa que yo no pueda diferenciarlo o eres tú la que tiene ese problema?

–Soy yo –admitió.

–De acuerdo, pues ataquemos esto desde una dirección distinta. Si fuera solo tu novio, ¿qué esperarías de mí si me contaras un problema? ¿Compasión? ¿Comprensión? ¿Consejos?

–Compasión y comprensión, por supuesto.

–¿Y no consejos? –preguntó intentando no sonreír.

–Creo que eso pasa al terreno del psicólogo.

–Bueno, para serte sincero, yo no doy muchos consejos en mi trabajo, solo ayudo a la gente a superar sus problemas. Son ellos los que hacen todo el trabajo duro, yo suelo guardarme mis opiniones.

Ella lo miró sorprendida.

–¿En serio?

–La mayor parte del tiempo, es así. ¿Te sirve de algo?

–Sí, creo que sí.

–Bueno, pues dime, ¿qué ha pasado hoy?

Ella le contó todos los errores que había cometido y lo hizo de un modo tal, que él deseó poder rodearla con sus brazos. Pero Jess no necesitaba consuelo. Lo que necesitaba era restaurar la confianza en sí misma.

–¿Por qué te ha afectado tanto? Has superado cosas más duras, como cuando estuviste a punto de perder el hotel y Abby tuvo que ayudarte. Esto no tiene comparación.

–Supongo que me había acostumbrado a pensar que mi sistema para organizar las cosas era perfecto. Y cuando Gail me ha contado lo del pedido y todo lo demás, todo se me ha derrumbado y me ha hecho empezar a pensar que necesito un nuevo desafío, que nunca voy a estar satisfecha solo con tener el hotel abierto. Que siempre voy a necesitar algo más que hacer.

–Y, ¿crees que eso se aplica también a tus relaciones?

¿Crees que yo no seré suficiente para ti una vez que entremos en la rutina?

–Después de lo de ayer, ¿cómo puedes preguntarme eso? Creo que serás capaz de hacer que las cosas se mantengan frescas y excitantes durante mucho tiempo.

Él sonrió.

–Me alegra saberlo –dijo, aunque dudaba que fuera tan sencillo. Imaginaba que hacer el amor, incluso de un modo espectacular, podría caer en un patrón rutinario al cabo de un tiempo a menos que una pareja trabajara a fondo para mantener la llama viva. Sin embargo, ni él ni Jess habían estado nunca con una pareja lo suficiente como para poner a prueba esa teoría.

–Jess, ¿qué pasa por tu cabeza? Esto no es solo porque hayas olvidado unos cuantos pedidos o te hayas equivocado con una reserva.

–Probablemente no. Supongo que me ha hecho darme cuenta de que nunca voy a salir de este problema, de que el déficit de atención siempre estará conmigo.

–Es muy probable.

–¿Y tú cómo puedes soportarlo?

–Porque es parte de ti. Tienes que dejar de definirte por tu síndrome. Eres Jess O'Brien, propietaria de un hotel de éxito. Eres preciosa, inteligente, divertida, impulsiva, estás un poco loca y eres posiblemente la mujer más excitante del planeta.

Ella sonrió finalmente.

–Lo dices solo porque quieres tener suerte esta noche.

–Anoche ya tuve suerte suficiente para toda una semana, aunque no diría que no a una repetición. Pero lo que quiero decir es que te quiero, Jess. Te quiero con todo lo que llevas.

–Pero estoy defectuosa.

Will se rio.

–¿No lo estamos todos? La única diferencia es que tu defecto tiene nombre. Yo también tengo muchos. Quédate a mi lado lo suficiente y verás que son muchos.

–¿Te haces una idea de lo bien que le vienes a mi aplastado ego?

Él sonrió.

–Ven aquí y enséñamelo.

Ella se rio.

–¿En serio?

–En serio.

–¿Sabes, Will? Este es uno de esos momentos en los que a este lugar le vendría muy bien un sofá –dijo al sentarse sobre su regazo.

–Compraré uno mañana a primera hora –le prometió antes de besarla–. Hasta entonces, tendremos que hacerlo lo mejor que podamos.

Y fue todo un descubrimiento ver lo ingeniosos que podían llegar a ser.

Thomas se había esfumado de pronto, o eso le pareció a Connie. No lo había visto desde la comida del domingo y solo había hablado con él una vez. No sabía qué pensar, pero temía llamar y preguntarle qué estaba pasando. Ahora que tenían la bendición de Nell y de la familia, ¿se había aburrido de ella? Odiaba verse invadida por tantas dudas y odiaba aún más no tener el valor de hacer esa llamada para poder resolverlas. ¿Qué era? ¿Una adolescente?

Por desgracia, mientras miraba al teléfono bien esperando que sonara, bien intentando convencerse de que tenía que levantarlo y usarlo, Jake entró.

–Pareces triste. ¿Qué pasa?

–Nada.

–Connie, tú nunca estás de ese humor si no tienes alguna razón.

–Solo estoy pensando en algunas cosas.

–¿Como qué?

–¿Desde cuándo quieres tener una discusión profunda sobre el estado de mi vida?

–Desde que empezaste a salir con un hombre que no creo que sea el mejor para ti. ¿Es por eso? ¿Es que te estás arrepintiendo de estar con Thomas?

–No, pero tal vez él sí.

–¡De eso nada!

Connie sonrió.

–Gracias por el voto de confianza.

–Vamos, hermanita. ¿Qué tienes que no pueda encantarle de ti? Eres preciosa, eres una madraza, una cocinera estupenda, eres inteligente y manejas las cosas por aquí como si el trabajo no te supusiera ningún esfuerzo, cuando yo sé muy bien lo complicado que es.

–Vaya, si estuviera buscando un nuevo trabajo, eso quedaría genial en mi currículo –dijo secamente–. ¿Tan seguro estás de que alguna de esas cosas puede hacer que un hombre esté interesado en mí?

–Claro que sí. Bueno, excepto lo de lo bien que llevas el negocio. Eso seguro que me importa más a mí que a Thomas.

–A menos que yo decidiera trabajar en su fundación.

Inmediatamente, Jake se mostró alarmado.

–¡No puedes estar hablando en serio!

–No, no –admitió–. Aunque me encanta trabajar con él. Pero creo que lo mejor es seguir trabajando como voluntaria.

–¿Es que te ha pedido que trabajes allí? –insistió Jake, preocupado.

–No, solo estaba pensando en alto –le dio una palmadita en la mano–. No te preocupes. Seguiré aquí esclavizada cuando esté vieja y chocheando.

–Sé que este no es el trabajo más satisfactorio que podrías tener, pero tenerte aquí es para mí como un regalo del cielo porque lo tienes todo bajo control y yo puedo concentrarme en el paisajismo, que es lo que más me gusta. Hemos formado un buen equipo, ¿no crees?

Ella sonrió.

—Ya te he dicho que puedes calmarte. No voy a marcharme.

—Pero no quiero que odies este trabajo. ¿Y si te doy un ascenso?

Ella se rio.

—No voy a rechazarlo, pero no era lo que buscaba.

—Podría hacerte socia —dijo con gesto pensativo—. Así tendrías un interés real en la empresa.

Aunque la conversación no había tratado sobre su trabajo en un principio, Connie no pudo evitar sentirse intrigada por la idea.

—No tengo dinero para invertir —le recordó—. No, teniendo a Jenny en la universidad.

—Diría que ya has aportado bastante en mano de obra.

—No lo suficiente como para que me permita ser socia, seguro.

—Por Dios, es imposible convencerte. Deja que piense en ello y encontraré un modo de que aceptes. ¿Estás interesada?

—¿Significaría más trabajo?

—No.

—Solo más dinero.

—Sí.

—Y más poder de decisión del que tengo ahora.

—Ahora tienes mucho poder de decisión. Lo que no tienes es control y no lo tendrás porque mi voto siempre contará más que el tuyo.

Ella puso los ojos en blanco.

—Siempre ha sido así desde que eras un bebé. Tenías a mamá y a papá comiendo de tu mano desde el día que naciste. Y cuando creciste, empezaste a hacer lo mismo conmigo.

—Deja de quejarte. ¿No he sido el mejor hermano del mundo? ¿No estuve a tu lado cuando Sam se marchó? ¿No he sido el mejor tío para Jenny? Incluso le quité de encima las manos de muchos novios.

–Que nosotros sepamos… Intento no pensar en eso ahora que está lejos de casa.

–Sí, no nos metamos en ese terreno –la miró–. Bueno, ¿te sientes mejor?

Lo preguntó tan esperanzado que ella no pudo más que asentir.

–Me siento mucho mejor en lo que respecta al trabajo.

Por suerte, Jake era el típico chico y no captó el trasfondo de la frase.

–Genial. Hablaremos más en un día o dos.

Ella sacudió la cabeza mientras él salía del despacho silbando y claramente complacido consigo mismo. Después, miró al teléfono y exclamó:

–¡Suena, maldita sea!

Pero el otro hombre de su vida se mantuvo en silencio.

Capítulo 21

Will estaba almorzando con Mack y Jake cuando Laila se acercó preocupada.

–¿Tienes un minuto? –le preguntó después de saludarlos a todos.

–Claro. Mick, pídeme un sándwich de jamón y queso a la brasa, ¿vale?

–Como si hiciera falta decirlo –bromeó Jake–. Es lo que tomas todos los jueves.

–¿Estás sugiriendo que soy predecible?

–Mucho –añadió Mack riéndose–. Ya hay apuestas sobre si animarás las cosas y empezarás a pedir algo distinto.

–Yo apuesto a que jamás lo hará –dijo Jake.

Si Laila no hubiera estado allí, Will habría dicho algo malsonante, pero se limitó a un gesto bien serio y a murmurar:

–Volveré y terminaremos esta conversación.

Salieron a la calle y se sentaron en un banco del parque donde Laila se mostró inesperadamente reticente a decir qué le sucedía.

–¿Necesitas consejo sobre algo? ¿Te sentirías más cómoda en mi consulta?

–La verdad es que no sé cómo empezar –comenzó y respiró hondo–. Creo que puede haber un problema con tu servicio de citas. Uno muy grave.

–¿Qué clase de problema? –preguntó asustado.

–Cuando formas una pareja, ¿pasas la información de contacto, verdad?

–Solo con el permiso de ambas partes. ¿Por qué? ¿Qué ha pasado?

–He estado recibiendo llamadas durante la última semana. Primero, solo colgaban, pero ya me han dejado dos mensajes obscenos en el contestador. Te he traído la cinta –la sacó del bolso y se la dio.

–¿Por qué no la llevas al sheriff? ¿Y qué te hace pensar que tiene algo que ver con Almuerzo junto a la bahía? No estoy cuestionándote, solo preguntándote cómo has llegado a esa conclusión.

Ella asintió, en absoluto ofendida.

–Por el momento en que ha sucedido, supongo, porque empezó justo después de rechazar la segunda cita con un tipo que conocí mediante el servicio.

Will se estremeció.

–¿Estás segura de que es el mismo hombre que te deja los mensajes?

–Al cien por cien, no. He intentado comprobar el número, pero está bloqueado. He escuchado la cinta cuatro veces, pero no estoy segura de identificar la voz. Recibí un mensaje suyo antes de salir la primera vez, pero lo borré en cuanto le devolví la llamada. He acudido directamente a ti porque creía que, tal vez, querrías comprobarlo antes de que la policía se meta. Si resulta que tengo razón y esto se hace público, podría arruinar tu reputación. Y no quería arriesgarme a ello sin tener pruebas.

–¡A la mierda la empresa! No quiero que mis clientes se sientan acosados. ¿Por qué no vamos a mi consulta ahora mismo y llamamos a este tipo? Pondré el altavoz y podremos comparar su voz con la de la cinta. Tal vez si lo hacemos juntos, lo sabremos con seguridad. Y entonces, iremos a la policía.

Laila asintió.

–Gracias. Pensé que era una mujer fuerte, pero estos mensajes me inquietan. Verás lo que quiero decir cuando los oigas.

–Veo lo mucho que te han perturbado, se nota, y tú no eres una mujer que se inquiete sin razón. Vamos a ver qué podemos descubrir.

–¿Y tu almuerzo?

–¿Es que no lo has oído? Siempre es la misma historia.

Ella se rio.

–Te llevaré a tomar algo más emocionante cuando hayamos resuelto esto.

–Me parece genial –la miró mientras caminaban–. ¿Estás bien?

Ella forzó una sonrisa.

–Lo estaré, en cuanto este tío esté entre rejas.

–Hasta que eso pase, ¿por qué no te quedas con tus padres o con Trace y Abby?

–No quiero que se enteren de esto. Se preocuparán. Además, ya conoces a Trace. Se pondrá furioso de saber que he utilizado un servicio de citas, aunque fuera tuyo.

–Pues entonces quédate en el hotel con Jess.

–¿Vas a hacer guardia para protegernos?

–Absolutamente.

–Pues pensaré en ello. Tiene sentido, la verdad, aunque odio ceder ante el miedo.

–A veces el miedo puede ser sano. En este caso, creo que está justificado.

Después de haber oído la cinta, llamó al sospechoso. Cuando habló con Vince, tuvo el cuidado de no sugerir que estaba al tanto de las llamadas a Laila y actuó como si solo estuviera preguntándole si le gustaba el servicio ofrecido.

–¡Ha estado genial! –dijo con entusiasmo–. Gracias a ti, he encontrado a algunas mujeres con las que no podría haber quedado de otro modo y he estado en contacto con algunas.

–¿Con cuáles? –preguntó inocentemente–. Me gusta saber qué parejas están funcionando.

–¿Esa tal Laila del banco? Está buenísima –también nombró a otras clientas.

Will se estremeció mientras lo escuchaba porque aunque el comentario podría haberse hecho con toda inocencia, hubo un inconfundible matiz que despertó todas las alarmas. Will se preguntó si las otras mujeres también habrían estado recibiendo el mismo tipo de llamadas, pero mantuvo un tono de voz neutral para no desvelar el verdadero motivo de la llamada.

–Gracias por la información, Vince. Te lo agradezco mucho.

Cuando colgó, miró a Laila, que parecía como si la llamada le hubiera revuelto el estómago.

–Se lo ha hecho a más chicas, ¿verdad?

–Posiblemente. Llamaré para enterarme y después le daré a la policía todo lo que tenemos. ¿Te parece bien que las haga venir ahora?

Ella asintió; estaba pálida.

–¿Quieres que llame a Jess para que venga?

Laila se mostró aliviada ante la sugerencia.

–¿Lo harías? No sé por qué esto me ha afectado tanto, pero saber que tenía razón me ha levantado el estómago.

Hizo la llamada y le explicó la situación a Jess.

–Creo que a Laila le vendría muy bien tu apoyo ahora mismo.

–Dame cinco minutos.

–Gracias.

–Me gustaría estar cinco minutos a solas con ese hijo de perra –dijo Jess furiosa–. Le enseñaría una o dos cosas sobre lo que es ser un hombre de verdad.

Aunque la situación no era ni remotamente divertida, Will sonrió.

–Es una de las cosas que adoro de ti. Siempre estás dispuesta a todo por tu familia y tus amigos.

–Por supuesto. Sobra decirlo. Dile a Laila que me espere ahí. Ya estoy saliendo por la puerta.

Will colgó y pasó el mensaje. Estaba a punto de llamar a otra de las mujeres cuando decidió esperar a que Jess llegara y pudiera sentarse con Laila mientras que él haría la llamada en privado.

Solo pensar cómo algo que él había creído que sería bueno para los solteros de Chesapeake Shores podía convertirse en algo tan sórdido le hizo querer liarse a puñetazos con algo. Pensó que la mejor opción sería la cara de Vince, o tal vez alguna otra parte más apropiada de su anatomía.

Jess seguía hecha un basilisco solo de pensar que alguien podía haberle hecho eso a su amiga. Se había visto tentada a llamar a Connie, pero se había detenido al no saber si Laila querría que más gente se enterara de lo de las llamadas obscenas. Cuando entró en la consulta de Will, encontró a Laila pálida, pero con sus ojos llenos de vida, como de costumbre.

–Oh, cariño, esto es un horror –dijo abrazándola y sentándose a su lado–. ¿Cómo estás? –le preguntó cuando Will salió a hacer más llamadas.

–Mejor, ahora que Will está ocupándose de las cosas y de que estás aquí. Por un lado, estoy aterrada aunque no lo había estado hasta que hemos confirmado de quién se trataba. Ha sido como ponerle cara, ¿sabes?

–Sí, te entiendo.

Laila intentó sonreír, pero esa sonrisa no llegó a reflejarse en sus ojos.

–Por otro lado, estoy furiosa. Me gustaría destrozar a ese tipo de una paliza.

–No tendrías que hacerlo sola. Estoy cabreadísima y me imagino cómo estará Will.

–No quiero que algo así arruine su empresa.

–Seguro que eso no le importa.

–Eso es lo que me ha dicho. Me ha sugerido quedarme contigo en el hotel hasta que todo esté solucionado. ¿Podría ser?

–Por supuesto. Puedes quedarte con la habitación que está al lado de la mía y gratis, claro. O podemos meter una supletoria en mi cuarto, si así te sientes más cómoda.

–Will ha dicho que haría guardia.

Jess se rio.

–No lo dudo ni por un segundo. Además, últimamente no hay manera de mantenerlo lejos.

–¿Y quieres hacerlo?

–No, y me sorprende mucho, aunque también me asusta un poco.

–Me alegro de que las cosas por fin estén funcionando. Los dos habéis perdido mucho tiempo.

–Más del que creía –dijo Jess mirando a Will cuando regresó–. ¿Cómo ha ido?

–Otra mujer ha tenido el mismo problema, pero no se lo ha contado a nadie. Viene hacia aquí. Y también la policía.

A Laila se le iluminó la cara.

–Entonces, ¿esto podría terminar hoy?

–No te apresures, Laila. Puede que la policía tenga que investigar.

–Tiene razón –dijo Will–. He llamado a Connor para preguntarle cómo actuaría la policía y cree que con esto bastará para empezar, pero aunque presentéis cargos y detengan a Vince, podría salir bajo fianza.

Cuando llegó, el ayudante del sheriff les dijo lo mismo.

–Si tienen algún lugar donde quedarse un tiempo, sería una buena idea. Vamos a meter a este tipo tras las rejas antes de que ustedes bajen la guardia. La razón por la que gente así deja esos mensajes en contestadores es porque son unos cobardes. No le hará gracia que lo identifiquen.

–¿Tienes algún sitio donde quedarte? –le preguntó Will a la otra mujer.

–Tengo un hermano mayor aquí. Puedo quedarme con él. Además, de todos modos tendré que estar cerca para evitar que mate a ese tipo.

–Haré como si no hubiera oído eso –dijo el ayudante del sheriff.

Laila le sonrió.

–Lo mismo digo –dijo Laila sonriendo.

–Bien, vamos a por este tipo, vamos a atraparlo –prometió el hombre–. Me mantendré en contacto con ustedes para contarles cómo va todo.

–Gracias –dijo Will.

Se giró hacia Laila y la otra mujer.

–Cubriré todos los gastos que os surjan por estar fuera de vuestra casa.

–No será ningún problema –dijo la mujer.

–Y Laila va a quedarse conmigo.

Pero Will no parecía quedarse a gusto.

–Solo digo que si lo necesitáis, aquí me tenéis, y no lo digo solo porque me preocupen las repercusiones. Me siento responsable de vosotras.

Laila lo miró con preocupación.

–Will, no te culpes por esto.

–Estoy de acuerdo –dijo la mujer–. Podría haber pasado con cualquier servicio de citas o en cualquier chat. Hay locos por todo el mundo.

–Lo sé, pero tendría que haber pensado en algún método para descartarlos del sistema.

Jess supo que Will se había tomado ese incidente muy a pecho y que cargaría con toda la culpa.

Tener a Laila cerca fue mucho más divertido de lo que Jess había imaginado. Y, aunque no quería admitirlo, ejerció como buen parachoques entre Will y ella. La intensidad de su relación disminuyó, aunque tenía que admitir que echaba de menos algunas de sus más impulsivas escapadas.

–Estás utilizando a Laila como excusa para no pasar tiempo conmigo a solas –la acusó Will una semana después–. ¿Por qué?

–No es verdad –negó ella automáticamente antes de rendirse bajo su penetrante mirada–. De acuerdo, tal vez sí.

–¿Por qué? ¿Te daban demasiado miedo los sentimientos?

Aunque odiaba admitir tenerle miedo a algo, respondió:

–Odio que puedas ver lo que pienso y siento.

Él se rio.

–Lo sé. Es una maldición, ¿eh?

–Estás de broma, pero no tiene gracia. A veces me pregunto si no sería más fácil estar en una relación en la que pudiera seguir siendo una mujer de misterio.

–Te pondrías hecha un basilisco la primera vez que un hombre no supiera por intuición qué se te pasaba por la cabeza.

–A lo mejor sí, pero lo dudo.

–¿Quieres que probemos? Siempre podrías salir con algunos e ir informándome.

–Imagino que no serías tú el que me emparejara con ellos –dijo antes de darse cuenta de lo que ese comentario implicaba–. Lo siento. No quería decirlo así, como un golpe bajo dirigido hacia tu empresa.

–Sé lo que querías decir y no, yo no sería el que te emparejara. Solo estaba ofreciéndote tiempo, si eso es lo que quieres. Ve a probar otras aguas.

Jess se quedó más impactada con la oferta de lo que se habría imaginado.

–¿Quieres librarte de mí? ¿Es eso lo que estás diciendo?

La tensa expresión de Will se disipó de inmediato. Se acercó a ella.

–No –le susurró al oído–. Es lo último que quiero.

Ella se relajó, sintiéndose segura una vez más.

–Bien, porque es lo último que yo quiero también. En cuanto al tiempo que estoy pasando con Laila, necesita nuestra compañía ahora mismo y tal vez esté bien que dejemos las cosas reposar un poco en lugar de subir el fuego tanto que nos queme.

Will se rio.

—Nuestra relación no va a quemarse, Jess.

—Podría pasar —respondió, deseando estar tan segura de lo contrario como él. Estaba cerca, a veces pensaba que el «para siempre» ya lo tenía al alcance de la mano, pero entonces le entraba el pánico y todo se venía abajo.

Pero algún día, si Will seguía a su lado, esperaba poder estar exactamente al mismo nivel que estaba él y saber que su futuro juntos era inevitable.

Aunque su relación con Jess parecía estar progresando, Will la veía algo debilitada, sobre todo últimamente con Laila como constante compañía. Por mucho que apreciara a Laila y que comprendiera su situación, en ocasiones le irritaba ver que su relación con Jess estaba viéndose perjudicada por su presencia.

Aun así, todo iba mejor desde su conversación sobre la falta de intimidad, Jess había hecho un esfuerzo por asegurarse de que tenían momentos a solas cada noche. Aunque tal vez había sido cosa de Laila, que parecía comprender su frustración más que la propia Jess.

A pesar de los altibajos de los últimos diez días, Will se quedó asombrado al llegar al hotel para recoger a Jess para una cita y descubrir que se había marchado a pasar la noche fuera sin avisarlo. Se le cayó el alma a los pies.

—¿Ha dejado algún mensaje para mí? —le preguntó a Laila, que salía para pasar la noche con Trace, Abby y las gemelas.

—Lo siento, pero no. Creía que te había llamado.

—¿Sabes adónde ha ido?

—La han llamado sobre una propiedad en algún sitio y se ha ido después de asegurarse de que yo pasaría la noche con Trace y Abby.

–Gracias. Que pases buena noche y, si te llama, dile que he pasado por aquí –¿se le había olvidado por algún lapsus producido por su problema, o estaba enviándole un mensaje sobre lo poco que importaba él en su vida? Con Jess, sobre todo últimamente, era imposible acertar.

Una hora después estaba formando parejas en la Web y debatiéndose entre seguir adelante o cerrar la empresa para siempre cuando sonó su móvil. Era Jess.

–Hola.

–Lo siento mucho. Este viaje ha surgido en el último momento y he olvidado mirar la agenda. Laila me ha llamado para decírmelo. ¿Por qué no me has llamado tú?

–He pesando que te habría surgido algo importante. Lo entiendo –y era verdad. Es más, le sorprendía que tratándose de una persona con síndrome de déficit de atención, no hubiera tenido más despistes como ese antes. Sí que los había tenido en el hotel, sí, pero no con cosas que lo afectaban a él directamente, como ahora.

Como si le hubiera leído la mente, Jess dijo:

–Maldita sea, Will. Esto no tiene que ver con mi problema. He olvidado mirar la agenda, pero nada más. Eso pasa todo el tiempo.

–Creía que te había dicho que lo entiendo. Ya está. No es para tanto.

–Que se me olvide una cita contigo sí que es para tanto. Y no deberías estar disculpándome solo porque padezca de déficit de atención.

–¿De verdad vamos a discutir porque no estoy enfadado contigo por haberte olvidado de nuestra cita?

–Sí, porque es un síntoma de exactamente lo que me daba miedo cuando empezamos a salir. Estropeo algo y tú, como psicólogo, lo asocias con mi problema y todo queda olvidado.

–Mira, preferiría estar contigo que solo en casa trabajando con la Web, pero de verdad que no es para tanto como tú lo pintas. Nos vemos cuando vuelvas.

–¿Así que ahora estoy loca?

Will respiró hondo y rezó por tener un poco más de paciencia.

–Jess, ¿qué está pasando? ¿Es más de la discusión que empezamos el otro día? ¿Intentas encontrar una razón para romper? ¿Querías que me enfadara con lo de la cita para tener una excusa de marcharte?

–Oh, deja de analizarme –contestó y colgó.

Menos de un minuto después, su teléfono volvió a sonar.

–Lo siento, Will. De verdad que lo siento. No sé por qué hago esto. Supongo que es porque ya me sentía culpable y el hecho de que me disculpes me ha hecho sentir más culpable todavía.

–¿Dónde estás?

–¿Por qué? –preguntó atónita.

–Porque si no estás muy lejos, podría ir y podríamos arreglar esto en persona.

–¿Conducirías hasta donde estoy esta misma noche para arreglar esta estúpida discusión?

–Conduciría hasta donde fuera por estar contigo. Además, he oído que hacer las paces después de una pelea puede llegar a ser muy divertido.

–La verdad es que no estoy tan lejos. Me han invitado a ver un hotel en venta cerca de Ocean City y como era tarde he reservado una habitación para pasar la noche.

Sabiendo eso, no le extrañaba que se hubiera marchado tan corriendo.

–¿Estás pensando en comprar otro hotel? –le preguntó no del todo sorprendido.

–La verdad es que no sé si me interesa o no. Me encantó prepararlo todo al principio, pero ahora que La Posada es un éxito no sé, ya no es lo mismo…

–¿Estás aburrida?

–No es por el déficit de atención –dijo a la defensiva.

–No he dicho que lo fuera. A mucha gente les gusta el

desafío de abrir nuevos negocios y después pasárselo a un equipo de gestión.

–¿Entonces no crees que sea una locura que esté contemplando esta opción?

–Claro que no.

–¿Vendrías para echarle un vistazo? Está un poco cochambroso, pero la ubicación es muy romántica.

–Dame la dirección y ve enfriando una botella de champán mientras estás allí. Tenemos que hacer las paces.

Por desgracia, sabía que eso se convertiría en un patrón a seguir en su relación. Ahora mismo vivirían un momento cargado de emoción y excitación, pero las relaciones no siempre estaban así. Y él lo sabía mejor que nadie.

Pero claro, si hubiera querido una relación tranquila, su corazón no tendría que haber elegido a Jess O'Brien.

Capítulo 22

Thomas había estado en cama con gripe cerca de una semana y no podría haber sucedido en un peor momento. Sabía que Connie estaría preguntándose qué le había pasado, pero solo la idea de levantar el teléfono para llamarla le había supuesto demasiado y, de todos modos, había estado dormido casi todo el tiempo. Hoy era la primera vez que salía de la cama y se duchaba y afeitaba. Incluso pensó en ir a la oficina una hora o dos.

Vestido con ropa limpia y sintiéndose casi humano otra vez, estaba debatiéndose entre si acobardarse sería un error o no cuando sonó la puerta. Cruzó el salón y al abrir se encontró allí a Connie con una gran compra de comestibles y chispas en los ojos.

—¡Eres un idiota! –dijo y pasó por delante de él.

A pesar de haberse esperado algo de compasión, Thomas no pudo evitar admirar esa actitud y cómo lo había atacado. Era una mujer formidable que le recordaba mucho a su madre.

—Pareces enfadada –le respondió siguiéndola hasta la cocina.

—Después de no haber sabido nada de ti en días, cosa que discutiremos en un minuto, al final me decidí a llamar a tu oficina y me han dicho que estabas en casa con la gripe. Muy enfermo, según tu secretaria que, por cierto, no está nada contenta contigo porque ha dicho que le has hablado con mucha brusquedad por teléfono cuando te ha llamado.

–Estaba enfermo.

–¡Hombres! Sois los peores pacientes del mundo. Créeme, Jake era horrible. Menos mal que ahora es Bree la que tiene que aguantarlo.

Thomas contuvo una sonrisa.

–Al parecer, no has venido para animarme.

A ella el comentario no pareció resultarle divertido.

–No, he venido para evaluar la situación, ver si estabas listo para una comida decente y después, cuando me haya asegurado de que estás en camino de recuperarte completamente, pretendo echarte una buena bronca por no haberme llamado.

–¿Cuánto piensas quedarte? Parece que has traído mucha comida. ¿No habrás traído la maleta por casualidad?

–Las sopas y los estofados requieren muchos ingredientes frescos. En cuanto al tiempo que me quedaré, te lo diré cuando crea que estás lo suficientemente bien para salir de este apartamento –lo miró de arriba abajo–. No pareces tan enfermo.

–Ya no podía más. Me he dado una ducha y me he afeitado antes de que llegaras. De hecho, me siento bien. Podría volver al trabajo mañana.

–¿Has comido algo?

–No sabía si arriesgarme.

–De acuerdo, yo me pondré con la cena. He comprado ginger ale. Puedes tomarte uno mientras cocino.

–Por alguna razón, en las últimas semanas he echado de menos el hecho de que seas increíblemente mandona –dijo dando unos pasos en su dirección hasta que ella se topó con la encimera.

–¿Thomas?

–Sí, Connie.

–¿Qué estás haciendo?

–Creo que sé cuál es la mejor medicina y estaba pensando en probar mi teoría. Y por si te preocupa, no soy contagioso.

Antes de que ella pudiera escaparse, la besó hasta oírla suspirar y sentir sus manos sobre sus hombros. Cuando finalmente se apartó, tenía chispitas en los ojos.

–Si está tan juguetón, señor, podemos ir directos a esa conversación sobre lo que la gente tiene que hacer en momentos de crisis en su relación.

Él sonrió, se sirvió una copa de ginger ale y se sentó en la mesa de la cocina.

–Dime.

–No creo que estés tomándote esto en serio. Solo me preocupaba por ti.

–Has creído que estaba arrepintiéndome.

–Sí, me odio por ello, pero sí.

–Siéntate.

–Tengo que ponerme a cocinar esa sopa.

–Yo me conformo con sopa de lata. Esto es más importante.

–¿Qué?

–He tenido tiempo de pensar en los últimos días y... bueno allá va. Había pensado en ocuparme de algunos detalles al principio, salir y comprar un anillo, elegir un lugar romántico y cosas así.

Ella abrió los ojos de par en par al darse cuenta de por dónde iba.

–Pero ahora parece el momento justo. No quiero que vuelvas a tener dudas sobre nosotros. Bueno, Connie Collins, ¿me harías el increíble honor de casarte conmigo?

Ya que ella se quedó atónita, él se apresuró a decir:

–Sé que esto es muy precipitado, pero los dos tenemos suficiente edad como para saber cuándo algo está bien o está mal. Y también sabemos lo corta y caprichosa que puede ser la vida, así que no quiero que desperdiciemos ni un minuto.

La miró a los ojos, que parecían estar conteniendo lágrimas.

–¿Te casarás conmigo? –insistió.

Parecía como si a Connie le estuviese costado respirar y hablar.

–¿Estás atragantándote o algo?

–Solo intento encontrar las palabras adecuadas.

–Solo hace falta una. Sí. O no…

De nuevo, se limitó a abrir la boca, pero de ella no salió ningún sonido.

–¿Ha sido eso un sí?

–¡Es un sí! Creo que estamos un poco locos, pero sí, Thomas O'Brien, ¡me casaré contigo!

–Ven aquí –le dijo él rodeándola con sus brazos–. Lo haré una y otra vez, si quieres un lugar romántico.

–Con esto me servirá.

–¿Aún quieres soltarme una regañina?

–Tal vez después. Por ahora, ya has hecho un muy buen trabajo para redimirte.

–¿Muy bueno?

–Sí. Un trabajo asombroso.

–¿Te he mencionado que te quiero? Tendría que haber sido lo primeo que he dicho.

–Te perdono –respondió con una lenta sonrisa– siempre que sigas diciéndolo el resto de tu vida.

–Hecho –contestó y la besó de nuevo.

Mientras la tenía derritiéndose en sus brazos, Thomas se preguntó cómo había logrado encontrar una mujer tan admirable a esas alturas de la vida. A lo mejor era esa suerte del irlandés de la que siempre hablaba la abuela.

Will pensó que Jess y él habían hecho muy bien las paces una vez se habían reunido en el hotel Ocean City. Habían necesitado el fin de semana juntos más de lo que habían imaginado, pero cuando habían regresado el domingo por la noche y se disponían a comprar comida para llevar, Will había contactado con su servicio de mensajería y le habían comunicado que tenían muchos mensajes para él. La noticia sobre el cliente del servicio de citas se había filtrado por todo el pueblo.

–Se ha desatado un infierno mientras habéis estado fuera. Tenemos montones de mensajes para ti.

–Me pasaré a recogerlos –y dirigiéndose a Jess añadió–: Lamento terminar el fin de semana tan bruscamente, pero tengo que ocuparme de esto.

–Voy contigo. ¿Qué puedo hacer para ayudar?

Will se vio tentado, pero el peso de la responsabilidad lo obligó a negarse.

–Este es mi problema y ojalá supiera qué hacer. Nunca me esperé que pudiera pasar algo así. Tal vez tenga que cerrar Almuerzo junto a la bahía para siempre.

–No tomes esa decisión ahora, no hasta haber comprobado bien las secuelas. Tú no has soltado deliberadamente a ningún pervertido encima de las mujeres de Chesapeake Shores. Lo ha hecho él solito. Y creo que tus clientes dirán que has actuado bien. No querrás dejar plantadas a personas que se han sentido felices con el servicio.

–Es verdad que ha habido varios clientes muy satisfechos –dijo algo más animado.

–E incluso una boda, ¿eh?

–Sobre eso no quiero presumir. Ya veremos si dura más de quince minutos.

Pero después de recoger los mensajes, encontró uno de esa pareja.

«Estamos de tu parte. No dejes que esto pueda contigo».

–¿Lo ves? A eso me refería.

Él se acercó y la besó.

–Gracias por apoyarme tanto, pero tengo que ocuparme de esto. ¿Te importa si te llevo al hotel?

Jess parecía querer discutirlo, pero finalmente accedió.

–Iré caminando. Llámame si cambias de idea y necesitas ayuda. Y gracias otra vez por haber venido a Ocean City.

—Un placer —le guiñó un ojo—. Y un placer hacer las paces.

El recuerdo de eso le haría superar lo que fuera que le deparara todo ese problema surgido con el servicio de citas.

Desde la noche en que había olvidado su cita, Jess se había esforzado por llevar un registro de cada detalle que ocupaba su vida, sobre todo de los que concernían a Will. Era una lucha diaria que estaba pudiendo con ella.

Por desgracia, ahora que Will estaba ocupado con el fiasco del servicio de citas, ella había tenido más y más tiempo para pensar en el estado de su relación e incluso había llegado a la conclusión de que era probable que hubiera llegado a crear problemas que ni siquiera existían.

Estaba sentada en su despacho viendo el contrato de la propiedad de Ocean City y preguntándose si estaba dispuesta a semejante compromiso cuando Abby apareció.

—Pareces agotada. ¿No estás durmiendo?

—No demasiado bien.

—¿Problemas con Will? ¿Qué tal lleva lo de ese psicópata?

—Ha estado preocupadísimo, sobre todo por Laila y la otra mujer a las que este tipo acosó. No descansará hasta verlo entre rejas. Por desgracia, ahora está libre bajo fianza, aunque el juez dice que la derogará si comete una sola llamada de esas o se acerca a una de las dos mujeres implicadas.

—¿Laila sigue aquí contigo?

Jess asintió.

—Podría quedarse con nosotros. Trace se quedó lívido al enterarse, pero ahora está más calmado.

—Habla con ella, pero no me importa que se quede aquí hasta que ese tipo vaya a juicio.

–¿No está estorbando?

–Por supuesto que no.

–¿Y Will dice lo mismo?

–Seguro que sí –respondió Jess y suspiró–. O tal vez no. Cree que estoy utilizando a Laila como parachoques, aunque últimamente está tan volcado en el trabajo que apenas importa.

–¿Estás utilizando a Laila como parachoques?

–Tal vez. A veces.

–¿Por qué, si las cosas van bien entre los dos? –preguntó preocupada.

–Will ha sido un santo. A lo mejor es lo que tiene ser psicólogo, pero a veces es tan comprensivo que hace que me duelan los dientes –y al ver el gesto de extrañeza de Abby, añadió–: De apretarlos tanto –no parecía poder contener las lágrimas–. Creo que debería decírselo.

–¿Porque es demasiado simpático y bueno contigo?

–Porque es demasiado difícil ser la mujer que se merece. Sé que está haciendo todo lo que puede ahora por su servicio de citas, pero me siento sola. Sé que tengo que crecer, pero cuando no lo tengo cerca, empiezo a imaginar que no volverá.

–Cielo, seguro que está ocupado estos días, pero eres la clase de mujer que Will quiere y está claro que eres la clase de mujer que merece más. Él te diría lo mismo. No creo que espere que seas nadie más que la fantástica persona que eres.

–Lo sé y no necesito un psicólogo para que me diga que todo esto se remonta a la época en la que mamá se marchó, pero ¿cómo lo supero?

–Con tiempo. Y Will eso lo entenderá probablemente mejor que ningún otro hombre.

–Pero estoy siendo injusta al esperar tanta paciencia de él.

–¿Se ha quejado?

–No.

–Pues entonces, date por afortunada y deja de buscar una salida.

Jess suspiró.

–Es que tengo miedo de perder a alguien que de verdad me importa.

Abby sonrió.

–Lo sé y me alivia que tú también lo sepas. Si no recuerdas nada más, recuerda esto: Will conoce tus defectos, Jess, ¡y te ha elegido!

Por primera vez en días, Jess se relajó.

–Sí, ¿verdad?

–¿Crees que Will es inteligente?

–Brillante, mejor dicho.

–¿Crees que es la clase de hombre que sabe lo que quiere?

–Por supuesto.

–Entonces, ¿por qué estás cuestionando su opinión? La única pregunta que deberías estar haciéndote es si lo amas lo suficiente.

–¿Quieres decir, como él se merece?

Abby le sonrió.

–No, lo suficiente como para darle una oportunidad a lo que tenéis, porque lo que tenéis es fuerte como para durar una eternidad. Tú siempre has apostado por el riesgo, así que ahora no dejes que el miedo y la cautela empiecen a regir tu vida.

Aliviada por esas muestras de apoyo, Jess la abrazó.

–Eres la mejor hermana mayor de todo el universo.

–¿Aunque tenga que decirte que las cifras de ese contrato para el hotel que quieres comprar no tienen sentido desde un punto de vista financiero?

Jess se rio.

–Creo que ya me lo imaginaba. Además, ¿quién necesita un hotel nuevo cuando puede tener este y tener también al mejor hombre del mundo?

Abby asintió.

–¿Ves lo lista que eres? Will será un hombre muy afortunado.

Jess sacudió la cabeza. Ella era la afortunada, no solo por Will, sino porque tenía a su familia a su lado de un modo incondicional.

A pesar de su decisión de abrirle su corazón a Will, el tiempo que habían pasado separados estaba empezando a perjudicar a su relación. De nuevo, las inseguridades de Jess habían salido a flote porque toda la ayuda y apoyo que le había ofrecido a Will, él lo había rechazado. Cansada de verse apartada, fue a Sally's un mediodía decidida a hablar con Will a la cara. Había oído que eso era lo que había hecho Connie con Thomas y ahora estaban comprometidos oficialmente.

Pero cuando llegó, vio que Will no estaba allí.

–¿Dónde está Will?

–Metido en su consulta, imagino –respondió Mack–. Lleva una semana sin aparecer por aquí.

–¿Y los dos estáis aquí sentados cuando os necesita? ¿Qué clase de amigos sois?

Ambos se sonrojaron.

–Tiene razón –dijo Jake.

Mack no parecía tan convencido, pero aun así, preguntó:

–¿Sugieres que hagamos algo?

–¡Vamos!

Así, al menos si Will estaba furioso, ella se presentaría allí con refuerzos.

Will estaba mirando por la ventana de su consulta cuando do la puerta se abrió y Jess y sus amigos aparecieron detrás.

–¡Ya es suficiente! –gritó Jess.

–¿Qué es suficiente?

–Ya basta de esconderte.

–Tiene razón –dijo Mack–. Ese tipo que hizo las llamadas es el criminal, no tú.

–Lo sé, pero utilizó mi empresa para hacerlo.

–Pues ciérrala. Imagino que mucha gente se quedará hundida al perder esa forma de comunicarse con otra gente, pero puedes castigarlos a todos.

–No se trata de castigar a nadie, se trata de que la gente esté segura.

–No puedes hacer que todo el mundo esté seguro, Will –le dijo Jess con comprensión–. Hay locos por todas partes y aunque cierres tu empresa, encontrarán otras formas de acosar a mujeres.

–Pero esto ha pasado bajo mi responsabilidad.

–Y ya te has disculpado reiteradamente, tanto de manera individual a tus clientes como públicamente. Laila no te culpa, nadie te culpa.

Mack le echó un brazo sobre los hombros.

–Vamos, ven a almorzar con nosotros. Ya es hora de que recuperes tu vida –miró a Jess–. ¿Entiendes lo que digo?

Will se rio a pesar de estar hundido.

–No eres un hombre de grandes sutilezas, Mack. Entiendo lo que dices. Id yendo los dos, tengo que hablar con Jess un minuto.

–¿Pero vendrás a almorzar? –insistió Jake–. ¿Ha funcionado nuestra intervención?

Will se rio ante su esperanzado tono de voz.

–Ha funcionado.

–Gracias a Dios.

Al quedarse solos, Will centró su atención en Jess.

–¿Cómo los has convencido para que vinieran?

–No ha hecho falta mucho. Les importas.

–¿Y a ti? ¿Te importo?

Lo miró a los ojos.

–Tanto que me aterroriza.

Will reconoció ese verdadero miedo oculto en sus palabras y supo que aún no habían superado el bache, pero que estaban en camino. Uno de esos días, Jess daría el último gran salto y por eso Jake tenía razón: tendría que estar preparado entonces para reclamar la vida que siempre había querido y no quedarse sentado en su consulta perdiendo el tiempo lamentándose por cosas que escapaban a su control.

Capítulo 23

A pesar de haberle demostrado lo mucho que le importaba al haberse presentado así en su consulta, Will seguía aterrorizado de poder perderla. Sabía que el tiempo que estaba pasando volcado en su trabajo por esa crisis de la empresa estaba haciendo que ella se sintiera abandonada. Conocía de antemano lo peligroso que era dejar que la invadieran sus inseguridades, pero hasta el momento no había tenido elección.

Desde un punto de vista realista, sabía que incluso antes de esa crisis, Jess había estado apartándose un poco de él y no hacía falta ser psicólogo para entender por qué. A ella le aterrorizaba que él se marchara, igual que lo había hecho su madre años atrás o su padre que, a pesar de haberse quedado con ellos, le había prestado más atención a su trabajo que a sus hijos. Will sabía demasiado bien que el amor no ofrecía garantías eternas, pero tal vez podría persuadir a Jess de que el suyo tenía el potencial de resistir la prueba del tiempo. Tal vez lo único que ella necesitaba era ver un compromiso de por medio.

Lo más importante era que no había tiempo que perder. Tenía que hacerlo ya antes de que la situación se deteriorara más. En su vida no había nada más importante que Jess y ella tenía que saberlo.

Empezó por pedirle permiso a Mick para casarse con su

hija y no fue tan fácil como se había esperado. Por suerte, Megan acudió en su ayuda.

–¿Ya tienes anillo? –le preguntó a Will callando a su marido con una penetrante mirada.

–Iba a mirar esta tarde.

–Espera aquí.

Un incómodo silencio reinó mientras estuvo fuera.

–Mis objeciones no tienen nada que ver contigo –dijo Mick finalmente–. Es por Jess. Ya sabes que se cansa de las cosas.

–Pero de esto no se cansará. Su corazón está bien y sabe amar.

Mick lo miró sorprendido.

–Debería haber recordado que tú la comprendes mejor que la mayoría.

–La comprendo porque llevo enamorado de ella desde que éramos niños.

Mick parecía estar asimilándolo cuando Megan llegó con una pequeña caja de terciopelo negro.

–Si te gusta, puedes usarlo como anillo de compromiso. Era de mi madre y antes fue de mi abuela. A Jess siempre le ha encantado y creo que le gustará tener algo con una larga historia de amor detrás.

Él abrió la caja y se encontró un perfecto diamante encastrado en una sortija de oro perfecta para Jess. Miró a Megan.

–Es perfecto. No sé cómo darle las gracias.

–Solo haz feliz a nuestra niña.

–O ya verás… –murmuró Mick con los ojos empañados.

Pero a Will no le preocupaban las consecuencias porque sabía que no las habría. Lo único que lo aterrorizaba era que Jess encontrara alguna razón para decirle «no».

No le bastaba con tener la bendición de sus padres ni el anillo perfecto. Tenía que hacer algo que se saliera de lo normal y ya se hacía una idea de lo que podía ser, aunque para ello iba a necesitar ayuda, sobre todo ahora que el invierno había llegado y que el plan que tenía podía terminar con los dos en el hospital enfermos de neumonía.

Llamó a Mack, a Jake, a Connor y a Kevin para tomar una cerveza en su casa y cuando todos estaban allí mirándolo expectantes, anunció:

—Voy a pedirle a Jess que se case conmigo.

En lugar de con vítores, sus palabras fueron recibidas con gestos de preocupación. Fue Connor el que se arriesgó a hablar.

—¿Estás seguro de que está preparada? Ya sabes cómo es ante cualquier tipo de compromiso. No quiero que expongas tu corazón y que te lo pisoteen.

—Mi corazón lleva expuesto muchos años y creo que tengo que arriesgarme. ¿Me ayudaréis o no?

—¿Te refieres a que seamos tus padrinos de boda?

—Eso ya llegará a su debido tiempo, pero ahora mismo lo que necesito es que me ayudéis a declararme.

—¿Se lo preguntas a Mack? ¡Si ni siquiera sabe pedirle una cita a Susie! —dijo Jake.

—¡Que te den! —respondió Mack.

—Centraos, chicos. Hablo en serio. Quiero pedírselo en Moonlight Cove.

—Pero está helando.

—Por eso necesito ayuda —dijo impaciente—. Iré mañana a prepararlo todo: una hoguera, velas, flores… y después iré a recoger a Jess. Está claro que no puedo dejar las velas y la hoguera encendidas, así que alguien tiene que ayudarme y quedarse allí hasta que volvamos.

—¿Quieres que estemos delante cuando le pidas matrimonio a nuestra hermana? —preguntó Kevin incrédulo—. Mala idea. Nadie quiere público en una cosa así.

—A lo mejor deberíamos estar —apuntó Connor—. Si las cosas no salen bien, Jess puede necesitar un hombro sobre el que llorar.

–O Will –añadió Jake–. Vamos, chicos. Este hombre nos está pidiendo ayuda. No podemos darle la espalda.

–Gracias. Y para que quede claro, no quiero testigos durante la proposición. En cuanto lleguemos allí los dos, os largáis y nada de esconderos entre los arbustos ni de hacer ruidos desagradables ni nada. No tenemos doce años, ¡por favor!

–No lo haríamos –dijo Mack indignado.

–Tú habla por ti –contestó Connor.

Will se levantó y lo miró.

–No me hagáis lamentar esto.

–No lo lamentarás –dijo Mack poniéndose de pie para darle un abrazo–. ¿Verdad, Jake?

–Por supuesto.

–Cuenta con nosotros –añadió Kevin mirando a Connor.

–Sí, me apunto.

Will asintió.

–¿Cuándo será la gran noche?

–El domingo. Fue un domingo cuando me llamó para que la rescatara de Moonlight Cove y supongo que fue ahí cuando todo empezó a cambiar entre los dos. Espero que vea el significado de todo.

–¿Te das cuenta de que nos vas a dejar fatal a todos con este gran gesto que vas a tener hacia Jess? Nuestras mujeres no querrán ni hablarnos.

–Y le vas a poner el listón muy alto a Mack –bromeó Jake–. Susie se va a esperar algo espectacular.

–Estoy seguro de que mi prima se quedaría conforme con una invitación a cenar que incluyera la opción de sexo después –dijo Connor.

–No tenéis ni idea de lo que Susie necesita –contestó Mack.

–Solo digo…

–Pues no digas nada –contestó Mack zanjando el tema–. Nos vemos el domingo. ¿A qué hora, Will?

–¿A las dos? Después de la comida.

–Me viene bien –dijo Connor.

Una vez todos asintieron, Mack se marchó dando un portazo.

–¿Ha sido por algo que he dicho? –preguntó Connor.

–Sí –respondieron los demás al unísono.

–Creo que el tema de Susie es delicado. Tal vez deberíamos dejarlo tranquilo –dijo Will.

–Nunca se lo había tomado así –protestó Connor.

–Bueno, pues hoy sí –dijo Jake preocupado–. Will tiene razón, tenemos que dejarlo tranquilo y que ellos solucionen sus cosas.

–Me parece bien –aceptó Kevin–. ¿Ponen algún partido? Tanto hablar de relaciones y de amor hace que necesite una buena dosis de testosterona.

–Hecho –contestó Will encendiendo la televisión.

Pero no pudo concentrarse en el partido de baloncesto; lo único en lo que podía pensar era en lo que pasaría… o no pasaría… dentro de unos días cuando le pidiera a Jess que se casara con él.

Uno a uno, el domingo, Jake, Will, Connor y Kevin se excusaron y salieron de casa de los O'Brien bajo la mirada de Jess.

–Algo les pasa a estos –dijo.

–No sé que pasa por la cabeza de Connor la mayor parte del tiempo –protestó Heather.

–Lo mismo digo –dijo Shanna de Kevin–. Ese hombre se lo guarda todo hasta que puedo sonsacárselo.

–¿Entonces no sabéis qué traman? –preguntó Jess.

–Ni idea –le aseguró Heather–. ¿Tienes planes con Will? A lo mejor él te lo puede contar.

–Supongo que sí. Me dijo que pasaría por el hotel sobre las seis, pero ¿quién sabe? A veces surgen cosas. Las últimas citas que hemos tenido las ha cancelado en el último minuto y dice que es por la situación de la empresa.

–¿Cómo lo llevas tú?

–Estoy aterrorizada, pero voy mejorando. La mayor parte del tiempo, Will hace lo que dice que va a hacer y cuando no puede, al menos llama y no tengo que quedarme esperando.

–¿Por qué no te quedas aquí con nosotras esta tarde? –sugirió Bree–. Hace años que no nos reunimos todas para hablar de nuestras cosas –miró a Megan, que estaba en la puerta–. Mamá, ¿qué te parece? ¿Quieres sentarte con nosotras a cotillear?

La mirada de Megan se clavó en Jess.

–Creía que tenías cosas que hacer en el hotel.

–Sí, pero si me voy estaré todo el rato preguntándome si Will va a venir o no, así que mejor me quedo aquí.

Megan sacudió la cabeza.

–Creo que tendrías que estar allí.

–Mamá, ¿es que sabes algo que nosotras no sabemos?

–No –respondió Megan aunque el rubor de sus mejillas dijo lo contrario.

–Suéltalo –le ordenó Jess.

Megan se rio.

–No puedo hacerlo. Confía en mí, tienes que irte a casa y no te atrevas a quedarte aquí solo para hacerte la testaruda.

Jess se levantó con cierta reticencia.

–No hay nada como que te echen a patadas de tu casa.

–Tu casa está en el hotel –le recordó Megan–. Al menos, eso es lo que dices siempre cuando te he dicho que te mudes aquí con tu padre y conmigo.

–Ahí te la ha soltado bien, ¿eh? –dijo Heather–. Ahora vete. Algo me dice que en cuanto te largues, podemos hacer que tu madre nos lo cuente todo sobre lo que van a hacer los chicos.

–Se me conoce por saber escuchar muy bien a los demás a hurtadillas –amenazó Jess.

–¿De verdad quieres estropear la sorpresa, si es que la hay? –preguntó Bree–. Vete a casa, cielo.

A Jess no le gustó la idea, pero se marchó refunfuñando hasta llegar al hotel.

Decidida a no darle vueltas al tema, se puso unos viejos vaqueros, una sudadera amplia y subió al ático donde Mick había hecho muchos progresos y la gran habitación ya estaba tomando forma.

Aunque tenía pensado mantenerse ocupada limpiando los escombros que iban quedando, terminó sentada junto al ventanal mirando la puesta de sol que convertía al agua de la bahía en un espectáculo de fuego.

Ahí seguía cuando vio la barca de Kevin deteniéndose junto al muelle y, para su sorpresa, vio a Will saltando de ella para amarrarla. Fue hacia las escaleras corriendo y lo oyó gritar su nombre al cruzar la puerta.

—Ya bajo —dijo—: ¿Por qué tienes la barca de Kevin?

—Nos la llevamos.

Lo miró.

—¿Estás loco? Hace un frío terrible. No es noche para salir al mar.

—Y por eso tienes que subir corriendo y abrigarte más. Tengo una sorpresa para ti.

—No estoy segura de qué pensar sobre una sorpresa que me dejará el trasero helado.

Él se rio.

—Esta te gustará. Te lo prometo. Vamos, corre.

Aunque tenía sus dudas, ya confiaba en Will lo suficiente como para hacer lo que le había pedido.

—Me siento como una muñeca de nieve acolchada —dijo al bajar ataviada con botas, abrigo, guantes y bufanda.

—Deja de quejarte. Agradecerás tantas capas de ropa.

Una vez en la barca y bajo el cortante viento, Jess dijo:

—Will, esto es una locura. Deberíamos volver.

—No estaremos mucho rato en la barca. Mira.

Ella siguió la dirección en la que señalaba y vio una luna llena parcialmente visible entre las oscuras nubes.

—Va a llover.

–No va a llover. En todo caso, nevará. Deja de ser tan pesimista.

–¿Nevará? Justo lo que quiere todo el mundo cuando está navegando en una barca descubierta.

–Siempre puedes bajar hasta que lleguemos.

–¿Y cuándo vamos a llegar?

–En quince minutos como mucho.

Ella contuvo el aliento y lo miró.

–¿Moonlight Cove? ¿En una noche como esta?

–Confía en mí.

Jess lo miró a los ojos y se sintió relajada por primera vez desde que había dado comienzo esa excursión.

–Confío en ti.

Se mantuvo a su lado mientras conducía la barca hasta la cala y entonces lo vio: una hoguera en la orilla.

–¿Es para nosotros? –preguntó asombrada.

–Sí –respondió él con una sonrisa–. ¿Qué te parece?

–Creo que estás un poco loco. ¿No la habrás encendido y te habrás marchado sin dejar a nadie vigilándola, verdad?

–¿Crees que soy tan irresponsable?

–No, nunca. ¿Quién está aquí?

–No importa. Si todo sale según el plan, se irán en cuanto pongamos pie en la orilla.

–No se puede llevar esta barca hasta la orilla.

–Lo sé, y por eso he traído mi kayak doble. Anclaremos la barca y después remaremos. ¿Te apuntas?

Ella le sonrió, de pronto emocionada ante lo que la aguardaba.

–He venido hasta aquí, así que no hay razón para frenarme ahora.

Cuando la barca estuvo segura, Will bajó su kayak y remaron hasta la orilla, donde Jess pudo ver que había preparado algo más que una hoguera. Rodeando el perímetro había cientos de grandes velas blancas sobre la arena y entre ellas cestas de flores demasiado delicadas para sobrevivir en el frío, aunque por ahora se mantenían preciosas. Pudo oler el aroma a rosas al poner pie en la orilla.

–Will, es absolutamente precioso. Es lo más romántico que he visto nunca.

Oyó una tos cerca de los árboles y se rio.

–Tus ayudantes, imagino.

–Mis ayudantes que, por cierto, ya se marchaban –gritó.

Se oyeron más ruidos provenientes de los arbustos y a continuación el bramido de la pequeña barca pesquera de sus hermanos. Solo cuando el sonido del motor se había desvanecido en la distancia, Will la llevó hasta una manta donde había copas, vino y un picnic esperándolos.

–¿Por qué has hecho todo esto? Ya deberías saber que no necesitas impresionarme.

–Creo que sí. Sobre todo ahora, que tengo que compensar lo mucho que te he tenido apartada.

–Te agradezco el gesto, pero entiendo por qué has estado tan ocupado.

–Pero eso no significa que no hayas estado preocupada, ¿verdad?

–Un poco. Me conoces demasiado bien.

–He estado intentando decírtelo, pero esa no es la razón por la que he hecho todo esto. Quería que tuvieras un recuerdo especial de Moonlight Cove conmigo, la clase de recuerdo que podrás guardar toda la vida.

A ella se le llenaron los ojos de lágrimas.

–Oh, Will. Te quiero.

Era la primera vez que pronunciaba esas palabras y no se podía decir cuál de los dos se había quedado más sorprendido al oírlas. Will comenzó a sonreír.

–Me alegro porque hay una cosa más que quiero decirte.

–¿Qué es?

Se metió la mano en el bolsillo y sacó dos pequeños paquetes.

–Este primero.

Estaba envuelto en papel azul medianoche y atado con

un lazo plateado parecido a un cielo moteado de estrellas. Jess casi odió abrirlo, pero no había cosa que le gustara más que los regalos, y ese prometía ser especial.

Dentro encontró el collar de oro y diamantes más fino y elegante que había visto nunca. Las piedras eran pequeñas, pero perfectas.

—Will, es precioso. Parece antiguo.

—Era de mi abuela. Me lo dio antes de morir y me dijo que lo guardara para la mujer que amo. Y esa eres tú, y quiero que lo tengas.

—¿Estás seguro? —preguntó con la voz entrecortada.

—Nunca he estado más seguro de nada. Es más, con esto tiene que ver el segundo regalo.

En esa ocasión la caja era más pequeña y le resultaba familiar.

—¿Will?

Sin dejar de mirarla, Will la abrió y Jess pudo ver el anillo de compromiso de su bisabuela. La cabeza le daba vueltas, aunque tal vez tenía algo que ver con la copa de champán que se había tomado en el ático mientras lo esperaba.

—¿De dónde lo has sacado? —preguntó aunque la respuesta era obvia.

—A tu madre le pareció que sería el anillo de compromiso perfecto. Me ha dicho que tu abuela y tu bisabuela lo llevaron y que tuvieron unos matrimonios largos y felices.

—¿Y por qué iba a darte mi madre un anillo de compromiso?

Él se rio.

—¿Me lo estás poniendo difícil a propósito? Estoy pidiéndote que te cases conmigo, Jess O'Brien, y quiero que sepas que mi compromiso es para toda la vida. El collar y este anillo representan mi fe en lo que tenemos y en que durará para siempre y será tan fuerte como los matrimonios que ha habido antes.

Ella contenía las lágrimas sin dejar de mirarlo.

—Un anillo no garantiza nada.

–No, pero puede ser simbólico. Un símbolo de mi amor por ti que ha crecido con los años.

–Solo hace meses que salimos.

–Pero me enamoré de ti cuando teníamos catorce años.

–Will, te quiero, pero aún estoy intentando asimilarlo.

–Me he fijado. Ahora volvamos al anillo. Ya sabes lo que dicen en las bodas: un anillo es un círculo que representa algo que no tiene fin. Ahora que hemos dado comienzo a esto, Jess, no habrá final y lo sé con todo mi corazón. Me comprometo a hacer que esto funcione.

–La mayoría de la gente empieza creyendo que puede hacer que un matrimonio dure, aunque luego no sea así.

–Demasiadas excusas, Jess. ¿Qué hace falta para convencerte de que lo que tenemos es lo suficientemente fuerte? ¿Algún día estarás más preparada que esta noche?

–Bésame.

Will se quedó asombrado por esa orden, pero obedeció de buena gana y, tras un largo y ardiente beso, la miró.

–¿Te ha ayudado algo?

–El primer beso en Brady's fue con el que me di cuenta de que estaba loca por ti –sonrió–. Y han ido mejorando.

–Gracias por el voto de confianza. ¿Y bien?

–Si nos besamos así cada día durante el resto de nuestras vidas, creo que lo lograremos –le dijo abrazándolo. No supo qué le daba más calidez, si la hoguera o tener los brazos de Will rodeándola. Extendió la mano y admiró el brillo del diamante bajo el fuego–. Es una preciosidad, ¿verdad?

–Una preciosidad –respondió Will, aunque estaba mirándola a ella, no al anillo.

–Sé que nunca he tenido mucha fe en nosotros, pero te quiero y te prometo que haré lo que haga falta por centrarme en eso y no en los posibles obstáculos que podamos encontrar por el camino.

–Esa sí que es una buena promesa –contestó aliviado.

El camino que tenían por delante podía no ser muy llano, pensó Jess, pero también sabía que supondría el viaje de su vida.

En ese momento, mientras se besaban rodeados por el calor del fuego, la nieve comenzó a caer.

–Creo que es una señal –susurró Will contra sus labios.

–¿Una señal de qué?

–De que nuestras vidas se van a ver tocadas por la magia.

Jess agarró un copo de nieve con la punta de la lengua y se rio.

–Creía que ya lo estaban.